IN MY HEART

Band 2

Laura Görbing

IN MY HEART
1. Auflage

Papenstieg 19
38442 Wolfsburg

info@LauraGoerbing.de
www.LauraGoerbing.de

Lektorat: Isabelle Mager
Covergestaltung: Fillip Görbing
Grafiken: Pixabay.com, iStockphoto.com

An dieser Stelle möchte ich mich einmal meinen Lesern und Leserinnen vorstellen.

Geboren im Dezember 1994 in Niedersachsen. Verheiratet, eine Tochter und einen West Highland Terrier White.

Angefangen mit der Lust, Bücher zu schreiben, habe ich bereits in der 5. Klasse. Dort noch zusammen mit einer Klassenkameradin. Unser Lehrer war damals so von uns begeistert, dass er uns gleich sagte, wir sollen daraus doch ein richtiges Buch erstellen lassen. Natürlich war das in dem alter noch nicht so einfach und man hat daran nicht so geglaubt.

Nun, einige Jahre später, habe ich mein erstes eigenes Buch "In my mind" veröffentlicht. Doch damit ist nicht Schluss, ich bin stetig am Schreiben von weiteren Manuskripten, damit ich meine Leser und Leserinnen weiter mit meinen Büchern versorgen kann ...

Schaut doch auch gerne auf meiner Homepage sowie in meinem Shop vorbei, um immer auf dem Laufenden zu sein:

www.LauraGoerbing.de

Alle in diesem Roman vorkommenden Personen, Ereignisse und Handlungen sind frei erfunden.

An meine Leser und Leserinnen

danke, dass Ihr in die Geschichte von Dean und Mila eintauchen wollt.

Ich wünsche euch viel Spaß beim Lesen.

Triggerwarnung

Dieses Buch nutzt Inhalte, die bei einigen Leserinnen und Lesern Unwohlsein hervorrufen oder eventuelle persönliche trigger darstellen könnten.
Eine Auflistung der inbegriffenen Themen ist am Ende dieses Buches zu finden, da sie spezielle Spoiler zur Geschichte enthält.

Kapitel 1

Dean

Ich schaute ihr ins Gesicht. Und sah, wie verletzt sie war.

»Mila, so meinte ich es nicht.«, sagte Matt.

Ich drehte mich zu ihm um. »Wieso hast du das gemacht?«, fragte ich mit ernster Stimme.

Er zuckte mit den Schultern. »Ich habe Rachel kennengelernt und sie war echt leicht ins Bett zu kriegen. Was mir echt gut gefallen hat. Du kennst dieses Gefühl ja.« Er lachte dreckig. »Nachdem ich sie dann weggeklatscht hatte, wusste ich, dass sie vergeben war. Was mich wenig interessiert hat. Sie hatte mir von dir, Mila, erzählt. Tja, und wie es der Zufall dann wollte …«

»Hast du mich dann kennengelernt.«, fügte Mila hinzu.

»Jap, genau. Nachdem ich wusste, dass du mit Dean zusammen bist oder was auch immer ihr da für eine Fick-Beziehung habt, habe ich mir vorgenommen, dich ebenfalls ins Bett zu kriegen.«

Ich konnte das alles nicht glauben. Und Rachel hatte mir sogar von einem Matt erzählt. Ich konnte ja nicht wissen, dass sie von *ihm* gesprochen hatte.

»Aber ich muss sagen, blasen kann Rachel auf jeden Fall besser. Dazu sind wir ja noch nicht gekommen, Milamaus.«

»Du mieses Arschloch, halt deine verdammte Klappe.«, schrie Mila ihn an und gab ihm eine Ohrfeige.

Autsch!

Okay, jetzt hatte es die ganze Filiale gehört.

»Matt, du kannst wirklich froh sein, dass wir im Moment hier sind. Und nicht draußen irgendwo.«, sagte ich. Ich hatte noch nie so eine Wut in mir gespürt. Mila tat mir extrem leid. Ich hatte von Anfang an gewusst, dass Matt nicht gut für sie war. Aber dass er derjenige war, der meine langjährige Beziehung kaputt gemacht hatte, damit hätte ich niemals gerechnet.

Ich legte ein Arm um Mila.

»Dean nicht …« Sie stieß meine Hand weg.

»Ich habe dir doch gesagt, du vergraulst alle Frauen.«, sagte Matt.

Jetzt konnte ich mich nicht mehr zurückhalten. Mein ganzer Körper war voll von Adrenalin. Ich holte aus und schlug ihm mitten ins Gesicht.

»Nicht!«, schrie Mila.

Matt schrie auf, überall spritze Blut. Vermutlich hatte ich ihm die Nase gebrochen.

»Alter, bist du bescheuert? Ah, meine Nase.«, jammerte er und versuchte, das Blut mit seinem Ärmel zu stoppen.

Mila zog mich zu sich. »Dean! Hör auf. Bitte!«

Ich schaute sie an. Blickte ihr tief in die Augen. Wieso musste dieser verdammte Wichser alles kaputt machen?

»Dean! Was hast du gemacht?« Julian kam auf uns zu und sah Matt geschockt an, der sich weiterhin die Nase zuhielt.

»Sorry, Julian, ich muss jetzt hier weg. Ich rufe dich später an.« Mit diesen Worten verließ ich die Bank.

Kapitel 2

Mila

Ich konnte nicht glauben, was sich die letzten zehn Minuten in der Bank abgespielt hatte.

»Ach du Schreck, was ist denn hier passiert?« Amalia kam angerannt und kniete sich zu Matt hinunter. »Mila, hol einen kalten Lappen!«

Ich stand wie angewurzelt still. Der Mann, mit dem ich zusammen war, hatte mir allen Ernstes gesagt, dass er mich nur ins Bett bekommen wollte, um Dean eins auszuwischen?

»Wo ist Dean hin?«, fragte Amalia.

»Der Schläger hat sich verpisst.«, hörte Matt sagen.

»Leute! Wir sind hier auf der Arbeit. Wer es hier mit wem getrieben hat, will ich nicht wissen und interessiert mich auch nicht. Ihr solltet euch aber wenigstens hier zusammenreißen. Matt, willst du für heute Urlaub haben?«, meinte Mr Jones mit ernster Stimme.

Okay, er war genervt. Sehr sogar. Ob Dean jetzt Probleme bekommen würde, weil er Matt eine reingehauen hatte? Und das ausgerechnet auf der Arbeit?

Ich setzte mich wieder an meinen Laptop und versuchte weiterzuarbeiten. Sollte ich Dean mal anrufen? Aber eigentlich war ich immer noch sauer auf ihn.

»Kann ich kurz reinkommen?«, fragte Amalia vorsichtig und steckte ihren Kopf durch die Tür.

Ich winkte sie zu mir.

»Was ist passiert?«, wollte sie wissen und ließ sich erschöpft in den Sessel fallen.

»Matt hat mich nur benutzt um Dean eins auszuwischen.«

»Wie?« Sie verstand nur Bahnhof. Ich erzählte ihr die ganze Geschichte. »Was für ein Mistkerl.«, stellte sie wütend fest. »Ob Dean jetzt Probleme kriegt?«

»Ich hoffe es nicht.« Ich zuckte mit den Schultern.

»Mila, ich muss mit dir reden.«, unterbrach uns Matt, der mittlerweile ein Pflaster auf seiner Nase hatte, und plötzlich in meinem Büro stand.

»Spar es dir.«

»Es tut mir leid.«, fing er an.

»Hast du sie nicht gehört?«, mischte sich Amalia ein.

»Ich habe dich nicht ausgenutzt. Ich mag dich Mila. Als ich dann aber durch Zufall herausgefunden habe, dass er *der Dean* ist … ja, da hat es mich irgendwie gereizt, dich ins Bett zu kriegen.«

Wegen dir, Matt, habe ich Dean unnötig verletzt, ging mir durch den Kopf. Ich wurde so wütend. Er hatte Dean provoziert, sodass er ihm eine reinschlug und höchstwahrscheinlich jetzt richtige Probleme bekäme.

»Tu mir nur einen Gefallen, Matt!«

Er nickte. »Klar!«

»Sorge dafür, dass Dean jetzt keinen Stress bekommt.«

»Aber …«

»Matt. Du hast ihn provoziert, sonst hätte er dir deine Nase nicht blutig geschlagen. Geh zu Mr Jones und klär das. Verstanden?«, mischte sich Amalia ein.

O Gott, ich liebte diese Frau!

»Ihm wird schon nichts passieren … dem obercoolen, gutaussehenden Bezirksleiter.«, machte Matt eine unnötige Bemerkung und ging wieder hinaus.

Ich verdrehte die Augen. »Wie konnte ich mich jemals auf ihn einlassen?«, fragte ich und holte mein Handy aus der Tasche.

»Ich hätte das alles niemals von ihm gedacht.« Amalia schüttelte ihren Kopf.

»Soll ich Dean mal anrufen?«

Meine Freundin schaute verwirrt. »Nein. Wozu?«

»Fragen, ob seine Hand noch wehtut?«, meinte ich vorsichtig.

»Ob seine Hand noch wehtut?« Amalia fing an zu lachen. Sie lachte mich aus. »Mila. Rede Klartext mit ihm. Dass du noch was für ihn empfindest.« Ich dachte über den Satz nach. »Hör auf dein Bauchgefühl. Ich muss weitermachen.« Sie nickte mir aufmunternd zu, bevor sie das Büro verließ.
Überraschend vibrierte mein Handy.

Hey,
wir müssen mal miteinander sprechen. Ich hatte es heute vor, aber da ist mir ja dein Freund dazwischengekommen. Wann hast du Zeit?

Dean

Ich schrieb ihm nur kurz und knapp zurück.

Hi,
nach der Arbeit bin ich den ganzen Tag zu Hause.

Nachdem ich die Nachricht abgeschickt hatte, packte mich die Nervosität. Aber wieso? Wir würden nur miteinander reden. Er würde mir sagen, dass er mit der Alten zusammen ist, mit der er sich im Fahrstuhl vergnügt hatte, und das war's.
Mila, ihr werdet nie mehr ein Paar sein.
Na ja, waren wir es überhaupt mal gewesen? Wie Matt schon sagte, wir hatten eine Fick-Beziehung.
Der restliche Arbeitstag zog sich in die Länge. Matt schenkte ich keine Beachtung mehr und hoffte, dass er hat den Vorfall mit Jones geklärt hatte und Dean keine Abmahnung bekommen würde.

»Lust, was trinken zu gehen?«, fragte mich Amalia, als ich meine Tasche zusammenpackte.

Ich schüttelte den Kopf. »Dean kommt vorbei.«

»Oh, das ging aber schnell. Na dann viel Glück, Maus. Bin gespannt was du morgen berichten wirst.« Ich schenkte ihr ein Lächeln.

Zu Hause angekommen, zog ich mir was Gemütliches an. Meine graue Jogginghose mit einem weißen, engen Top. Ein bisschen provozieren konnte ich Dean ja. Bei dem Gedanken musste ich grinsen. Wie würde er mich begrüßen? Was würde er mir sagen? Plötzlich vibrierte mein Handy.

Nachricht (1)

Ich bin gleich da.
Dean

Ich freu mich auf dich, ging mir durch den Kopf.
Ich durchstöberte die E-Mails und sah erneut die Stellenangebote in Paris. Wenn Amalia jetzt neben mir wäre, würde sie mir den Laptop wahrscheinlich wegnehmen, damit ich ja nicht auf komische Ideen käme. Ich überlegte hin und her. Na ja, mehr als eine Absage, konnte nicht kommen. Ich öffnete den Ordner, in dem ich meine ausführliche Bewerbung gespeichert hatte, und schickte sie ab.

Aber was wäre, wenn ich eine Zusage bekäme? Dann müsste ich nach Paris ziehen? Und was wäre mit Dean und …
Ich konnte den Gedanken nicht beenden, weil es klingelte. Ich öffnete die Tür und da stand er. In einem schwarzen Anzug, perfekt hochgestylten Haaren und einem Duft, der mir direkt in die Nase stieg. Wie konnte ein Mann so gut aussehen?
»Hi, schön dass du da bist«, begrüßte ich ihn. »Danke schön, dass du die Zeit gefunden hast.«

Es war ein komisches Gefühl, ihn wieder in meiner Wohnung zu sehen. Ehrlich gesagt hatte ich damit überhaupt nicht mehr gerechnet.

»Tut deine Hand noch weh?«, fragte ich, als ich ihm ein Glas mit Wasser hinstellte. Dean schüttelte den Kopf.

»Ach, meine Hand ist unwichtig. Wie geht es dir, Mila?« Ich winkte ab.

»Ich hätte es von Matt nie gedacht, dass er mich so hintergeht und dass er mit mir so ein falsches Spiel spielt. Dass er nur mit mir ins Bett wollte, um dir eins auszuwischen. Es tut mir leid, dass er die Beziehung mit Rachel kaputt gemacht hat.« Ich hielt inne. »Ich hätte echt nichts mit ihm anfangen dürfen.« Dean nahm einen Schluck.

»Aber er ist besser als ich«, wiederholte er den Satz, den ich ihm vor paar Tagen in Portland im Hotelzimmer an den Kopf geworfen hatte, und fing an zu lachen. Ich verdrehte die Augen und stopfte mir eine Weintraube nach der anderen in den Mund. »Oder war es gelogen?«, fragte er und hob eine Augenbraue hoch.

Wieso bohrte er weiter? Konnte er diesen unnötigen Satz nicht vergessen?

Außerdem würde mich interessieren, wer diese Frau war, mit der er im Fahrstuhl rumgemacht hatte. »Woher kanntest du sie?«

»Wen? Sofia?« Ich nickte. Wer denn sonst? »Mit ihr hatte ich vor unserer Zeit was am Laufen.«

Okay. Wieso wollte ich es überhaupt wissen? »Und wie kommt es, dass ihr jetzt wieder Kontakt habt?«

Er schaute aus dem Fenster. Ich wusste, es gefiel ihm nicht, dass ich ihn jetzt ausfragte. »Mila, ich bin auch nur ein Mann und habe Bedürfnisse.«, fing er an zu erklären.

»Wie oft?«

»Wie oft was? Wie oft wir uns getroffen haben oder wie oft wir Sex hatten?«, fragte er und grinste.

Okay, er wollte mich abfucken.

»Alles klar.«, beendete ich das Gespräch, sprang von meinem Barhocker und verschwand ins Bad. Ich schaute in den Spiegel. War das sein Ernst? Natürlich wollte ich nicht wissen, wie oft die beiden es getrieben hatten, sondern wie oft er bei ihr gewesen war.

Wenige Minuten später klopfte es an der Badezimmertür.

»Mensch, komm wieder raus.«, sagte Dean mit ruhiger Stimme.

Ich richtete meine Haare und schloss die Tür auf.

»Wir haben uns vielleicht sechs Mal getroffen oder so. Mehr nicht. Und ich habe jede verfickte Sekunde an dich gedacht, während du wahrscheinlich mit Matt im Gange warst.«

Ich nickte grinsend. »Jap. Zum Beispiel da auf meiner grauen, gemütlichen Couch.« Ich zeigte mit dem Finger auf sie.

Er schaute schockiert und musste lachen, weil er wohl dachte, es wäre ein Scherz von mir gewesen.

»Das war kein Joke.«, sagte ich ernst.

Dean kam mir näher, nahm mich hoch und setzte mich auf meine Badkommode. Dann atmete er einmal tief ein. »Mila, hör auf mir so was zu sagen. Ich will es nicht hören, verdammt noch mal.« Er zog mich näher zu sich heran.

»Ach nein? Ich könnte dir noch ganz andere Sachen erzählen.«, flüsterte ich ihm ins Ohr. Langsam fing es, an Spaß zu machen.

Plötzlich klingelte es an der Haustür.

Dean schaute mich verdutzt an. »Erwartest du jemanden?«

Ich schüttelte den Kopf, lief zur Tür und öffnete sie.

Matt.

Was wollte er hier? Gleich würde es wieder Krieg geben.

»Hey. Störe ich?«, begrüßte er mich.

»Es geht. Was möchtest du denn?«

Ohne mir zu antworten, ging er an mir vorbei ins Wohnzimmer. »Ich wollte nur meine Sachen abholen.« Die paar Klamotten hätte ich ihm zur Arbeit mitbringen können.

»Ach, versuchst du Mila jetzt doch wieder rumzukriegen?«, fragte Matt Dean, der im Türrahmen stand.

Ich verdrehte die Augen und verschwand ins Schlafzimmer, um da seine restlichen Oberteile und Hosen zusammenzusuchen. Im Nebenzimmer hörte ich, wie die Männer Beleidigungen austauschten, aber sonst nichts. Gott sei Dank. Ich hätte jetzt echt keinen Nerv, einen Krankenwagen oder die Polizei zu rufen.

Langsam öffnete sich die Schlafzimmertür.

»Bist du fertig?«, fragte Matt.

Ich stopfte seine Kleidung in eine Tüte und drückte sie ihm in die Arme.

»Das ist noch für dich, kannst du dir ja allein durchlesen.«, sagte er, gab mir einen Briefumschlag, nahm seine Sachen und verschwand aus der Wohnung. Endlich hatte er seine ganzen Klamotten wieder und das Thema Matt war für mich damit Geschichte. Doof an der ganzen Sache war nur, dass er noch mein Arbeitskollege war.

»Er hat dir einen Brief geschrieben?«, fragte Dean und fing an, sich kaputtzulachen.

»Es ist verdammt süß. Auf so eine Idee würdest du niemals kommen.«, versicherte ich ihm.

Er nickte. »Da hast du ausnahmsweise mal recht. Sowas ist verdammt kitschig.« Ich winkte ab und legte den Briefumschlag in die Schublade. »So, und wo waren wir stehengeblieben?« Dean zog sich sein Jackett aus, hing es um den Stuhl und kam auf mich zu.

Ich merkte, wie mein Puls schneller schlug, weil ich genau wusste, wo das enden würde. »Hey. Ich habe aber noch ein paar Fragen.«, stoppte ich sein Vorhaben.

Er schaute zu mir herunter. »Was bringt es dir, wenn du weißt, wie oft ich mich mit Sofia getroffen habe und in welcher Stellung wir es getrieben haben?« Er nahm mein Gesicht in seine Hände. »Für mich war das alles immer nur Druck abbauen. Da waren weder Gefühle noch sonst irgendwas dabei.«, versicherte er mir.

Ich konnte mich mit dem Gedanken nicht anfreunden, dass er sich mit einer anderen vergnügt hatte und verschränkte die Arme vor der Brust.

»Denkst du, mich hat es nicht rasend gemacht, dich mit Matt zu sehen? Wie er dir an den Hintern packt und dich auch noch küsst? Das war für mich genauso schlimm, Mila. Am liebsten hätte ich den Kerl …«

Ich stoppte ihn mit meinem Finger auf seinen Lippen. »Psst!«

Dean fing an zu lächeln. Unerwartet klingelte sein Handy. Ich warf ein Blick auf das Display.

Sofia.

Sofort bekam ich schlechte Laune. Er wollte es in die Hosentasche stecken.

»Geh ruhig ran.«, sagte ich genervt und ging in die Küche. Wenige Sekunden später hörte ich schon ein »Na du?« Na dann … Arschloch!

Ich nahm mir ein Toast, belegte es mit Paprika, Tomate, etwas Zwiebeln, Schinken, reichlich Salat und schmunzelte dabei, weil ich wusste, dass Dean jetzt sagen würde »Wie kannst du das ohne Käse essen?«. Und wir hätten wieder eine endlose Diskussion darüber. Ich hörte ihn im Schlafzimmer telefonieren. Wieso redete er so lange mit ihr? Er war bei mir. Langsam erreichte meine Laune ihren Tiefpunkt. Ich biss in das Sandwich und schaute mir Bilder von Paris an. Vielleicht hatte ich Glück mit meiner Bewerbung.

»Oh, das sieht aber köstlich aus.«, erklang seine Stimme.

»Ist das eigentlich dein Ernst? Du kommst zu mir, willst mit mir reden, dann ruft diese Schlampe an und du telefonierst so lange mit ihr?«, fragte ich, nahm den Teller, ging ins Wohnzimmer und setzte mich auf die Couch.

»Ich glaube, ich geh dann mal besser. Deine Laune ist ja anscheinend nicht die beste.«

Wieso waren Männer manchmal so dumm? Ich schüttelte den Kopf. »Hat sie wieder Bock, ja? Hat sie deshalb angerufen?« Ich hatte plötzlich keinen Hunger mehr.

»Ich fahre nicht zu ihr.«

Mein Blick schweifte zu ihm und ich wusste, dass er log. »Geh einfach, Dean. Geh.« Ich hatte diese Worte fast geschrien.

Er nahm sein Jackett, das um den Stuhl hing, und ging.

Kapitel 3

Dean

Ich ließ mich in meinen Autositz fallen, schnallte mich an und warf einen Blick zu Milas Fenster. Ich konnte doch jetzt nicht zu Sofia fahren. Oder? Natürlich hatte sie aus diesem Grund angerufen. Ich musste ihr erklären, dass ich wieder Mila an meiner Seite hatte und mich nicht mehr mit ihr treffen würde. Ich wählte ihre Nummer. Es dauerte nicht lange, bis sie ranging.

»Hey. Das ging aber schnell. Wann bist du da?«, hörte ich sie am andern Ende der Leitung.

»Sofia. Wir sind jetzt wieder an dem Punkt, wo ich dir sagen muss, dass wir uns nicht mehr treffen können.«

»Warum? Was ist denn passiert?«

»Weil ich es dir sage, Sofia.«

»Wieso beendest du es immer und nach ein paar Monaten kommst du wieder an?«

Wenn ich jetzt die Wahrheit sagte, hätte ich bei ihr für immer verkackt und verletzen wollte ich sie ungern. »Du bist wirklich eine tolle und attraktive Frau, das habe ich dir schon oft gesagt. Aber mein Herz gehört einer anderen, auch das habe ich dir oft genug gesagt.«, erklärte ich ihr.

»Aber anscheinend klappt es bei euch nicht, sonst würdest du nicht immer und immer wieder bei mir ankommen.«

Ich verdrehte die Augen. Ich hatte jetzt echt keinen Nerv auf ein langes Gespräch mit ihr. »Tut mir leid, Sofia. Sei nicht sauer.«, waren meine letzten Worte, bevor ich auflegte.

Warum musste immer alles so kompliziert sein? Wieso konnten Mila und ich uns nicht einfach küssen, miteinander schlafen und es war wieder so wie früher? Nein, da kam erst mal ihr beschissener Ex-Freund. Und dann rief auch noch Sofia an. Ich wollte mich doch nur mit Mila aussprechen und nicht wieder den nächsten Streit anfangen.

Ich schnallte mich ab, stieg aus und bewegte meinen Arsch erneut zur Milas Wohnung.

Ich klingelte an ihrer Haustür. Wenige Minuten später stand sie vor mir.

»Was machst du denn wieder hier?«, fragte sie vorsichtig.

»Können wir nicht noch mal reden?« Sie machte eine Handbewegung und ließ mich reinkommen.

»Dann rede, Dean.« Ich stand ihr gegenüber an der Küchentheke.

»Mir tut es leid, dass ich so lange mit Sofia telefoniert habe. Ich hätte es einfach ignorieren sollen.« Mila schaute mich nur an, ohne etwas zu sagen. Ich machte ein Schritt auf sie zu. »Mila? Ich habe keine Gefühle für Sofia. Nichts. Es war wirklich nur Spaß. Glaub mir das bitte.«

»Hat sie dich angerufen, um zu fragen, wann du sie das nächste Mal …« Ich unterbrach sie.

»Mila. Ja, hat sie. Aber können wir dieses Thema jetzt endlich ruhen lassen? Diese Frau ist mir sowas von egal.«

Ich sah, wie Mila ein kleines Lächeln über ihre Lippen kam. »Also wirst du dich jetzt nicht mehr mit ihr treffen?«, fragte sie und hob eine Augenbraue hoch. Ich schüttele den Kopf und griff vorsichtig nach ihrer Hand. Sie blickte zu mir hoch und wir schauten uns tief in die Augen, bis ich plötzlich ihre Lippen auf meinen spürte. Ich erkundete mit meiner Zunge ihren Mund.
Gott, sie schmeckte so gut.

Ich küsste sie zärtlich auf den Mund, auf ihren Hals und ihr Dekolletee. Ich hob Mila hoch und trug sie ins Schlafzimmer, wo ich sie auf dem Bett absetzte. Mila verstand sofort, was ich wollte. Sie zog ihr weißes, enges Top aus, gefolgt von ihrer Jogginghose. Ein Lächeln trat auf meine Lippen und ich entledigte mich meines Jacketts und Hemdes. Mila berührte meinen Oberkörper und küsste ihn.

Langsam öffnete sie ihren Spitzen-BH, dabei sie ließ mich keine Sekunde aus den Augen. Ich knöpfte meine Hose auf und ließ sie auf den Boden fallen.

Wenige Sekunden später lagen wir in ihrem Bett. Ich beugte mich vor und drängte ihren Körper nach unten, bis sie mit dem Rücken auf der weichen Matratze lag. Während Mila nach meinen Haaren griff und daran zog, verteilte ich Küsse an ihrem Hals entlang. Ich zog ihr den kleinen Fummel von Slip aus und bewegte mich mit meinem Mund tiefer zu ihrer empfindlichsten Stelle und küsste sie dort.

Okay, sie war bereit für mich.

Mila reckte sich mir entgegen und ich fing an, sie mit meiner Zunge glücklich zu machen. Sie schnappte nach Luft und krallte ihre Finger in das Bettlaken. Ich erhöhte den Druck mit meiner Zunge, was sie in den Wahnsinn trieb.

»Ich will dich. Jetzt.«, hörte ich sie flüstern. Ein Lächeln zog meine Lippen auseinander und ich streichelte ihre pulsierende Stelle, bis ich vorsichtig einen Finger in sie gleiten ließ. Mila bäumte sich unter mir auf, sie wollte mehr.

»Baby, du machst mich wahnsinnig.«, sagte ich mit rauer Stimme.

Sie zog mich zu sich hoch und küsste mich leidenschaftlich. Ihre Hand wanderte zu meiner Boxershorts, ich half ihr und zog sie aus.

Ihre braunen Augen hielten meinen Blick fest, als ich mich zwischen ihre Beine drückte, die sie bereitwillig für mich öffnete. Sie umfasste meinen Nacken und ich stieß mit meiner Zunge tief in ihren Mund. Gleichzeitig drang ich langsam, mit Gefühl, in sie ein.

Oh, fuck!

Sie hob ihre Hüfte ungeduldig an und ich konnte mich nicht mehr zurückhalten. Ich wollte sie schon seit Wochen.

Wir bewegten uns im selben Rhythmus und ein Aufschrei löste sich von meinen Lippen. Ich merkte, dass es bei mir gleich so weit war, drang tiefer in sie ein und kam zum Höhepunkt.

»Du hast mir so gefehlt.«, murmelte Mila wenig später und kuschelte sich an meinen Oberkörper.

»Du mir doch genauso.«, gab ich zu und küsste sie auf die Stirn.

Es war immer wunderschön mit ihr. Wenn da nur nicht diese kleinen Diskussionen wären.

»Hast du eigentlich den Brief von Matt schon gelesen?«, fragte ich sie. Was hatte der Penner ihr bitte geschrieben? Dass ich das größte Arschloch war und sie sich nicht auf mich hätte einlassen sollen? Dass es ihm leidtäte? Dass er sich Hals über Kopf in sie verliebt hatte? Diese verdammte Eifersucht!

Mila schaute mich fragend an. »Nein. Wann denn? Du bist doch nach wenigen Minuten wieder zu mir gekommen.«

Ich schenkte ihr ein Lächeln. »Ich hoffe es war nicht schlimm, dass ich noch mal hergekommen bin.«

»Nö. War ganz nett mit dir.«, sagte sie, krabbelte vom Bett und ging splitterfasernackt an mir vorbei ins Badezimmer.

Es war nett? NETT?

Ich zog mir zügig meine Boxershorts an und folgte ihr ins Bad. »Was war bitte nett?«, fragte ich irritiert.

Sie fing an zu lachen, machte die Dusche an, hängte ein frisches Handtuch an den Haken und stieg hinein.

Okay, sie wollte mich wieder ärgern. Wie immer.

»Willst du nicht mit duschen?«, fragte sie und steckte ihren Kopf durch die Duschtür.

»Nein. Ich werde gleich wirklich nach Hause fahren.«

»Okay.«

Okay? Nur okay? Kein trauriges *Oh*? Was war denn mit ihr los? Oder war es für sie nur so eine spaßige Sache gewesen? Aus dieser Frau wurde ich nicht schlau.

Ich zog mir meine Klamotten wieder an und wartete im Wohnzimmer auf sie. Eigentlich hätte ich jetzt genug Zeit, Matts dämlichen Brief durchzulesen. Na ja, aber wenn sie ihn gelesen hätte, würde sie mir mit Sicherheit berichten.

Mit Sicherheit würde sie das nicht tun, Dean.

»Oh, du bist ja noch hier.«, wunderte sich Mila, während sie mit einem umgebundenen Handtuch und einem Turban auf dem Kopf im Türrahmen stand.

»Mila, was ist denn mit dir los?« Sie schaute mich fragend an. »Na ja, wenn ich dir sage, dass ich nach Hause gehe, kommt nur ein Okay?!«

Sie kam auf mich zu. »Dean? Was erwartest du von mir? Als du vorhin hier warst und deine Perle angerufen hat, bist du gegangen. Keine zehn Minuten später warst du wieder bei mir. Klar, du hast dich bei mir entschuldigt, aber wieso bist du zurückgekommen? Hatte sie keine Zeit mehr? Hat sie plötzlich ihre Tage bekommen?«

Bekam ich gerade eine Ansage von ihr?

Okay, zugegeben, es war schon eine asoziale Aktion von mir, dass ich sie vorhin einfach stehengelassen hatte, aber ich wollte Sofia alles erklären, und das konnte ich schlecht vor Mila machen. »Wieso hast du mich dann nicht abgewiesen?«

Und wieder begann ein Streit. Ich hasste es so. Vor allem mit ihr. Mila verdrehte die Augen und wollte zurück ins Bad gehen. Ich hielt sie am Arm fest. »Renn doch nicht immer weg.«

»Was soll ich dir denn darauf antworten?«, rief sie und riss sich los. »Klar wollte ich dich, ich wollte dich schon an dem Abend in Portland, als du in mein Zimmer eingebrochen bist.«

Ich hob eine Augenbraue.

»Eingebrochen?« Und konnte mir das Lachen nicht verkneifen. »Das hätte anders ausgesehen.«

»Dean. Wieso bist du zurückgekommen? Du wolltest doch zu deiner Neuen?«

Konnte sie Sofia nicht einfach vergessen, verdammt noch mal? Mein Gott, ich war so dämlich, dass ich sie überhaupt nach Portland eingeladen hatte, dann hätten die beiden sich niemals gesehen und Mila würde nicht wissen, dass Sofia existiert. Ich blickte ihr vorsichtig ins Gesicht.

»Mila. Ich habe keine Neue. Ich will nur dich. Mit Sofia läuft nichts mehr.«

Sie winkte ab und verschwand ins Schlafzimmer. Dass diese Frau so kompliziert war, machte mich immer wieder aufs Neue sauer. Sie war so unglaublich süß, aber gleichzeitig war es so nervtötend, dass wir jedes Mal stritten.

»Man, lass uns jetzt reden.«, ermahnte ich sie und stampfte ihr nach. Wie ein Hund. Hatte ich so was überhaupt nötig?

Vor einem Jahr wäre ich niemals einer Frau hinterhergelaufen. Eher sie mir.

»Ich will mich jetzt bettfertig machen und dann schlafen. Außerdem will ich nicht reden.«, sagte sie, während sie sich ihre kurzen graue Hotpants und ihr dunkelblaues Top anzog.

»Du willst nicht reden? Okay. Weißt du was? Du hast recht, ich bin mit Sofia zusammen. Ich habe sie unten nur kurz angerufen, um ihr zu sagen, dass ich heute Abend zu ihr fahre. Ich lege jede Frau flach, die mir über den Weg läuft. Ich spiele nur mit dir, so wie es alle von Anfang an gesagt hatten. Zufrieden?« Ihre Augen weiteten sich. »Ich bin wieder hochgekommen, weil ich dich vermisst habe. Alles. Deine Küsse. Deine Nähe. Alles, verdammte Scheiße. Mir ist das aber zu dumm, ich diskutiere und erkläre mich auch nicht mehr. Wenn du mich immer noch für so einen Mann hältst, okay, aber dann rede Klartext. Lösch meine Nummer. Rede nicht mehr mit mir und guck mich nicht mehr mit diesem einen Blick an. Dann belästige ich dich nicht mehr, oder breche in dein Hotelzimmer ein.«

Sie kam auf mich zu. »Aber das …«

Ich stoppte sie mit meinem Finger auf ihren Lippen. »Nein, das hast du nicht gesagt, aber ich merke, dass du das nicht mehr willst.«

Ich ließ sie ohne eine weitere Erklärung stehen und verließ die Wohnung. Mir tat es weh, dass ich sie so angemacht hatte. Ich schloss mein Auto auf, stieg ein und warf noch einen Blick zu ihrem Fenster.

»Ich liebe dich.«, flüsterte ich.

Während ich auf dem Weg nach Hause war, hatte ich unzählige Gedanken im Kopf. War es zu hart, was ich ihr eben an den Kopf geknallt hatte? Ob sie meine Nummer jetzt wirklich löschen würde? Ob sie mich aus ihrem Leben strich? Ich hätte doch lieber meine verdammte Klappe halten sollen.

Ich bereute es jetzt schon.

Ich parkte ein und sah von weitem Liam auf mich zukommen.

»Na, wo kommst du denn her? Von Sofia?«, begrüßte er mich.

Ich schüttelte den Kopf. »Nein, von Mila.«

Er bekam große Augen. »War sie nicht mit dem einen Typen zusammen?«, fragte er und zündete sich eine Zigarette an.

»Ja. Aber er ist Geschichte. Er war vorhin kurz bei ihr, als ich auch da war. Am liebsten hätte ich ihm eine reingeschlagen.« Ich fing an zu lachen.

»Wieso hast du es nicht getan?«

Ich lehnte mich gegen meinen Audi. »Diese Frau macht mich einfach bekloppt im Kopf.«

»Ich merke es, Alter. Hat sich der Besuch wenigstens gelohnt?«

Ich wusste, worauf er hinauswollte, und konnte mir ein Grinsen nicht verkneifen. Liam klopfte mir auf die Schulter.

»Und was machst du jetzt mit Sofia?«, fragte mein Kumpel und zog an seiner Zigarette.

Ich zuckte mit den Schultern. »Ich habe sie abserviert.«

»Gut so. Dann ist doch alles wieder perfekt. So wolltest du es doch, oder nicht?«

Dass ich so ein Gespräch mal mit Liam führen würde, hätte ich im Leben nicht gedacht. Vor einem Jahr hatten wir darüber geredet, welche Bitches wir zu unseren Partys einladen würden oder welche Frau am besten im Bett war.

»Na ja, nicht ganz. Ich habe gesagt, Mila soll meine Nummer löschen und nicht mehr mit mir reden.«

Liam schaute irritiert und drückte seine Zigarette auf dem Boden aus. »Diggah, du verwirrst mich. Hast du nicht gerade noch gesagt, dass du sie gef…«

Ich fiel ihm ins Wort. »Ja, wir hatten Spaß, aber danach haben wir wieder diskutiert, wie immer. Und dann habe ich ihr gesagt, wenn sie mir nicht glauben will, dass ich für Sofia keine Gefühle habe, sondern es immer nur Spaß war, dann soll sie den Kontakt abbrechen.«

»Wie gut, dass ich so ein Theater nicht habe.«, bemerkte Liam und ging Richtung Eingangstür. »Und nie haben werde.«

Penner. Wer hätte gedacht, dass *ich* solche Probleme mal haben würde? Niemand.

In meiner Wohnung angekommen, hüpfte ich direkt unter die Dusche. Ob sie sich irgendwann melden würde?

Als mein Handy klingelte, sprang ich raus und schaute auf das Display.

Sofia.

»Ja?«

»Dean, ich will nicht, dass es vorbei ist. Wir hatten doch immer Spaß miteinander und ich glaube, ich war dabei, mich in dich zu verlieben.«

Ich schluckte kurz. Wieso hatte sie sich bitte in mich verliebt? Mann, ey. Sie wusste doch, dass ich nur Spaß haben wollte.

»Sofia. Du weißt doch …«

»Ja, ich weiß«, unterbrach sie mich. »Aber gegen meine Gefühle kann ich nichts machen.«

Ich schaute mich im Spiegel an, der mittlerweile beschlagen war von der heißen Dusche. »Komm in zehn Minuten zu mir, okay?« Ich hörte am anderen Ende des Hörers ein Quieken und schon legte sie auf. Ich musste kurz schmunzeln. Ein bisschen niedlich war sie ja.

Ich stieg wieder in die Dusche, schamponierte mich ein und überlegte, wie ich es ihr jetzt am besten erklären sollte, dass sie mich nicht mehr anrufen bräuchte, wenn sie gerade Lust hatte. Ich würde mit dieser Frau keinen Sex mehr haben, solange Mila da war.

Nachdem ich Parfum auflegt hatte, klingelte es an der Tür.

»Hey. Komm rein.«, begrüßte ich Sofia und winkte sie zu mir in die Wohnung.

Sofia zog sich ihre schwarze Lederjacke aus und ging ins Wohnzimmer. »Mann, ist es hier aufgeräumt. Wow!« Erstaunt schaute sich um.

»Magst du was trinken?«

Was tat ich hier? Warum hatte ich Sofia überhaupt zu mir in die Wohnung eingeladen? Sie dachte jetzt mit Sicherheit, dass ich ebenfalls Gefühle für sie hatte.

»Wieso hast du mich eingeladen, Dean?«, fragte sie auch prompt und kam mir näher.

»Weil ich es dir erklären möchte. Sofia, dass mit uns beiden geht nicht mehr. Es war immer gut mit dir, das weißt du auch. Aber es geht einfach nicht mehr.«

»Wir können es auch langsam angehen lassen. Ich habe mich wirklich in dich verliebt. Ich weiß, du willst das alles nicht hören, ich habe auch alles dafür getan, dass genau das nicht passiert.« Mittlerweile tat sie mir leid.

»Ich wollte dich nicht verletzen. Ich dachte, es ist für uns beide immer klar gewesen, dass es nur Spaß war und keine echten Gefühle im Spiel sind.«

Ihre Augen füllten sich mit Tränen.

Großer Gott, jetzt bitte nicht weinen. Ich konnte keine Frau gut trösten. Außer meine kleine Cousine Emma.

»Oh, mir ist plötzlich schlecht. Ich gehe mal auf die Toilette. Ich glaube, mein Essen will wieder raus.«, bemerkte sie, hielt sich ihre Hand vor den Mund und lief ins Badezimmer. Wenige Sekunden später hörte ich, wie sie sich übergab. Waren ihr meine Worte so auf den Magen geschlagen?

Kapitel 4

Mila

Ich lag in meinem Bett und konnte nicht einschlafen. Ich musste die ganze Zeit an ihn denken. Wieso konnten wir nicht einen Tag haben, wo wir nicht diskutierten? Was fand er an Sofia so gut? Sie hatte blonde lange Haare. Er stand doch auf Dunkelhaarige, oder? Ich drehte mich auf die andere Seite und schaute noch einmal auf den Wecker. Kurz vor zwölf. Langsam sollte ich einschlafen.
Wenige Minuten später schnappte ich mein Handy, öffnete die Kontaktliste und tippte auf seinen Namen. Es klingelte und klingelte. Nichts. Ob er schon schlief? Oder war er doch bei ihr? Mein Hirn konnte seine verdammte Klappe nicht halten.

Jetzt hatten wir nach langer Zeit Sex miteinander gehabt. Es könnte alles so perfekt sein. Wir zogen uns einfach magisch an. Wie das Licht die Mücken. Aber irgendetwas zerstörte unsere Beziehung immer wieder, wie mein Ex zum Beispiel. Oh, der Brief! Ich schmiss die Bettdecke zur Seite und holte ihn aus der Kommode.

Hey Mila,

ich denke, dass du diesen Brief auf keinen Fall lesen wirst oder Dean ihn schon verbrannt hat. 😉

Ich hätte dir das gern alles persönlich erklärt, aber ich habe keine Chance mehr bekommen. Auf der Arbeit war Amalia an deiner Seite und zu Hause war ich mir sicher, dass Dean schon da ist.

Deshalb schreibe ich dir das jetzt hier. Als ich dich das erste Mal im Pacific Place in dem weinroten Kleid gesehen habe, dachte ich mir WOW was für eine wunderschöne Frau.

Und das sage ich bis heute, daran hat sich nichts geändert. 😊

Als ich dich danach im Büro gesehen habe, wusste ich sofort, dass ich dich kenne, und habe mich wahnsinnig gefreut. Dean habe ich dann ab und zu bei dir im Büro gesehen und da habe ich eins und eins zusammengezählt. Ich wusste, dass ihr beide was am Laufen habt und ja, es klingt dumm von mir, aber ich wollte nicht, dass er dich bekommt.

Und die Geschichte mit Rachel … Ich war für ein paar Monate in New York und habe sie in einem Sportstudio kennengelernt.

Wir haben uns am selben Tag bei mir getroffen und sind uns nähergekommen.

In der Beziehung lief es nicht optimal. Anfangs wusste ich nicht mal, dass sie vergeben ist, später hat sie mir von ihm erzählt. Natürlich hat sie es irgendwann mit mir beendet und wollte bei Dean bleiben. Ich mochte Rachel, es hat mich schon verletzt, dass sie zu ihm zurückgegangen ist. Und genau deshalb habe ich so einen Hass auf den Kerl. Als ich euch zusammen gesehen habe, dachte ich, ich raste aus, weil ich dich attraktiv finde. Als wir beide eine Beziehung eingegangen sind und er ebenfalls bei dem Seminar war, wusste ich, das war´s für mich. Ich wusste die ganze Zeit, dass du ihn nicht aus deinem Kopf bekommst. 😉 Als ich ihn dann bei dir im Hotelzimmer gesehen habe, hätte ich ihm am liebsten eine reingeschlagen.

Mila? Was ich heute zu Dean gesagt habe, das tut mir unfassbar leid. Ich habe Gefühle für dich. Da war nichts gespielt und ich wollte dich nicht nur ins Bett bekommen. Glaub mir das bitte.

Ich bin mir sicher, dass, wenn ich nicht von allein das Büro räume, Dean dafür sorgen wird, dass ich gekündigt werde. Aus diesem Grund werde ich selbst gehen.

Ich habe mit Mr Jones gesprochen. Dean wird nichts passieren und auf eine Anzeige werde ich verzichten. Aber nur deinetwegen.

Wenn du morgen in dein Büro gehst, wirst du an einem leeren Schreibtisch vorbeigehen. 😊 Ich hoffe, du hasst mich nicht mehr, nachdem du das jetzt alles gelesen hast, und kannst mich ein bisschen verstehen. Ich wünsche dir nur das Beste, Mila. Und wenn du mit Dean zusammenkommen solltest, dann wünsche ich dir mit ihm alles Glück der Welt. Mach's gut.

Matt

Ich musste schlucken, faltete den Brief zusammen und legte ihn wieder weg. Also hatte er sich ebenfalls in Rachel verguckt? Heftig. Er tat mir ein wenig leid. Ich nahm mein Handy und schrieb ihm.

Hey Matt,
ich habe den Brief gelesen (allein) und ich danke dir für deine ehrlichen Worte. Wieso hast du mir das alles mit Rachel nie erzählt? Oder auch, dass du Dean schon lange kennst?

Und ja, du hattest recht, er war nie komplett aus meinem Kopf verschwunden. Ich liebe diesen Mann einfach. Ich habe dich aber nie verarscht. Ich mochte dich auch.

Ich mochte dich auch? Mila, geht es noch bekloppter? Ich löschte den Text wieder. Und tippte erneut in mein Handy.

Hey Matt,
ich danke dir für deine ehrlichen Worte. Ich wünsche dir alles Gute. Und nein, ich hasse dich nicht. ☺
Mila.

Das klingt schon besser, dachte ich und drückte auf senden. Schade, dass er gekündigt hatte. Ich würde seinen attraktiven Anblick vermissen. Sofort musste ich lachen. Ich stöpselte mein Handy ans Ladegerät, legte mich ins Bett und schlief endlich ein.

Am nächsten Morgen klingelte der Wecker und ich war drauf und dran, ihn aus dem Fenster zu schmeißen. Ich war unfassbar müde. Ich quälte mich aus meinem Bett und schleppte mich ins Badezimmer, steckte mir die Zahnbürste mit Zahnpasta in den Mund und putzte meine Zähne. Richtete die Haare schnell zu einem Dutt, knipste Ohrringe an und hüpfte in meinen schwarzen Jumpsuit. Dann warf ich einen Blick auf mein Handy. Eine Nachricht.

Dean.

Ich öffnete sie.

Hey,
du hattest angerufen. Sorry, ich hatte gestern Abend Besuch. Was wolltest du?

Okay. Dann war sie sogar bei ihm gewesen. Ich merkte, wie mir die Galle hochkam. Erst schlief er mit mir und danach mit ihr? Ekelhaft, wirklich widerlich.

Es war ein Versehen, sorry!, tippe ich schnell ein und schickte die Nachricht ab. Wieso machte er das jedes verdammte Mal? Reichte ich ihm nicht?

Ich steckte das Handy in die Tasche, stieg in meine schwarzen Pumps und machte mich auf den Weg zur Arbeit.

Ich schaltete mein Laptop an und kontrollierte die Termine für den heutigen Tag.

Es war komisch wieder allein in der Bank zu sein, sonst war Matt um die Zeit immer schon da gewesen und hatte mindestens zweimal an der Glasscheibe geklopft oder mir eine Tasse Kaffee gebracht.

Plötzlich vibrierte mein Handy.

Dean.

Na, kann Sofia gerade nicht? Ich kann jetzt ebenfalls nicht, dachte ich und drückte ihn weg.

»Guten Morgen, Süße.«, hörte ich Amalias Stimme.

Ich schaute nach oben und musste lächeln. »Guten Morgen. Setz dich. Es gibt viel zu erzählen.«

»Ja, dass hoffe ich doch.«, bemerkte sie, setzte sich in den Sessel und kreuzte ihre Beine.

»Dean war gestern bei mir. Wir haben gesprochen, kurze Zeit später kam Matt, hat seine Sachen abgeholt und mir einen Brief in die Hand gedrückt. Ach ja und wir hatten Sex.«, fiel ich mit der Tür ins Haus.

Ihre Augen weiteten sich. »What the fuck? Könntest du vielleicht deutlicher und langsamer reden? Wer hatte jetzt mit wem Sex?«

Ich fing an zu lachen und lehnte mich nach hinten. »Dean und ich hatten Sex.«

Sie klatschte in die Hände. Sie freute sich für uns. Na ja, eher für mich. »Also habt ihr euch ausgesprochen?«

Ich schüttelte den Kopf und nippte an meinem mittlerweile kalten Kaffee.

Sie hielt ihre Hände hoch. »Hä? Ich versteh nichts mehr.«

»Es ist kompliziert.« Ich verdrehte die Augen.

Amalia prustete los. »Es war schon immer kompliziert bei euch. Ihr wollt euch beide so sehr, aber ihr seid einfach zu stur. Manchmal könnte ich euch mit den Köpf…« Sie stoppte. »Wenn man vom Teufel spricht!« Mit ihrer Hand zeigte sie auf die Fensterscheibe in meiner Bürotür. Und wen sah ich? Dean.

Wieso kam er auf die Arbeit? Okay, es war auch seine. Trotzdem es war meine Filiale, nicht seine, verdammt. Ich schaute nicht zu ihm, sondern starrte weiterhin meine Freundin an.

»Mila, er kann dich trotzdem sehen.«, flüsterte Amalia mir zu und ich musste schmunzeln.

»Sag ihm, ich habe einen Kunden.« Ich hatte es noch nicht fertig ausgesprochen, da ging die Tür auf und Dean stand in meinem Büro.

»Amalia, könntest du uns kurz allein lassen?«, fragte er. Sie nickte, nahm ihre Tasche und ging.

Ich stand auf. »Mein Kunde kommt gleich.«, klärte ich ihn auf, nahm meine Tasse und wollte an ihm vorbeigehen.

Dean hielt die Tür zu und schloss ab.

»Was soll das? Mein Kund…«

Er kam näher. »Dein Kunde? Der kommt erst in einer Stunde. Vergiss nicht, ich kann in deinen Terminkalender schauen.«

Mistkerl, dachte ich nur.

»Wieso hast du mich gestern angerufen? Was wolltest du mir sagen?«

Ich stellte die Tasse auf den Schreibtisch und setzte mich wieder an meinen Laptop. »Wer war dein Besuch gestern?« Kaum hatte ich diese Frage ausgesprochen, bereute ich es schon wieder. Ich schob Ordner auf meinem Desktop von A nach B. Es sollte wenigstens so aussehen, als hätte ich etwas Wichtiges zu tun.

»Sofia.«

Und da war es wieder. Der Schlag in die Fresse. In die Magengrube. Überall hin. Oder wollte er mich nur provozieren? *Nichts anmerken lassen, Mila*, ermahnte ich mich. Ich schaute zu ihm hoch. »Okay. Was willst du jetzt hier?«

Er richtete sich seine dunkle Krawatte. Dass dieser Kerl auch so heiß aussehen musste.

»Ich habe sie zu mir eingeladen.«, fing er an und ich schob weiter meine Computerprogramme wild hin und her. »Verdammt noch mal, guck mich an, Mila. Ich will nichts von Sofia, das habe ich dir doch schon erklärt und ihr gestern Abend auch.«

Ich drehte mich zu ihm. »Und deshalb hast du sie extra zu dir nach Hause eingeladen? Du denkst auch, ich bin auf den Kopf gefallen.«

»Wie oft möchtest du eigentlich noch deinen Papierkorb öffnen und schließen?«, fragte er und fing an zu grinsen.

Ich merkte, wie mir das Blut in den Kopf stieg.

Dean kam zu mir herum und legte seine Hand in meinen Nacken. »Ich will nur eine.«, flüsterte er mir ins Ohr.

Wieso sagte er mir das jetzt einfach so? Er wusste genau, dass mich das schwach machen würde, ich musste aber stark bleiben und etwas sagen, was ihn rasend machte.

»Ich habe übrigens den Brief gelesen.« Plötzlich war seine Hand weg und er machte einen Schritt zurück.

»Aha. Und was hat Matt dir ach so tolles geschrieben?«

Mein Kopf ratterte. Sollte ich ihm jetzt alles erzählen?

Ich rollte mit meinem Stuhl ein Stück nach hinten und stand auf. »Schon mal was von Briefgeheimnis gehört?«, fragte ich ihn, nahm die Tasse, schloss die Tür wieder auf und ließ ihn allein in meinem Büro stehen. So und jetzt extra mit dem Hintern wackeln. Ich kippte den kalten Kaffee in die Spüle und holte mir einen neuen.

»Wieso rennst du jedes verdammte Mal weg? Warst du schon immer so?«, hörte ich Deans Stimme hinter mir.

Ich nahm einen Schluck. »Ich muss jetzt arbeiten, Mr Smith. Entschuldigen Sie mich.« Erneut ließ ich ihn stehen und ging zurück in mein Büro.

Atmen, Mila. Atmen.

Plötzlich ging die Tür auf.

Dean.

»Kann ich dich nach der Arbeit zu Hause abholen?«

Ich überlegte kurz. Wieso sollte ich jetzt wieder was mit ihm unternehmen, nachdem er gestern sofort Sofia zu sich nach Hause eingeladen hatte? Ich schüttelte den Kopf.

»Sorry, war falsch formuliert. Ich hol dich später ab. Zieh dir was Schickes an. Wir gehen essen.«

Ich holte Luft. »Und was ist …«, fing ich an, doch er war schon wieder weg.

Dieser Mann.

Ich zuppelte meinen Jumpsuit zurecht und wartete auf meinen ersten Kunden.

Kapitel 5

Dean

Ich setzte mich wieder auf den Bürostuhl und surfte im Internet. Plötzlich klingelte mein Handy.

Riley.

Ein Lächeln trat auf meine Lippen. »Hey Maus, lange nichts mehr von dir gehört. Schön, dass du anrufst.«, begrüßte ich sie.

»Hey du. Ja, ich hatte einiges zu tun und habe mich öfter mit John getroffen. Wie geht es dir? Bist du jetzt mit Sofia zusammen?«, fragte sie neugierig.

Ich spielte mit meinem Kugelschreiber. »Wer ist denn John?«

»Ach, der Erzieher der Piratengruppe.«

Ich fing an zu lachen. »Und er ist jetzt dein Pirat?«

Sie lachte ebenfalls. »Na ja, noch nicht ganz. Aber bald. Er ist richtig toll, Dean«, schwärmte sie von einem Kerl, von dem ich nie zuvor gehört hatte.

»Ist meine Kleine verliebt?«

»Und was ist mit dir?«, lenkte sie ab.

»Na ja, mit Sofia ist nichts mehr. Aber …«

»Aber mit Mila?«, unterbrach Riley mich und jubelte am anderen Ende der Leitung los.

Ich musste grinsen. »Scheint so. Ich hol sie heute Abend zum Essen ab.«

Sie kreischte weiter vor sich hin. »Wir müssen uns unbedingt zu dritt treffen.«

»Oder zu viert.«

»Noch besser. Könnt ihr am Wochenende?«

Vielleicht hatte Mila gar kein Bock? Schließlich hatten sie und Riley nicht mehr so viel Kontakt. »Ich schreibe dir noch mal, okay?«

»Oki doki. Oh, ich freu mich so.«

»Ich mich auch.«, beendete ich das Gespräch. Riley war schon echt niedlich. Meine beste Freundin halt.

»Entschuldige, könnte ich kurz reinkommen?« Melody stand an der Bürotür.

»Klar, setz dich. Was gibt es?«

»Könnte ich vielleicht den Rest der Woche Urlaub haben?«

Ich blickte kurz auf die Anwesenheitsliste und nickte. »Ich trag dich ein. Genieß die freien Tage.«

Sie bedankte sich und verschwand wieder. Ich war froh, dass zwischen uns keine merkwürdige Stimmung war, und dass sie es nicht so an die große Glocke gehängt hatte, dass sie bei mir eine Nacht geschlafen hatte.

Der Arbeitstag verging, so wie immer. Langsam. Ich fuhr den Laptop runter, nahm mein Jackett und ging zum Auto.

Auf der Fahrt nach Hause dachte ich an Mila. Sie war gefühlt den ganzen verschissenen Tag in meinem Kopf, egal, was ich machte. Als ich in meine Straße einbog, sah ich einen dunkelroten Audi.

Sofias Auto. Wow. Was wollte sie denn hier?

Okay, möglicherweise war sie bei Liam. Da sie in letzter Zeit öfter bei mir gewesen war, hatte sie auch ihn kennengelernt. Sie hatten sich auf Anhieb bombastisch verstanden. Dass sie es miteinander trieben, konnte ich mir aber nicht vorstellen.

Als ich den Motor ausmachte, kam sie gerade aus der Eingangstür und blieb im Türrahmen stehen. Alles klar, sie war wegen mir hier. Na klasse. Ich nahm mein Jackett und bewegte meinen Hintern zur Wohnung.

»Hey.«, begrüßte ich Sofia. Vielleicht war sie ja wirklich wegen ihm hier.

»Ich bin wegen Liam hier, keine Angst.«, erklärte sie mir.

Puh. Gott sei Dank. »Geht es dir besser?« Sie schüttelte den Kopf. »Vielleicht hast du dir einfach den Magen verdorben.«

Liam kam mit einer Kippe um die Ecke.

»Ey, kannst du vielleicht woand…« Sofia brach ab, hielt sich die Hand vor den Mund, doch es war zu spät.

Es kam ihr schon wieder alles im hohen Bogen raus. Schön ins Treppenhaus. Na lecker.

»Wow Sofia, was geht denn bei dir ab?«, fragte Liam geschockt und gleichzeitig angewidert.

»Sorry, das wollte ich nicht. Gibt mir ein Lappen, ich mach es weg.«

Liam stand da wie angewurzelt.

»Ey, du bist so ein Depp, Alter.«, sagte ich und ging in meine Wohnung, um einen Eimer und einen Lappen zu holen. Ich kramte alles zusammen und wischte es weg. Sofia war kreidebleich im Gesicht.

»So fährst du aber kein Auto mehr. Ich bringe dich nach Hause, dein Auto kann hier stehen bleiben.«, sagte ich und streichelte ihr über die Schulter, während sie auf der Treppe mit einem kalten Lappen auf der Stirn saß. Sie nickte nur. Ich brachte alle Sachen wieder in die Wohnung und saß mit ihr wenige Minuten später im Auto.

»Hier, falls noch mal was kommt.« Ich hielt ihr eine Tüte hin.

Sie lehnte sich mit dem Kopf an die Fensterscheibe. »Danke, Dean. Das ist mir echt unangenehm.«

Ich blickte zu ihr rüber. Sie tat mir leid. »Wie lange hast du das schon?«

Sofia zuckte mit den Schultern. »Seit ein paar Tagen.« Sie schaute mich an. »Ich habe in dem einen Imbiss Nudeln gegessen, vielleicht waren die nicht mehr so gut.« Jap, das würde es gewesen sein. Es darf nichts anderes sein.

»Geh doch mal zum Arzt. Vielleicht hast du eine Lebensmittelvergiftung.«, schlug ich vor. Sie nickte und legte ihre Hand auf meinen Oberschenkel.

»Wann sehen wir uns wieder?«

Ich schob ihre Hand weg. »Sofia. Uns gibt es nicht mehr.«

»Aber du fandest es doch auch immer gut. Vor allem wenn ich …«

»Ja, klar war es geil mit dir, aber ich will es nicht mehr.« Was war daran nicht zu verstehen? Nur weil man paarmal miteinander fickt, muss man gleich mit der Person zusammenkommen?

An ihrer Wohnung angekommen, bedankte sie sich und meinte »Ich gebe uns nicht auf.« Sie schmiss die Autotür zu.

Einem Blick auf ihren wahnsinns Hintern konnte ich nicht widerstehen. Einen hammer Körper hatte sie, aber kein Vergleich zu Mila.

Ich stopfte die leere Tüte ins Handschuhfach und raste in Blitzgeschwindigkeit los. Fuck, das ganze Auto roch nach Pfirsich. Ihr beschissenes Parfum. Was sollte ich denn jetzt machen? Fenster aufmachen? Wird nichts bringen. Ich tippte Liams Nummer.

»Ey Bruder, hast du die Kotzliese zu Hause abgeliefert?«

Ich konnte mir das Lachen nicht verkneifen. »Arschloch. Sag mal, brauchst du heute dein Auto? Kann ich mir das ausleihen?«

»Klar. Aber wozu?« Ich verdrehte die Augen. Der checkte nie was.

»Ich hole Mila jetzt ab. Das Auto stinkt aber nach Sofias Parfum.«

Er prustete los. »Junge, du machst immer Scheiße.«

»Du hättest Sofia doch auch nach Hause bringen können.«, bemerkte ich.

»Bist du verrückt? Und dann kotzt sie mir in meinen R8? Never!«

»Jaja. Bin gleich da. Ich bin echt spät dran.« Ich legte auf und trat das Gaspedal bis zum Anschlag durch.

»Hier. Und bring mir das Auto heile wieder.«, sagte Liam und warf mir die Schlüssel zu.

»Du rettest mir gerade echt den Arsch. Danke!«

Er grinste mich an. »Aber bitte treibt es nicht in meinem Auto.«, betonte er.

Ich rollte mit den Augen. »Ich heiße ja nicht Liam.«

»Nee, Dean. Und du bist noch schlimmer als ich.« Wir fingen an zu lachen.

»Spaßt, ey. So, ich muss jetzt.«, meinte ich und machte mich endlich auf den Weg zu Mila.

Unerwartet piepste mein Handy. Ich warf einen Blick drauf. Eine Nachricht von Mila.

Hey,
Ich werde gleich ins Bett gehen. Bin müde.

Ich schaute auf die Uhr. Es war kurz nach acht. Wollte sie mich verarschen? Seit wann ging sie bitte so früh schlafen? Ich wäre ja schon früher bei ihr gewesen, wenn Sofia nicht in den scheiß Flur gekotzt hätte und ich sie nicht hätte nach Hause bringen müssen. Ich tippte ins Handy.

Ich bin gleich da, sogar mit deinem Traumauto. 😉

An Milas Wohnung angekommen, sah ich sie mit einem schwarzen kurzen Kleid vor ihrem Haus stehen. Das Kleid war zu kurz, aber sie war ja in meiner Nähe, also alles okay. Ihre Augen weiteten sich und ihr Mund stand offen. Sie kam dem Auto näher und streichelte über Motorhaube.

»Du bist ja wirklich mit dem R8 hier.« Ich lächelte sie an.

»Na, denkst du, ich scherze?«

Sie ging um den Wagen herum und setzte sich rein.

»Du siehst verdammt heiß aus, Mila.« Sie schaute mich verlegen an. »Und du wolltest ins Bett gehen, ja?« Ich grinste.

Sie konnte mich einfach nicht anlügen. So wie sie zurechtgemacht war, hatte sie mehr als ein paar Minuten im Bad verbracht und war niemals auf dem Weg ins Bett gewesen.

»Natürlich nicht. Ich wollte nur bisschen Druck machen. Wieso kommst du so spät?«

Weil ich Sofia nach Hause gebracht habe, nachdem sie unseren Hausflur neu eingefärbt hat und ich dann die Autos tauschen musste, weil meins nach ihrem Parfum roch. Schlechte Idee, ganz schlechte Idee.

»Hatte noch etwas zu erledigen.« Bitte frag jetzt nicht nach. Schluck es einfach.

»Okay. Wo gehen wir hin?«, fragte sie ungeduldig und strich mit ihrem Finger die Naht an dem Sitz nach. »Uh … Ich sitze endlich mal in einem R8.«, quiekte sie vor sich hin.

»Lass dich überraschen.«, spannte ich sie weiterhin auf die Folter.

Die ganze Fahrt über grinste sie wie ein Honigkuchenpferd. Ich machte sie glücklich. *Gut gemacht, Dean*, sagte meine innere Stimme.

»So wir sind da.« Mila guckte verwirrt.

»Ich sehe kein Restaurant. Oder müssen wir noch ein Stück gehen?«

»Es ist auch ein bisschen weiter oben.«

Mila bekam große Augen und drückte ihre Stupsnase an die Fensterscheibe. »Du verarscht mich!«

Wir standen vor dem Space Needle, dem Wahrzeichen Seattles. Er war der 184 Meter hohe Aussichts- und Restauranttturm in Seattle.

»Da fahr ich nicht hoch, Dean.« Ich grinste sie an, nahm ihre Hand und drückte sie. »Auf den Eiffelturm bist du auch mit mir hochgefahren. Wir schaffen das. Die Aussicht ist der Wahnsinn. Glaub mir.«, versuchte ich sie zu überreden.

»Wie hoch ist das?«

Ich zuckte mit den Schultern. »Weiß ich nicht genau.«

Natürlich wusste ich, dass das rotierende Sky City Restaurant auf der Höhe von 150 Metern lag, aber das sagte ich ihr nicht. Den Ausblick auf die Innenstadt von Seattle musste man mal gesehen haben.

Mila griff nach ihrer Tasche, die sie vor ihren Füßen liegen hatte. »Wehe, das lohnt sich nicht.«

Amüsiert lächelte ich sie an. Als wir vor dem Wahrzeichen standen, mussten wir, Gott sei Dank, nicht lange warten, denn dann hätte sie sich das Ganze noch mal überlegt.

Wenige Minuten später standen wir im Aufzug nach oben. Ich drückte sie an meine Brust.

»Denk an was Schönes. Gleich siehst du ganz Seattle.«

Mila kniff ihre Augen zu. »Wenn es keine schöne Aussicht ist, schlage ich dich.«, flüsterte sie mir zu.

»O ja, Baby. Ich freu mich schon.«, neckte ich sie und streichelte ihr über den Rücken. Wie gern würde ich sie jetzt küssen.

Die Aufzugtüren gingen auf und wir befanden uns im untersten Geschoss, was nur 152 Meter war. Für Mila war selbst das zu hoch. Sie trat aus dem Fahrstuhl und ihre Augen weiteten sich. »Wow!«, bekam sie nur raus.

»Ein Tisch für zwei bitte.«

Die Kellnerin lächelte uns an. »Aber klar, kommen Sie.« Sie führte uns zum Tisch, direkt an der Fensterfront. Mila kam aus dem Staunen nicht mehr raus, die Bedienung bekam es mit und schmunzelte.

»Bitte schön!« Sie hielt uns die Speisekarten hin. Ich nickte und schaute zu Mila.

Plötzlich wurde sie kreidebleich im Gesicht.

»Mila? Alles gut?«, fragte ich besorgt. Sie tupfte sich mit der Serviette die Stirn ab.

»Ja, ist nur etwas hoch. Und der Turm wackelt.«

»Nein, hier ist alles fest. Hier wackelt nichts.«, beschwichtige ich sie. Doch sie hatte recht, ein leichtes Wanken war spürbar. Das hatte ich beim letzten Mal gar nicht bemerkt. Ich streichelte ihre Hand. »Wir hätten gern ein Glas Wasser, danke.«, sagte ich zu einem Kellner, der an uns vorbeiging.

»Ich habe Pause, aber ich werde es meiner Kollegin weitergeben.«, erklärte dieser.

Das hatte er jetzt nicht gesagt. Ich hielt ihm am Arm fest. »Sie bringen uns jetzt ein verschissenes Wasser, meiner Frau geht es nicht gut.« Er schaute mich geschockt an.

»Ja, ja, Sir. Ich bin gleich bei Ihnen.«

»Soll ich dir einen kalten Lappen besorgen?«

Mila schüttelte den Kopf. »Geht gleich wieder weg. Tut mir leid, dass ich immer so eine Memme bin.«, entschuldigte sie sich und schaute traurig nach draußen.

Wieso wurde in letzter Zeit allen Frauen in meiner Gegenwart schlecht?

»Und ich bin jetzt deine Frau, ja?«, fragte sie vorsichtig und lächelte mich an.

Ich schenkte ihr ein kleines Grinsen aber, ließ die Frage aber unkommentiert.

Unsere Kellnerin kam mit einer Wasserflasche und einem kalten Lappen an unseren Tisch.

»Danke!«, sagte ich schnell.

Sie schenkte Mila Wasser ins Glas. »Darf ich ihnen schon was zu essen bringen?«

Ich blickte zu Mila, die mittlerweile ihre Serviette durch den kalten Lappen ausgetauscht hatte. »Wir schauen noch kurz.«

Die Bedienung grinste mich an und verschwand.

»Hast du denn überhaupt Hunger?«, wollte ich von Mila wissen.

»Ich habe immer Hunger!«, antwortete sie und wir beide fingen an zu lachen. Sie schaute in die Speisekarte.

»Hier stehen gar keine Preise.«

»Wir sind auch in einem der nobelsten und teuersten Restaurants der Stadt. Niemand der Gäste will sich an einem romantischen Abend mit solchen Details belasten.« Ich zwinkerte ihr zu.

»Wow. Aber Hauptsache deine Alte macht erst mal schlapp.«, sagte sie beschämt.

»Na ja, kennt man sie anders?«

Mila prustete los und langsam bekam sie wieder Farbe ins Gesicht. Endlich ging es ihr besser. »Ich hätte gern gebratene Baby-Artischocken.«, sagte sie und zeigte sie mir in der Speisekarte.

»Wer isst sowas?«, fragte ich angewidert und verzog mein Gesicht. Sie warf mir einen bösen Blick zu. »Alles klar. Ich nehme einen Heilbutt mit Pilzen.«

»Aber dein Gericht ist besser oder was? Welcher normale Mensch isst Pilze?«

Unerwartet stand die Bedienung wieder an unserem Tisch. »Was darf ich Ihnen Leckeres bringen?«

Wir bestellten unser Essen und genossen den Ausblick.

»Wie bist du eigentlich an das Auto gekommen?«, fragte Mila und nahm ein Schluck.

»Es gehört Liam.« Sie schaute geschockt.

»Dem Deppen über dir? Wie kommt er an dieses Auto ran?«

Ich fing an zu grinsen.

»Indem er sich das Auto kauft. Ich hätte es mir auch kaufen können, aber wollte dann doch den SQ7.« Sie verschluckte sich fast an ihrem Wasser.

»Dean. Schade, dass wir da nicht schon zusam…« Sie beendete den Satz nicht. »Und wieso bist du heute so spät zu mir gekommen? Was hattest du denn noch zu erledigen?«

Wieso fragte diese Frau so viel? Ich war mir sicher gewesen, dass sie es vergessen hatte. Ich schaute wieder raus. »Es ist echt unwichtig, Mila«

»Dann mach doch nicht immer so ein Drama daraus. Und sag es einfach.«

Ich konnte es ihr nicht sagen. Es war zwar nichts passiert mit Sofia, aber das würde sie wieder unnötig aufregen.

Kapitel 6

Mila

Er überlegte. Worüber dachte er denn die ganze Zeit nach? Oder hatte er sich wieder mit Blondchen getroffen und war deshalb zu spät gekommen? Und hatte aus diesem Grund ein anderes Auto? Als ich ihn erneut darauf ansprechen wollte, kam unser Essen.

Ich bedankte mich bei der Kellnerin und fing an zu essen. Zwischen Dean und mir war wieder Funkstille. Ich hasste es.

»Hast du Sofia heute noch mal gesehen?«, fiel ich mit der Tür ins Haus. Ich musste Dean nur länger anschauen und wusste, ob er gleich die Wahrheit sagen würde oder wieder log.

Er schaute auf seinen Fisch, schnitt sich ein Stück ab und steckte es sich in den Mund. Ich hob eine Augenbraue hoch. »Bekomme ich keine Antwort?« Er blickte zu mir.
»Nein, bekommst du nicht. Es ist egal, was ich in meiner scheiß Freizeit mache.«, sagte er mit ernster Stimme. Mir blieb vor Schreck fast die Artischocke im Hals stecken.

»Fick dich, ehrlich.«, haute ich raus und sagte den Abend kein einziges Wort mehr.

Stattdessen sah ich nach draußen. Es sah schon wunderschön aus, die ganzen Lichter, die mittlerweile leuchteten. Ich bemerkte, wie Dean mich ständig anschaute.

»Es war nicht so gemeint. Es tut mir leid.«, sagte er schließlich.

»Es war von dir nie so gemeint, Dean.« Ich merkte, wie feucht meine Augen wurden. Nicht heulen, Mila. Reiß dich jetzt zusammen. »Meins war aber so gemeint«, fügte ich noch hinzu.

Er schob sein letztes Stück Fisch in den Mund. »Ich dachte, ich mache dir eine Freude mit dem R8.«

»Weil ihr es in deinem Auto getrieben habt?«, fragte ich wütend. Meine Hände hatten sich um das Besteck gekrallt.

Überraschend stand die Kellnerin bei uns. »Wollen Sie noch einen leckeren Nachtisch?«, fragte sie höflich und zwinkerte Dean zu. Bitch, als würde ich es nicht sehen.

»Nein danke, wollen wir nicht.«, antwortete ich und warf ihr einen Blick zu, den sie hoffentlich verstand. Sie nickte und räumte unseren Tisch ab. »Können wir gehen? Ich will nach Hause.«

»Wir könnten noch weiter nach oben fahren, auf die Aussichtsplattform. Die hat sogar einen Glasboden.«, schlug Dean vor.

Ich zeigte ihm einen Vogel. »Mit Sicherheit nicht. Frag deine Blondine. Ich nehme mir ein Taxi. Mach's gut.«

»Ich bringe dich nach Hause.«, sagte er.

Am Auto angekommen, hielt er mir die Autotür auf. »Du kannst stolz auf dich sein, dass du dich nach oben getraut hast.«

Ich schaute hoch und ein kleines Lächeln trat auf meine Lippen. Manchmal war er so süß und ich könnte ihn abknutschen und sonst was mit ihm machen und dann könnte ich ihn wieder bis zum Mond schießen. Wieso machte er jedes verfickte Mal so ein Geheimnis aus gefühlt allem? Auf dem Weg zur mir nach Hause hatte Dean die ganze Zeit seine Hand auf meinem Oberschenkel. Ich legte meine darauf.

»Ich liebe dich, du Idiot.«, kam es plötzlich aus mir heraus. Ich war selbst erschrocken über meine Worte. Es kam keine Reaktion. Wollte Dean es nicht hören? Oder war er in den Gedanken? Vielleicht war auch das Radio zu laut. Glück gehabt. Auf einmal fuhr er rechts ran und machte den Motor aus. Ich schaute irritiert zu ihm. »Was ist jetzt los?«

Er kam mir näher, legte seine Hand in meinen Nacken und zog mich zu sich. »Und ich liebe dich, Mila. Versteh das doch endlich.«, flüsterte er mir zu und küsste mich. Ich erwiderte den Kuss. Ich konnte so sauer auf ihn sein, aber in seinen Händen war ich Wachs. Und das wusste er.

Jede verdammte Frau war es wahrscheinlich. Seine andere Hand wanderte zu meinem Hintern und er kniff leicht zu.

»Ich könnte dich jetzt hier …«, fing er an, doch ich nahm seine Hand weg.

»Nicht hier. Das ist nicht mal dein Auto. Außerdem ist es zu klein.«, versuchte ich ihn zur Vernunft zu bringen und zwinkerte ihm zu.

»Na ja«, er schaute sich um und seine Hand wollte wieder zu meinem Hinterteil wandern. Ich hielt sie fest.

»Fahr weiter, Dean. Sex ist nicht immer die beste Lösung.«

Er verstand, startete den Motor und fuhr weiter.

Mein Handy vibrierte. Eine Nachricht von meiner Mutter.

Hey Milamaus,
wann kommst du uns mal wieder besuchen?
Deine Mama

Ich tippte ins Handy.

hey Mama,
ich muss gucken, wann ich wieder Urlaub bekommen kann, dann komme ich sofort zu euch. Liebe euch!

Ich checkte meine E-Mails. Eine Mail von der Bank aus Paris. Ich las und las.

Wir würden Sie gern einstellen. Wir haben nur ein paar Fragen. Wir rufen Sie die Tage an, dann können wir alles genauer besprechen.

Meine Augen wurden immer größer. Eine Zusage? Aus Paris? Ich würde nach Paris gehen? Was würde dann mit uns werden? Ich schaute zu Dean. Er bemerkte meinen Blick und grinste mich an.

»Alles gut?«

Ich nickte nur, schloss die Mail, während mein Kopf ratterte. Was sollte ich jetzt machen? Ich konnte doch nicht wegziehen? Dean würde niemals mitkommen. Und eine Fernbeziehung wollte ich nicht.

Ich vertraute ihm ja. Oft. Manchmal. Okay, eigentlich überhaupt nicht.

Das würde maximal zwei Tage halten und dann würden wir beide an die Decke springen. Er, weil er keine Kontrolle mehr hätte, und ich würde jeden zweiten Tag denken, dass er eine andere in seinem Bett hätte.

An meiner Wohnung angekommen verabschiedeten wir uns mit einem Kuss und er fuhr wieder nach Hause. Ich öffnete erneut die Mail auf meinem Laptop und las sie mir noch mal in Ruhe durch. Ich konnte es nicht fassen. Die Bank war in La Dafense. Das Manhattan von Paris. La Dafense gehört zu Europas größten Bürostädten und beherbergte die beliebtesten Sehenswürdigkeiten von Paris. Ich schaute mir Bilder im Internet an und kam aus dem Staunen nicht mehr heraus. Ich würde in Paris wohnen.

In meiner Lieblingsstadt.

Aber höchstwahrscheinlich ohne Dean.

Ich klappte den Laptop wieder zu und machte mich bettfertig. Ich hatte nur diesen einen Gedanken in meinem Kopf.

Mila allein in Paris. Keine Amalia, kein Dean, niemanden. Nur viele Franzosen, die ich nicht kannte. Noch nicht. *Aber die Sprache ist verdammt heiß*, schoss mir durch den Kopf und ich musste lachen. Ich sprang in meinen weißen, flauschigen Pyjama, kuschelte mich in meine Bettdecke und schlief kurze Zeit später ein.

Als ich durch das Vogelgezwitscher morgens um kurz vor sechs wach wurde, hatte ich direkt gute Laune. Ich schaute auf mein Handy, ob es was Neues gab. Eine neue Nachricht. Von Dean.

Hey Mila,
ich wollte mich noch mal für den schönen Abend bedanken und dir schreiben, dass ich stolz auf dich bin, dass du mit mir da hochgefahren bist. 😉 *Nächstes Mal fahren wir weiter – auf die Aussichtsplattform.* 😊

Ich werde jetzt ins Bett gehen, schlaf schön.

Ein Lächeln trat auf meine Lippen und ich schrieb ihm zurück, dass es mir auch gut gefallen hatte und ich nur für ihn hochgefahren war – gut und für die Artischocken, denn die waren wirklich vorzüglich. Von Paris erzählte ich ihm nichts.

Es war ja noch nichts sicher. Na ja, im Großen und Ganzen schon. *Du müsstest dir nur eine Wohnung besorgen und deinen jetzigen Job kündigen*, hörte ich meine innere Stimme. Ich suchte mir mein heutiges Outfit zusammen und machte mich frisch.

Eine schwarze Lederhose, darüber eine olivgrüne Bluse und meine schwarzen Stiefel. Ich betrachtete mich im Spiegel, drehte mich einmal auf der Stelle, steckte mir zwei Haarspangen in meinen Dutt und machte mich auf den Weg zur Arbeit.

In der Parkgarage sah ich schon Amalia, wie sie versuchte, ihren weißen Honda Civic in die winzige Lücke zu quetschen. Ich parkte in Ruhe ein und wartete auf Sie an der Tür.

»Boa, wer parkt hier so assi, ey?«, fluchte sie. Ich konnte mir das Lachen nicht verkneifen und nickte nur. Sie lachte ebenfalls, schnappte sich ihre Tasche und kam auf mich zu. »Ich habe uns zwei belegte Baguettes vom Bäcker gekauft.«

O Gott, ich werde sie vermissen. »Du bist die Beste.«

»Hier, nimm sie schon mal mit. Ich hol noch schnell Kaffee für uns.« Sie hielt mir die Tüte hin.

Wenige Minuten später saßen wir in meinem Büro.

»Das könnten wir doch eigentlich öfter machen. Oder nicht?«, schlug sie vor und biss in ihr Schinken-Käse-Baguette.

»Ich habe eine Zusage bekommen.«

Sie schaute mich verwirrt an.

»Die Stellenanzeige in Paris«, half ich ihr auf die Sprünge.

Amalia ließ ihr Baguette vor Schreck fallen. »Nein. Du darfst nicht gehen.« Ich versuchte zu lächeln. Vergebens. »Mila, was soll ich hier ohne dich machen?« Ihr kamen die Tränen. Nein. Nicht weinen, dann musste ich auch weinen. Ich hasste Abschiede.

»Ich muss mit denen erst mal telefonieren.«

Sie nahm ein Schluck von ihrem Kaffee. »Wieso haben die dir überhaupt so schnell eine Zusage gegeben?«, fragte sie und wischte ihre Tränen weg. »Nein, Spaß. Ich freue mich sehr für dich. Aber bekommst du äh …« Sie stoppte und ihre Augen weiteten sich. Und ich wusste sofort, worauf sie hinauswollte und senkte meinen Blick.

»Ich weiß es nicht. Keine Ahnung. Dean hat mich gestern abgeholt und wir waren im Space Needle.« Ihre Augenbrauen gingen nach oben.

»Da bist du hochgefahren?«

Ich nickte stolz.

»War der Abend nicht schön? Oder wieso weißt du jetzt wieder nicht, was mit euch ist?«

Ich verdrehte die Augen. Ich ging mir selbst schon auf die Eierstöcke. »Ach.«, winkte ich ab. »Er kam ziemlich spät und dann auch noch mit einem anderen Auto.«

Sie hielt ihre Hände nach oben. »Oka-a-a-y-y.« Sie zog sie das Wort in die Länge. »Und wo ist dann dein Problem?« Amalia lehnte sich in ihrem Stuhl zurück. »Mila, wenn du ihm nicht vertraust, wirklich gar nicht, dann macht das alles doch überhaupt keinen Sinn. Und wenn du nach Paris gehst, wie wollt ihr das machen? Wahrscheinlich, weiß der arme Kerl noch nicht mal etwas von Paris, hab ich recht?«

Ich startete meinen Laptop. »Nein, er weiß es noch nicht.«

»Wusste er von der Bewerbung?« Ich schüttelte den Kopf. Vielleicht hätte ich mich nicht bewerben dürfen.

Mein Kopf ratterte die ganze Zeit.

»Egal wie du dich entscheidest, ich bin für dich da.« Amalia nahm mich in den Arm und ich musste mehrmals den Kloß runterschlucken, dass ich nicht gleich losheulte.

Sie wischte sich die Tränen von der Wange. »Du machst mich heute echt fertig!« Amalia lächelte, obwohl ich wusste, dass sie traurig war. Dann schauten wir uns Bilder aus Paris auf meinem Laptop an.

»O Gott, da müssen wir mal shoppen gehen.«, platzte es aus ihr heraus und sie zeigte auf das Lafayette.

»Ich zeige dir alles. Zieh doch mit mir nach Paris!«, schlug ich vor und quiekte leise.

»Ach, nein. Ich muss den Schuppen doch aufrechthalten. Vielleicht kommst du ja irgendwann wieder zurück. Aber warten wir es ab, vielleicht gehst du auch gar nicht erst dorthin. Es kann dich nämlich nur ein Mensch hier halten. Und damit meine ich nicht mich.«, erklärte sie mir. Ohne auf eine Antwort zu warten, sammelte sie ihren Kram zusammen und ging in ihr Büro.

Mein Arbeitstag verging überraschenderweise zügig. Auf dem Weg nach Hause klingelte mein Handy. Eine unbekannte Nummer.

»Mila Cooper.«, nahm ich ab.

»Schön guten Morgen!«, fing die Dame am anderen Ende der Leitung an.

Guten Morgen? Ist sie betrunken? Es ist kurz nach fünf und ich esse gleich zu Abend, dachte ich und fing an zu schmunzeln.

»Hier ist Mrs Petit von der HSBC La Defense.« Die Geschäftsführerin von der Großbank in Paris.

Mir blieb die Spucke weg.

Kapitel 7

Dean

»Und erzähl, was hat sie zu *meinem* Auto gesagt?«, fragte mich Liam, während er mir ein Bier hinhielt.
»Sie hat es gefeiert. Ich glaube mehr als mich.«, sagte ich und ließ mich in seinen Sessel fallen.
Er lachte auf, sodass ihm das Bier wieder aus der Nase kam.
»Assi, ey. Mach sowas nicht mehr.«, stellte er klar, und schnaubte durch seine Nase. Ich hatte ebenfalls einen Lachflash. »Hat sie es gecheckt?«, wollte er wissen, nachdem er sich beruhigt hatte.

»Denke nicht. Sie hat aber gefragt, wieso ich so spät war und warum ich sie mit einem anderen Auto abgeholt habe.« Ich verdrehte dabei die Augen.
»Sie vertraut dir nicht. Wie denn auch?«
Ich beugte mich nach vorne und schaute ihn an. »Wie denn auch? Ich ficke keine andere Frau mehr.« Er hob eine Augenbraue. »Mila war in der Zeit doch vergeben?«, erklärte ich.

»Stimmt auch wieder. Aber vielleicht denkt sie jetzt, dass du was mit Sofia machst.«, fing Liam an und warf mir eine Tüte Kartoffelchips zu, die er aus dem Schrank gekramt hatte. Ich liebte diese Dinger.

»Wieso meldet sie sich nicht?«

»Machst du es denn?«, fragte Liam und stopfte sich seine Salzstangen in den Mund.

»Auf wessen Seite bist du überhaupt?« Unerwartet vibrierte mein Handy. Eine Nachricht von Sofia.

»Na, wenn man vom Teufel spricht.«, nuschelte er vor sich hin. Ich blickte zu ihm.

»Nee, dass ist der andere Teufel.« Wir brachen in Gelächter aus. Ich öffnete die Nachricht.

Hey Dean,
können wir uns morgen kurz sehen? Du kannst zu mir kommen, ich bin den ganzen Tag zu Hause.
Schönen Abend.

Ich hielt ihm mein Handy hin, damit er die Nachricht lesen konnte.
»Und? Gehst du?«
Ich zuckte mit den Schultern. »Wieso schreibt die Frau, die ich will, so selten und die, die ich nicht will, jeden scheiß Tag? Irgendwas läuft hier gewaltig schief.« Langsam tat ich mir schon selbst leid.
Er klopfte mir auf die Schulter. »Mach Sofia morgen klar, dass sie dich einfach in Ruhe lassen soll, weil du mit Mila glücklich bist. Du kannst Sofia sagen, ich bin noch zu haben.«
Ich winkte ab. »Ihr habt es doch eh schon, oder?«
Liam schaute mich verwundert an. »Gefickt? Nein. Weil ich mir nicht sicher war, ob ihr doch zusammenkommt.«

»Das war dir doch immer egal.«

Er warf mir ein Kissen zu. »Spast. Wenn es so wäre, hätte ich Mila schon längst …« Ich stoppte ihn.

»Sie würde dich niemals ranlassen.« Er zeigte mit seinem Zeigefinger auf seinen Autoschlüssel, der auf dem Couchtisch lag. »Okay, okay. Dann würde sie vielleicht ein paar Sätze mit dir sprechen. Mehr aber auch nicht.«, neckte ich ihn und nahm einen Schluck vom Bier. Ich blickte auf die Uhr. »Ich muss langsam wieder in meine Wohnung«, verabschiedete ich mich von ihm.

»Schreib mir, ob du morgen zu ihr gehst oder nicht.«, rief mir Liam hinterher, bevor die Tür zufiel.

Nachdem ich frisch geduscht in meinem kuschligen Bett lag, bekam ich unerwartet eine Nachricht von Mila. Wow. Endlich hatte sie einen scheiß Gedanken an mich. Ich öffnete die Nachricht.

Hey,
ich hoffe du hattest heute einen ruhigen Arbeitstag. Es tut mir leid, dass ich mich den ganzen Tag nicht gemeldet habe, aber ich hatte einiges zu klären. Das muss ich dir alles erzählen, wenn wir uns das nächste Mal sehen. Ich hoffe, du bist nicht sauer. Hab dich lieb, Mila.

Hab dich lieb? Vorgestern war sie mir noch um den Hals gefallen, gestern schob sie wieder eine Welle, weil ich ihr nicht jedes Detail aus meiner Freizeit erzählte, aber sagte dennoch *Ich liebe dich* im Auto und jetzt *Hab dich lieb*. Wollte sie mich verarschen?

Als ich am nächsten Tag zu ihr auf die Arbeit kam, sah ich zwei Personen in ihrem Büro. Gut, die eine war mit Sicherheit Amalia und die andere? Ich sagte schnell Julian Hallo und bewegte dann meinen Hintern zu Mila. Amalia machte mir die Tür auf und wen entdeckte ich da noch? Matt.
Meine Pulsschlagader pochte wie verrückt. Was trieb sich dieser Wichser weiterhin hier rum? Und warum sprach Mila überhaupt noch mit ihm?
Sie schaute mich an. Ihre Augen erschrocken aufgerissen. Sofort sprang sie auf. »Oh, hey, guten Morgen Dean.«

Ich stand im Türrahmen und warf Matt einen wütenden Blick zu.
»Morgen, Dean.«, begrüßte mich dieser gelackte Affe.
»Was machst du hier?« Ich schaute zu Mila. »Was macht der hier?«
»Er hat nur was abgeholt?«, sagte Amalia schnell.
»Was abgeholt? In deinem Büro Mila?«
»Ich glaube, ich gehe dann besser. War schön, wieder mit zu reden, und ich nehme die Einladung gern an.«, sagte Matt und wollte aufstehen.
Einladung? Was für eine fucking Einladung? War ich hier im falschen Film? Ich machte eine Geste. »Bleib sitzen. Ich gehe schon. Dann könnt ihr euch weiter unterhalten.«
»Darf Mila nicht mal mehr mit anderen Männern reden?«

»Du triffst dich doch auch mit Sofia?«, mischte sich Mila ein.

»Und genau da fahr ich jetzt auch hin.«, sagte ich wütend. Sie stampfte zu mir.

»Wenn du das wirklich machst, brauchst du nicht mehr zu mir kommen.«

»Alter, du quatschst hier mit deinem Ex und lädst ihn auch noch ein? Ist das dein beschissener Ernst?«, brüllte ich sie an.

»Ich glaube, du gehst jetzt besser, Matt.«, hörte ich Amalia.

»Mach's gut Mila und melde dich.«, sagte er, umarmte sie und ging zügig an mir vorbei. Besser für ihn. Sonst hätte er wieder meine Faust in seinem Gesicht gehabt.

Ich ging in ihr Büro hinein und schloss die Tür hinter mir zu.

»Was soll das immer Dean?«, schrie mich Mila an. »Du darfst alles machen und nimmst dir alles raus, und wenn ich mal mit meinem Ex …«

Ich stoppte sie. »Du merkst es selbst, oder?« Sie ließ sich auf ihrem Stuhl fallen. »Er ist dein verfickter Ex-Freund. Rede ich mit meiner Ex?«

»Nee. Die küsst du lieber in deiner Wohnung.«

»Maaaaaaaaann!«, brüllte ich sie an und schlug auf den Schreibtisch. »Wie oft willst du mir das noch vorhalten?«

Sie schüttelte den Kopf und schaute aus dem Fenster. Es war kurz still. »Wir haben nur geredet. Mehr nicht«, erklärte sie mir. »Aber du machst aus einer Mücke immer einen Elefanten.«

»So bin ich halt. Wenn du damit nicht klarkommst, dann musst du dir einen anderen suchen. Ich ändere mich nicht.«

Sie strich sich eine Strähne hinters Ohr. »Hast du aber schon.«

Ich nickte zustimmend. »Stimmt. Und das war ein großer Fehler. Dann hätte ich das hier alles nicht. Dass ich mich hier zum Deppen mache, einer Frau hinterherrenne oder mich jeden Tag aufregen muss, weil sie wieder nicht auf mich hört.«

Mila rollte sich mit dem Stuhl nach hinten, stand auf und kam auf mich zu. »Dean, dann geh.«

Ich schaute ihr in die Augen. »Willst du das?« Sie holte tief Luft. »Was für eine Einladung überhaupt?«, wollte ich von ihr wissen. Sie verdrehte die Augen. »Von was für einer verkackten Einladung hat er gesprochen? Wollt ihr euch treffen?«

»Es geht dich nichts an, was ich in meiner Freizeit mache.« Diesen Satz hatte sie jetzt nicht ernsthaft gesagt, oder? Meine Wut staute sich immer mehr zusammen.

»Dein Ernst?«

»Ja, das ist mein voller Ernst. Du gehst auf manchen Fragen von mir auch nicht ein. Ich weiß doch auch nicht, was du alles machst. Mit Sofia.«

»Nur weil ich sie ein paar Mal gefickt habe, bedeutet sie mir nichts.«, schrie ich sie an. Ich war unglaublich sauer, ich konnte einfach nicht mehr normal mit ihr reden. Sie provozierte mich aufs Übelste.

»Dann macht es doch auch weiterhin so. Du erwartest, dass ich mit keinem Mann rede, aber triffst dich mit Sofia. Und wenn du glaubst, dass ich das nicht gerafft habe, dass du dich, bevor wir essen waren, mit ihr getroffen hast, liegst du falsch. Du solltest dich nächstes Mal umziehen, du hast nämlich nach ekelhaftem Pfirsich gestunken. Du bist immer noch der gleiche egoistische Wich…«

Meine Hand schnellt nach vorne und umfasste ihr Kinn, sodass sie mir in die Augen schauen musste.

»Ich will, dass du jetzt gehst.«, sagte sie ernst.

Ich nahm meine Hand weg und ging.

Ich war beinahe aus der Bank draußen, als mich Amalias Stimme zurückhielt.

»Dean?« Ich drehte mich zu ihr um.

»Hm?«

»Zwischen denen ist nichts mehr.«

Ich zuckte die Schultern. »Das war mein größter Fehler.«

»Was?«, wollte sie wissen.

Ich schaute zu Milas Büro, die im Türrahmen stand, und wieder zu Amalia. »Das hier.«

Als ich auf dem Weg nach Hause war, rief ich Sofia an.

»Hallo.«, ging sie ran.

»Komm du zu mir, ich hab keinen Bock mehr, zu dir zu fahren.«

»Einverstanden. Jetzt?«, fragte sie.

»Wann du willst. Bin gleich zu Hause.«, sagte ich genervt und legte auf. Ich war immer noch voller Wut. Nur wegen einer Frau. Ich hätte mich niemals auf eine einlassen dürfen. Nicht auf das Emotionale. Ich wollte doch einfach nur meinen Spaß haben. Und was hatte ich jetzt? Mich in eine Frau verliebt, die täglich meinen Kopf fickt.

Zu Hause sprang ich schnell unter die Dusche und wartete auf Sofia. Es klingelte an der Tür. Liam.

»Hi. Ich kann jetzt aber nicht. Sofia kommt gleich.«

Er hob eine Augenbraue. »Warum kommt sie zu dir?«

»Weil es so ist.«, sagte ich genervt.

»Deaaan«, zog er meinen Namen in die Länge. »Mach keinen Scheiß. Wieso bist du überhaupt so sauer?«

»Frauen sind einfach scheiße. Lass dich niemals auf eine ein.«

Er hob seine Hände. »Hab ich auch nie vor.«

Und schon hörten wir Schritte im Treppenhaus. »Na, ich gehe dann mal. Ich wollte zwar ein paar Runden mit dir zocken, aber du hast andere Sachen zu klären. Und mach ihr das klar.« Ich nickte nur und dachte mir meinen Teil.

»Na du?«, hörte ich Sofia, als sie die Treppen hochkam. Ich winke sie zu mir rein. »Hereinspaziert.«

»Freut mich, dass wir uns heute doch sehen. Wieso wolltest du nicht zu mir?«, fragte sie.

Ich strich mir durch die Haare. »Sagte ich doch schon, ich hatte keinen Bock.«

»Worauf hast du dann Bock?« Sie kam mir näher und schaute zu mir hoch.

Dean mach es nicht. Gehe nicht darauf ein, hörte ich meine innere Stimme. Ich blickte zu ihr hinunter. Plötzlich merkte ich ihre Hand an meinem Hosenbund. »Sofia.«, versuchte ich mich zu wehren.

»Dean«, flüsterte sie.

Ach fick dich, Mila!

Ich legte meine Hand in ihren Nacken und zog sie zu mir hoch. Sie drückte ihre Lippen auf meinen. Der Kuss wurde schneller und erotischer. Sofia warf ihre Jacke in die Ecke und klammerte sich an mich. Ich hob sie hoch und hielt sie mit beiden Händen an ihrem Hinterteil fest. Ich trug sie in die Küche und räumte mit einem Schub alles, was auf dem Tisch lag, hinunter, dann legte ich sie auf die Platte und beugte mich über sie, um sie weiter zu küssen. Ich stoppte das Ganze kurz und zog mir mein schwarzes T-Shirt über den Kopf. Wieder legte ich mich über sie und küsste sie innig.

Ich knöpfte ihr die Bluse auf. Sofia keuchte auf, als ich anfing, über ihren Bauch zu küssen und mit meinen Händen über ihre nur noch durch den BH geschützten Brüste fuhr und sie knetete. Ich öffnete die Knöpfe ihrer Jeans und zog sie ihr herunter.

»Du machst mich so heiß.«, stöhnte sie mit ihrer unheimlich antörnenden Stimme. Sie lag nur mit ihrem roten Slip und ihrem roten BH auf dem großen weißen Tisch. Ich kniete mich hin und zog ihr langsam den Slip aus. Ich leckte ihr sanft über die empfindlichste Stelle und drehte mit meiner Zunge sanfte Kreise um sie herum. Mit meinen Händen umschlang ich ihre Hüfte, zog sie näher an mich heran und drückte meine Zunge so tief es ging in sie hinein. Sofia stöhnte auf und krallte sich in meine Haare. Dann stand ich auf, hob ihren Oberkörper an und öffnete ihren BH. Sofia legte sich zurück und machte ihre Augen zu. Mit einem Stoß glitt ich in sie ein. Sanft und behutsam. Ich wiederholte den Vorgang immer und immer wieder. Sofia verlor die Kontrolle, spannte alle Muskeln an und ein tiefes Stöhnen kam aus mir heraus.

»Oh, Sofia.«, keuchte ich und drückte meinen Körper auf ihren. Sofia legte ihre Arme über den Kopf und hielt sich an der Tischkante fest, während ich schneller wurde und mit einem Stoß Sofias Welt zum Erliegen brachte.

Ich sank auf sie nieder und legte meinen heiß gelaufenen Körper auf ihrem ab.

»Du hattest aber echt Verlangen nach mir.«, sagte sie und grinste schelmisch.

Ich könnte mich selbst schlagen. Wieso hatte ich das gemacht? Warum hatte ich das Mila angetan? Ich war so ein verdammtes Arschloch. Ich verstand mich selbst nicht mehr.

Ich stand auf, zog mir das T-Shirt wieder an und knöpfte meine Jeans zu.

»Es war Druck. Mehr nicht.«, sagte ich eiskalt. Okay, abgefuckter konntest du jetzt nicht sein, oder Dean?

»Na, danke auch.«, hörte ich sie sagen, als ich zum Kühlschrank ging. Plötzlich klingelte es wieder an der Tür.

»Zieh dir was an, wenn Liam hier gleich reinkommt. Er muss dich ja nicht so sehen.«, ermahnte ich sie und ging zur Tür. »Mensch, was nervst du denn heute so?«, fragte ich und öffnete die Haustür. Doch es war nicht Liam, wie ich vermutet hatte. Sondern Mila. »Mila. Was machst du denn hier?«, fragte ich geschockt.

»Ich wollte mich bei dir entschuldigen. Das war vorhin alles nicht so gemeint.« Ich hatte ein Déjà-vu. Wieso kam sie immer, wenn was ganz Blödes passiert war?

»Okay. Aber es ist gerade schlecht. Lass uns morgen darüber reden.«

Sie schaute mich fragend an. »Ist Liam bei dir?« Ich schüttelte den Kopf. »Nicht, die, die ich denke, oder?«

Ich schaute sie nur an, ohne etwas zu sagen.

»Ich will sie kennenlernen.«, sagte Mila und ging an mir vorbei. Ich dachte, ich bin im falschen Film. Ich hielt sie am Arm fest.

»Mila? Warum? Du musst sie nicht kennenlernen.«

»Will ich aber.« Sie riss sich los und spazierte Richtung Küche. Herrgott, lass Sofia bitte angezogen sein. Obwohl es mir im Moment fast egal war, wenn Mila wusste, was hier abging. Ich war immer noch wütend auf sie.

»Hi.«, hörte ich Milas Stimme.

»Oh, hi. Wart ihr verabredet?«, fragte Sofia überrascht.

»Nein, waren wir nicht.«

Ich hatte nicht mal ein schlechtes Gewissen. Ich nahm mir eine Wasserflasche aus dem Kühlschrank und lehnte mich dagegen, während Mila und Sofia an der anderen Ecke der Küche standen und sich höchstwahrscheinlich gleich die Augen auskratzen würden.

»Sofia, was willst du von Dean?«, fragte Mila.

»Raffst du nicht eigentlich, dass du im Weg bist?«, blaffte Sofia sie an.

»Sofia, am besten gehst du jetzt.«, sagte ich ernst.

»Verstehst du eigentlich nicht, dass du ihm allein nicht reichst? Warum kommt er immer zu mir?«, fragte Sofia weiter.

Halt einfach deinen Mund Sofia, ging mir durch den Kopf.

»Dean will nichts von dir. Wann geht das in deinen beschissenen Schädel rein?« Sofia schaute zu mir und dann wieder zu Mila.

»Da bist du dir sicher, ja?« Mila blickte mich fragend an.

»Dean, vielleicht solltest du mal etwas aufklären.«, forderte Sofia mich auf.

»Sofia. Sei jetzt einfach still und geh!«, machte ich ihr die Ansage und zeigte mit dem Zeigefinger auf die Tür.

»Tzz. Aber zum Ficken hat's gereicht, ja? Arschloch!«, machte sie mich an, nahm ihre Jacke und ging.

Und schon waren nur noch Mila und ich in der Küche.

»Das hat sie gerade nicht ernst gemeint, oder?« Ich stellte die Flasche auf die Küchentheke und machte ein Schritt auf Mila zu. »Wie ekelhaft bist du eigentlich?«

Ich verdrehte die Augen. »Du hast mich so provozierst auf der Arbeit, du hast selbst Schuld.«

Sie hob ihre Hände. »Ich bin schuld, dass du deinen Schwanz nicht unter Kontrolle hast?« Ich setzte mich auf den Barhocker, der neben ihr stand. Wieso war sie eigentlich nicht schon längst weg?

»Was willst du hier?«

Kapitel 8

Mila

Ich glaube, ich redete mit einem anderen Dean, als dem, den ich kannte. Wütend knallte ich meine Umhängetasche auf die Theke.
»Was ich hier noch will? Ich wollte mit dir reden und mich bei dir entschuldigen. Aber das hat sich ja jetzt wohl erledigt.« Er nickte zustimmend. »Hat es sich denn wenigstens gelohnt mit der Alten?« Sofort bereute ich es, gefragt zu haben.
Er schaute mich ernst an. »Es lohnt sich immer mit Sofia.«
Und wieder ein Stich. Was hatte ihn im Büro bitte so sehr provoziert, dass er jetzt so eiskalt zu mir war?
»Du bist einfach nur ekelhaft.«, schrie ich ihn an.

»Mila, du hast dich hinter meinem Rücken mit deinem Ex getroffen.«
Ich holte aus und wollte ihm gegen die Stirn schlagen, aber er hielt meine Hand fest. Ich riss mich los. »Fass mich nicht mehr an.«
»Wieso hast du das gemacht, obwohl du wusstest, was ich für einen Hass auf diesen Kerl habe?«, fragte er wütend, und sein Blick bohrte sich in meinen.
Ich zuckte mit den Schultern.
»Dean. Komm mal klar. Ich habe mich nur unterhalten und mich nicht ficken lassen. Im Gegensatz zu …« Er unterbrach mich.
»Tja, ich sie aber schon.«
Wieso wiederholte er das so oft? Wollte er mich mit Absicht verletzen?
»Ich erkenne dich nicht wieder.«, sagte ich und versuchte, mir meine Traurigkeit nicht anmerken zu lassen. »Na ja, dann mach's gut.« Ich nahm meine Tasche und wollte gehen.
Plötzlich legte sich eine Hand auf meine Schulter. »Was ist an *Pack mich nicht mehr an* nicht zu verstehen?«, fragte ich ernst, drehte mich aber nicht zu ihm um.
»Was meinst du mit *Mach's gut?*«

Na, merkte er jetzt, dass es gerade bisschen too much war? Und ruderte deshalb zurück?

»So wie ich es gesagt habe.«, meinte ich trotzig und macht mich auf den Weg zum Auto.

Dort rief ich Amalia an, die Feierabend haben müsste.

»Hey, du. Wolltest du nicht zu Dean?«, fragte sie direkt.

»Können wir uns beim Italiener treffen?«

»Wann? Jetzt?«

»Wenn es bei dir passt, ja.«

»Alles klar. Kann aber sein, dass du fünf Minuten warten musst.«, entschuldigte sie sich schon im Vorfeld.

»Warst du jemals pünktlich?«

Sie lachte am anderen Ende. »Jaja, du mich auch. Bis gleich.«

Und schon legten wir auf.

Eine halbe Stunde später saßen wir an unserem Stammtisch in einem italienischen Restaurant und bestellten Essen. Ich wie immer eine Thunfischpizza und sie ihre geliebte Salamipizza.

»Das hat er aber nicht so gemeint, Mila.«, erklärte sie mir, während sie sich ein Stück Pizza in den Mund steckte.

Ich hob eine Augenbraue. »Wieso hatte er es dann bitte so oft erwähnt? Er ist einfach ein verdammter Wi…«

Sie unterbrach mich. »Hey! Aber manchmal auch ein Lieber.«

Ich verdrehte die Augen. »Wieso Sofia? Was findet er an der so toll?«

»Ich kann es dir echt nicht sagen. Für mich unbegreiflich. Weil sie vielleicht blond ist?« Ich schnitt ein Stück ab.

»Er steht auf Brünette.«, sagte ich und zeigte auf mich. Amalia fing an zu lachen. »Wieso bin ich ihm damals überhaupt begegnet?«

Sie zuckte die Schultern. »Na ja, wir waren auf dem Seminar.« Sie zwinkerte mir zu. Ich nahm einen Schluck von meiner Pepsi.

»Ja, und wieso habe ich meinen beschissenen Hintern nicht mit dir nach Hause bewegt? Nein, stattdessen fang ich mit ihm ein Gespräch an und treffe mich zwei Tage später mit ihm. Die dümmste Idee, die ich je hatte.«

»Tja, das frage ich mich auch manchmal.« Und wieder fingen wir an zu lachen. »Hat sich Paris eigentlich schon gemeldet?«, wollte meine Freundin wissen.

Ich schüttelte den Kopf. »Leider nicht.«, log ich sie an.

»Leider? Zum Glück nicht.«, ermahnte sie mich und grinste.

Ich wusste, dass sie nicht wollte, dass ich Amerika verlassen würde, aber Paris war schlicht und einfach die schönste Stadt für mich und der Job war eine berufliche Chance. Außerdem bekam ich so etwas Abstand zu Dean.

»Schreibst du ihm später noch mal?«, fragte Amalia.

Ich runzelte die Stirn. »Bin ich verrückt?«

Plötzlich piepste mein Handy, ich holte es aus der Tasche, legte es auf den Tisch und schaute auf das Display. Dean.

Amalia beugte sich etwas über den Tisch und blickte auf das Display. »Oh. Was hat er geschrieben?«

Eigentlich wollte ich die Nachricht nicht lesen, aber ich wusste, dass Amalia weiter nerven würde, also öffnete ich sie.

Wann bist du wieder zu Hause?

Ich hielt ihr das Handy hin. »Woher will er bitte wissen, dass ich nicht zu Hause bin?«

Sie konnte sich das Schmunzeln nicht verkneifen.

»Wahrscheinlich war er bei dir. Oder ist bei dir?«

Ich winkte genervt mit der Hand ab. »Dann soll er da warten bis er schwarz wird.«
Sie prustete los. »Mila. Du kennst doch deinen Mr Perfekt. Du weißt, wie er tickt.«
»So kenne ich ihn nicht.«, erklärte ich ihr. »Er hat mir dreist ins Gesicht gesagt, dass sich der Sex mit Sofia gelohnt hat. Ich meine, geht's ihm noch gut? Wieso erzählt er mir sowas überhaupt?«

»Sagst du nicht auch manchmal Sachen aus Wut heraus?«, fragte sie und zog ihre Augenbraue hoch. »Er war halt sauer auf Matt … und dich.«

»Wir haben nur geredet.« Sie zuckte mit den Schultern. »Auf wessen Seite bist du eigentlich?«, fragte ich genervt.

Amalia streichelte mir über die Hand. »Auf gar keiner Mila. Das, was er abgezogen hat, geht gar nicht. Aber du hast doch auch schon ein paar Fehler gemacht. Und niemand …«

»Bla Bli Blub. Ja, niemand ist perfekt. Schon klar.«

»Und außerdem seid ihr beide im Moment Single. Ihr seid nicht zusammen.«, erklärte sie mir.

»Waren wir doch noch nie wirklich.« Ich gab ihr recht. Es war kurz still. Ich steckte mir mein letztes Stück Pizza in den Mund und warf einen Blick auf mein Handy.

»Lädst du Matt eigentlich wirklich zum Essen ein um noch mal über die ganze Sache zu reden.«, fing Amalia unerwartet mit diesem Thema an.

Ich runzelte die Stirn. »Nein. Ich denke nicht. Er hat es mir ja auch alles in seinem Brief erklärt.«

Amalia lächelte mich an. »So machst du es richtig, wenn du ihn nicht noch mehr verärgern willst.«

»Ich danke dir für das leckere Essen, nächstes Mal zahle ich wieder.«, sagte Amalia, nachdem ich sie eingeladen hatte. Ich drückte sie an mich.
»Ich danke dir für dein offenes Ohr.«

Und schon war ich wieder auf dem Weg nach Hause. Ich parkte vor meinem Haus und sah auf der Straßenseite gegenüber Deans Auto. Okay, er war also noch hier. Ich schnappte mir meine Tasche aus dem Fußraum und stolzierte Richtung Haustür. *Mila einmal tief ein- und ausatmen.* Langsam ging ich die Treppe hoch. Dean saß auf der letzten Stufe. Ich blieb vor ihm stehen und er schaute zu mir hoch.

»Was willst du hier?« fragte ich ihn emotionslos.

»Mila, es tut mir leid.«, fing er an und stand auf. »Ich weiß nicht was vorhin mit mir los war. Ich war so sauer auf dich.«

»Dass du dir dachtest, ich ficke einfach mal eine andere Frau?«, platzte es aus mir heraus.

Er unterbrach mich. »Mann, es tut mir leid. Ich kann es nicht mehr rückgängig machen.«

Was erwartet er jetzt bitte von mir? Dass ich ihm sofort wieder um den Hals falle? Falsch gedacht. »Okay.«, sagte ich kühl.

Er schaute mich verwirrt an. »Was okay?«

Ich zuckte mit den Schultern. »Okay halt. Was willst du von mir hören?« Ohne auf seine Reaktion zu warten, schlängelte ich mich an ihm vorbei. Er hielt mich an der Hand fest.

»Was ist jetzt mit uns?«

»Nichts. So wie vorher auch.« Ich schloss die Tür auf und keine zehn Sekunden später war er ebenfalls in meiner Wohnung.

»Dean. Ich möchte jetzt schlafen gehen und habe keine Lust auf Diskussionen.« Demonstrativ legte ich meine Tasche auf die Kommode.

Er ging ein Schritt auf mich zu. »Wenn ich könnte, würde ich es rückgängig machen. Wann triffst du dich eigentlich mit Matt?«

Ich rollte erneut die Augen. »Gar nicht, Mann.«, sagte ich ernst, schlug ihm leicht gegen seine Stirn und bewegte mich Richtung Bad. Er zog mich zurück, nahm mein Gesicht in die Hände und küsste mich.

»Dean.«, sagte ich und drückte ich ihn weg. »Ich gehe jetzt duschen und danach schlafen. Gute Nacht.« Ich drehte ich um und ließ ihn eiskalt in der Küche stehen.

Kapitel 9

Dean

(2 Wochen später)

Wie erwartet hatte mir Mila noch mals verziehen und wir nährten uns langsam aber sicher wieder an. Worüber ich echt happy war. Mit Matt hatte sie sich Gott sei Dank nicht getroffen. Und er ließ sie in Ruhe. Sein Glück.
Ich stand in meinem Büro, schaute aus dem Fenster und dachte an Mila. Plötzlich piepste mein Handy. Eine Nachricht von Sofia. Ich verdrehte die Augen. Nach dem letzten Treffen hatten wir keinen Kontakt mehr miteinander gehabt.

Hey, Dean. Kannst du heute kurz zu mir kommen? Es ist wirklich wichtig.

Wenn sie mir nach zwei Wochen wieder schrieb und fragte, ob ich *kurz* kommen könnte, dann brauchte sie vielleicht nur Hilfe? Ich rief sie direkt an.

»Hi, Dean.«, sagte sie am anderen Ende des Hörers.

»Hey, Sofia. Was gibt es denn? Warum soll ich zu dir kommen?«, wollte ich von ihr wissen.

»Das sage ich dir persönlich.« Ich atmete tief ein und aus.

»Sag es mir doch einfach am Telefon.«

»Nein. Komm kurz vorbei. Bitte.«, wiederholte Sofia und legte auf.

Ich überlegte hin und her. Was wollte sie von mir, das sie mir nicht einfach am Telefon sagen konnte? Wenn ich jetzt hinfahren würde, würde Mila davon nichts mitbekommen. Ich dachte nicht weiter nach und machte mich auf den Weg zu Sofia.

»Hey, komm rein.«, begrüßte sie mich in ihrer grauen Jogginghose und einem blauen Top.

»Hi!« Wir nahmen uns in dem Arm. Wieso zum Geier, nahm ich sie in den Arm?

»Setz dich erst mal.«, sagte sie und zeigte mit dem Finger auf die Couch. Äh okay, was geht denn bei ihr ab?

»Sofia. Was möchtest du? Ich bin jetzt hier nicht hergekommen um …«

Sie stoppte mich und drückte mir was in die Hand. »Mann, du Idiot.«, hörte ich sie sagen. Ich schaute in meine Hand. Ein Plastikstäbchen. Mit zwei Strichen.

»Was ist das jetzt hier?« Ich wusste genau, was das war.

Ein verfluchter Schwangerschaftstest. Sie ging an mir vorbei und setzte sich auf die Couch. Nicht ihr Ernst. »Ist das Teil auch echt?«, fragte ich sie mit ernster Stimme. Das konnte nicht sein. Nein. Bitte nicht. Warum verdammt?

»Ja, ist es.«

Ich schaute wieder das Stäbchen in meiner Hand an. »Das zeigt es mit Sicherheit falsch an.«, versuchte ich mir einzureden. »Kauf einen neuen. Du darfst nicht schwanger sein, Sofia.«

Sie schaute zu mir und wischte ihre Tränen weg. Wie konnte das bitte passieren? Ich hatte Millionen Fragen im Kopf. Wir hatten doch immer aufgepasst.

»Ich kaufe morgen verschiedene Tests, und dann machen wir noch einen zusammen.«

Sie unterbrach mich. »Dean, ich bin schwanger. Du siehst es doch selber.

Ihre Worte dröhnten in meinem Kopf. Ich dachte, er würde gleich in tausend Teile zerbrechen. Genau wie mein Leben. Ich ließ mich auf die Couch sinken und schaute zu ihr hinüber. »Vielleicht ist es nicht von mir.«

»Was bist du denn für ein verdammter Wichser? Denkst du, ich hatte noch mit einem anderen Typen etwas? Nein. Ich haben nur mit dir geschlafen.«, schrie sie mich an.

Sie erzählte irgendetwas, aber ich konnte ihr nicht mehr zuhören. Wie sollte das alles werden? Ich konnte das Mila nicht sagen. Ich könnte es ihr verheimlichen. Ein Gedanke, den ich aber sofort wieder verwarf.

In zehn Monaten wäre ich Dad? Never. Nein. Ich sprang wie von der Tarantel gestochen auf. »Wie stellst du dir das vor?«, fragte ich sie. »Ich wollte dir eigentlich heute noch deutlicher machen, dass du mich in Ruhe lassen sollst, weil ich mit Mila glücklich bin und jetzt sagst du mir, dass du schwanger von mir bist? Wie bitte stellst du dir das vor?« Ich lief von einer Raumecke in die andere. »Wir können jetzt nicht nur zusammenkommen, weil wir ein Kind erwarten.«

Wir ein *Kind* erwarten. Die Worte hallten in meinen Gedanken nach. Das *Wir* hatte ich mir mit Mila vorgestellt und nicht mit ihr. Mir war schlecht, mein Donut fand gleich den Weg nach draußen.

Sofia stand auf und kam mir näher. »Dean, ich habe mir das auch alles anders vorgestellt. Morgen habe ich einen Termin bei meinem Gynäkologen. Magst du da vielleicht mitkommen?«

Ich fuhr mir durch die Haare und schüttelte den Kopf. War das ihr Ernst? Vor fünf Minuten sagte sie mir, dass sie schwanger ist und jetzt sollte ich morgen schon zum Arzt mitkommen?

»Okay. Sorry. Ich will dich damit auch nicht bedrängen, aber es ist schließlich auch dein Kind.«

Wie sollte ich das bitte Mila erklären? »Vielleicht ist der Test auch kaputt. Du kannst nicht schwanger sein, ich habe jedes verfickte Mal so ein scheiß Gummi genommen.« Obwohl – die letzten Male nicht.

Sofie liefen wieder die Tränen. O nee, ich musste hier raus, sonst würde ich durchdrehen.

»Fahr morgen erst mal zum Arzt und dann sehen wir weiter.«, versuchte ich sie zu beruhigen und eilte zur Haustür.

»Dean?«, rief sie mir hinterher. Ich drehte mich zu ihr um. »Wenn ich wirklich schwanger bin, bist du dann für mich da oder bist du dann so ein Mistkerl, der die Frau im Stich lässt?«

Ich hatte unzählige Gedanken in meinem Kopf. »Sofia, wenn es wirklich so sein sollte und das Kind von mir ist, dann bin ich natürlich für euch da.«

Die Steine, die ihr vom Herzen fielen, hörte ich sogar bis zu mir.

Sie fing vorsichtig an zu lächeln. »Und was ist dann mit Mila?«

»Ich muss jetzt gehen. Melde dich morgen.« Ohne eine Antwort ließ ich sie stehen. Ich wusste nicht, was dann mit Mila war. Höchstwahrscheinlich gar nichts mehr. Ich hatte mir immer eine Familie mit Mila gewünscht und nicht mit einer Frau, die ich nur ab und zu knallte.

Auf dem Weg nach Hause, drehte ich die Musik im Auto so laut, dass ich nichts anderes mehr wahrnahm.

Unerwartet klingelte mein Handy. Mila

»Hey.«, hörte ich die wundervollste Stimme der Welt und mein Herz schmerzte.

»Na.«, begrüßte ich sie.

»Riley hat mich angerufen und gefragt, ob wir mit ihr und John heute Abend essen gehen wollen. Ich habe zugestimmt. Oder hast du heute Abend keine Zeit?«

»Können wir machen. Wohin?«, fragte ich nach.

»Zu dem Chinesen an ihrer Ecke um halb sieben. John kennt da den Inhaber.«

»Okay. Treffen wir uns dann dort?«

»Oh, okay. Ich dachte du holst mich ab? Aber ich kann auch allein fahren.«

Ich hatte überhaupt keine Lust auf diesen ganzen Kennlernscheiß. Der Hunger war mir vergangen. Sofia durfte nicht schwanger sein. Bitte lieber Gott, lass sie es nicht sein. Ich bekam gar keinen anderen Gedanken mehr in meinen Kopf. Und mit wem sollte ich jetzt darüber reden? Mit Riley ging es schlecht, sie hatte nur ihren neuen Freund im Kopf. Meinem Dad? Er würde umkippen vor Schock. Meiner Mom? Ihre erste Frage wäre, ob Rachel damit gemeint wäre. Und Liam? Ja, er wäre der Einzige.

»Oder geht es bei dir nicht? Ich kann auch absagen?«, fragte Mila mich.

Ich atmete tief ein. »Nein, alles gut. Ich bin um halb sieben da«

»Ich freu mich auf dich.«, hörte ich sie sagen, bevor ich den Anruf beendete.

Zu Hause angekommen, nahm ich meine Jacke, stampfte nach oben zu Liam und klopfte.

»Hey, bist du da?«, rief ich und schlug erneut gegen die Tür. Niemand da. Wow. Einmal brauchte ich ihn und er war nicht da. Typisch. Plötzlich ging die Tür auf. Eine Frau im Bademantel machte mir auf.

»Oh, hey.« Ich verdrehte die Augen.

»Du kannst gern reinkommen und mitmachen.«, forderte sie mich auf.

Ich winkte ab. »Nee. Lass mal. Sag Liam, er soll Dean anrufen.«

Sie nickte und machte die Tür wieder zu. Dass der Kerl immer eine Olle bei sich haben musste. Na ja gut, wenn ich Mila nicht kennengelernt hätte, würde es bei mir genauso aussehen.

Ich sprang unter die Dusche und machte mich für den heutigen Abend fertig, stylte meine Haare nach oben und zog mir ein weißes Polohemd mit einer beigen Stoffhose an. Zwei Spritzer von meinem Parfum und fertig war ich. Ich klappte meinen Laptop auf und surfte im Internet nach Schwangerschaftstests. Es kam gar nicht so selten vor, dass sie falsch lagen. Ein bisschen Hoffnung blieb, dass Sofia doch nicht schwanger war. Die Hoffnung starb bekanntlich zuletzt. Aber sie starb.

Plötzlich klopfte es. Liam. Na endlich! Ich öffnete die Tür.

»Ey, sorry Alter, aber ich hatte noch was Wichtiges zu tun.«, entschuldigte er sich und ging an mir vorbei in die Küche.

»Jaja, was Wichtiges. Penner!« Er fing an zu lachen.

»Und erzähl. Was gibt es so dringendes, dass du gegen meine Tür schlägst?«

»Ich war bei Sofia.« Liam bekam große Augen.

»Oh, wie kommt's? Du wolltest doch keinen Kontakt mehr zu ihr?«, fragte er verwundert.

»Wenn ich Pech habe, werde ich mit ihr mein Leben lang Kontakt haben.«, erzählte ich ihm.

»Von was redest du?«

»Sofia hatte mir geschrieben, dass ich zu ihr kommen soll.«

»Und was ist da jetzt gelaufen?«, fragte er und nahm sein Handy aus der Hosentasche. »Konntest du doch nicht die Finger von ihr lassen?« Er tippte etwas ein.

»Sie ist schwanger.«

Liam fing an zu lachen. »Was?«

»Sie ist schwanger.«

Er starrte mich schockiert an. »Bitte was? Von dir?«

Ich setzte mich auf den Barhocker. »So wie es aussieht, ja.«

»Hahaha, was bist du denn für ein Opfer? Also da hätte ich dich schon für schlauer gehalten, dass du bei jedem Geschlechtsverkehr ein Kondom um dein …«

Ich stoppte ihn. »Mann, Schnauze! Wie soll ich das denn Mila sagen?« Ich fuhr mir wieder durch die Haare.

»Dean, in zehn Monaten bist du Dad. Der größte Player, den ich kannte, ist dann Daddy.«, fing er an.

»Ey Mann, ich dachte, ich kann mit dir normal darüber reden.«

»Mann, das ist doch nur Spaß.«

»Es ist aber kein Spaß mehr. Du musst mir helfen.«

Er zuckte die Schultern. »Keine Ahnung, was du machen sollst. Du musst es Mila sagen. Wirst du denn für das Kind da sein?« Ich nickte nur, ohne irgendwas zu antworten. »Vielleicht kommst du dann ja doch mit ihr zusammen.«

Ich sprang auf. »Nein, verdammt noch mal. Ich liebe Mila und will nur sie. Keine andere Frau. Auch wenn Sofia jetzt unser Kind in sich trägt, will ich mit ihr keine Beziehung.«

»Aber das verbindet doch.«

Ich schüttete uns Wasser in Gläser und nahm einen Schluck. »Mag sein. Aber so eine Verbindung wird es nicht geben.«

»Wirst du denn bei den ganzen Untersuchungen dabei sein?«, fragte er weiter. »Keine Ahnung. Glaube nicht. Was soll ich denn da?«

Liam schaute mich an. »Na ja, ist vielleicht ganz cool, wenn du dein Baby im Bildschirm bewegen siehst.«

Ich schlug auf den Tisch. »Hör auf jetzt!« Ich wollte das alles nicht hören. Ich wollte das Thema Dad weit weg von mir schieben. »Vielleicht ist sie ja auch gar nicht schwanger.« Er blickte mich fragend an. »Manche Tests zeigen das Ergebnis falsch an.« Zumindest redete ich mir das immer wieder ein, schon seit Stunden.

»Die meisten sind aber richtig.«

Okay, dass er mich jetzt so abfuckten würde, hätte ich nicht gedacht. Hätte ich ihm das bloß nicht gesagt. »Ach, ich dachte du bringst mich runter.«

»Alter, das ist die Realität. Es kann mir genauso passieren, dass irgendwann eine Alte ankommt und mir ein Ultraschallbild unter die Nase hält.«

»Ein Wunder, dass das noch nicht passiert ist.«, fügte ich hinzu und konnte mir das Lachen nicht verkneifen. Er lachte ebenfalls.

»Warte erst mal ab, vielleicht ist es ja doch ganz anders, als es aussieht.«

»Ich werde es morgen sehen. Da hat sie ein Arzttermin und ruft mich danach an. Ich treffe mich gleich mit Mila.«

»Na dann wünsche ich dir viel Spaß und pack genug Gummis ein, nicht das gleich noch die zweite Frau von dir schwanger ist.«

Ich schlug ihm auf den Oberarm. »Assi. Hau ab jetzt.«

Er fing an zu lachen und ließ mich allein. Ich hatte nicht mehr viel Zeit, zog meine Schuhe an und machte mich auf den Weg zum Restaurant.

Es ging mir die ganze Zeit durch den Kopf, dass ich mir bloß nichts anmerken lassen durfte. Das fucking Problem war nur, dass zwei Frauen am Tisch sitzen würden, die mich besser kannten, als ich mich selbst. Das konnte nur eine Katastrophe werden. Dean, tief ein und ausatmen.

Am Eingang sah ich Mila, Riley und ihren Freund freudestrahlend stehen. Ach ja, was für ein schönes Leben.

»Hallöchen ihr drei.«, begrüßte ich sie.

»Hi.«, kam von Mila, ich zog sie zu mir und küsste sie.

»Hey, Baby.« Sie sah umwerfend aus in ihrer schwarzen Leggins mit dem dunkelblauen engen Oberteil und der Strickjacke drüber.

»Hey, mein Liebster. Lange nicht mehr gesehen.« Riley sprang mir in die Arme. Ich grinste.

Sie stellte mich und John vor. Der Kerl machte einen sympathischen Eindruck. Er war ein Stück größer als ich, hatte eine Glatze, trug ebenfalls eine Stoffhose mit einem blauen T-Shirt und war trainiert.

Wir setzten uns an den reservierten Tisch.

»Ich dachte schon, du hättest keine Lust mehr auf mich.«, flüsterte mir Mila ins Ohr.

Ich schüttelte den Kopf, nahm ihre Hand und streichelte sie. »Alles gut.« Sie lächelte. »Und wie lange kennt ihr euch?«, versuchte ich ein Gespräch anzufangen.

»Eigentlich kennen wir uns schon ein paar Jahre …«, fing Riley an zu erzählen.

»Sie ist mir aber nie so richtig aufgefallen.«, fügte John hinzu.

»Ach, ich bin dir nicht aufgefallen?«, fragte sie enttäuscht.

»Mensch, nein, so meinte ich das nicht.« Er drehte sich sofort zu ihr.

»John. Vergiss es. So ist das immer mit Frauen. Sie hören immer nur das, was sie wollen. Ich habe es aufgegeben.«, mischte ich mich ein und zwinkerte ihm zu.

»Ey!« kam es von der rechten Seite und ich grinste Mila an. Und wir alle mussten lachen.

»Aber seit ein paar Wochen unternehmen wir jeden Tag was miteinander und sind uns dadurch nähergekommen. Es hat gefunkt zwischen uns.« Ich hob eine Augenbraue. »Dean, du denkst doch wieder nur an das Eine.«, ermahnte mich Riley und verdrehte die Augen.

»Obwohl, wenn wir beide Kinder wollen, sollten wir damit bald anfangen, wir werden auch nicht jünger.«, erklärte John.

KINDER. Dieses Thema, es verfolgte mich überall. Ich belächelte seine Worte nur.

»Wollt ihr mal Kinder?«, fragte John.

Herrgott, wieso redete dieser Mensch so viel? Okay, es hatte niemand diese Frage gehört, einfach ignorieren und weiter in die Tischkarte gucken, die uns schon hingelegt wurde.

»Also ich würde schon gern …«, fing Mila an.

»Wollen wir bestellen? Ich habe einen Bärenhunger.«, unterbrach ich sie. Was mir ehrlich gesagt leidtat, aber ich wollte dieses verdammte Thema nicht haben. Das würde mich, wenn es beschissen ausging, das ganze Leben verfolgen. Alle gucken mich verdutzt an.

»Äh ja, ich habe auch einen riesigen Hunger.«, antwortete John.

Du hast auf jeden Fall einen gut bei mir. Danke, dass du es so schnell gerafft hast, dass dieses Thema ungünstig ist, dachte ich mir.

Ich schaute Riley an, die mir gegenübersaß, und warf ihr einen fragenden Blick zu.

»Ich nehme wieder gebratenen Reis mit Gemüse, wie immer.«, sagte John.

Als die Bedienung unsere Bestellung aufgenommen hatte, zog mich Mila zu sich. »Was hast du für ein Problem? Du bist so anders. So scheiße zu mir.« Ich schaute sie ernst an.

»Ich habe nichts. Nur dieses Thema nervt mich.«

Ich wollte nicht so kalt zu ihr sein, aber mein Kopf brummte die ganze beschissene Zeit über. Überraschend piepste mein Handy und ich warf ein Blick drauf. Sofia. Schnell steckte ich es wieder in die Hosentasche. Wenn Mila es mitkriegen würde, dass sie mir schreibt, war es das.

»Ich gehe kurz auf die Toilette, bevor das Essen kommt.«, hörte ich sie sagen. Ich atme tief durch und las schnell die Nachricht von Sofia.

Ich bin aufgeregt auf morgen. Und hoffe, dass alles gut ist.

Ich tippte ins Handy.

Wird alles gut sein, versuch zu schlafen und melde dich morgen bei mir.

Und steckte es wieder weg.

»Ah, da ist Christian, ich bin kurz weg.«, erklärte John und war verschwunden.

»Alter, was ist denn mit dir los? Du bist die ganze Zeit schon so komisch? Magst du ihn nicht?«, durchlöcherte mich Riley mit Fragen und beugte sich über den Tisch.

»John ist ein cooler Typ. Ich habe nichts.«

Ich konnte ihr das doch jetzt nicht einfach sagen. Sie würde nicht damit klarkommen und hätte unzählige Fragen, die ich nicht beantworten könnte.

»Was ist denn dann? Oder habt ihr wieder Stress?«, fragte sie weiter.

Ich schüttelte den Kopf und nippte an meinem Bier, das die Kellnerin uns schon serviert hatte.

»Mann, was ist denn dann? Oder bist du eifersüchtig, dass ich jetzt einen Freund habe?«

Ich runzelte die Stirn. »Hä? Was? Nein, ich freu mich für dich, ehrlich. Es geht um Sofia.«

Riley haute auf den Tisch. »Du sollst dich auf eine Frau konzentrieren und nicht zweigleisig fahren. Mila ist so eine tolle Frau und du sollst …«

»Verdammte Scheiße, sie ist wahrscheinlich schwanger.«, fiel ich mit der Tür ins Haus.

Sie guckte mich mit großen Augen an und ließ sich nach hinten auf die Lehne fallen.

»Schwanger?«, wiederholte sie. Das einzige Wort, das zurzeit in meinem Schädel war.

»Schwanger? Wer ist schwanger? Du?« Plötzlich stand Mila an unserem Tisch und grinste Riley hoffnungsvoll an.

Fuck! Alter, wie konnte sie bitte so schnell fertig sein? Ich schaute sie an und dann wieder Riley. Ich bekam Schweißausbrüche. *Bitte mach jetzt keinen Scheiß,* ging mir durch den Kopf. *Sag was Riley. Irgendetwas.*

Sie nickte und lächelte Mila an. O Gott. Danke.

»Ich freu mich für euch.«, nuschelte Mila vor sich hin.

Als John endlich wieder zurückkam, hatte ich nur einen Gedanken: Hoffentlich ist Mila jetzt leise, sonst habe ich nicht nur ein kleines Problem, sondern dann denkt John, dass er Vater wird. Was für eine klasse Situation! Luft holen Dean, Atmen.

Kapitel 10

Mila

Oh, da war meine liebe Riley schwanger. Wie schön, ich freute mich für die beiden.
»Die Frühlingsrollen schmecken sehr gut.«, meinte ich. »Und wann wolltet ihr es uns eigentlich sagen?« Ich grinste die beiden an. John guckte mich fragend an.
»Was sagen?«

Okay, bestimmt wollten sie uns überraschen und Riley war es bei Dean ausversehen rausgerutscht. Ich winkte ab.

»Schon gut.« Und aß weiter genüsslich meine Frühlingsrollen.

Dean war den ganzen Abend über ruhig. Vielleicht war er geschockt, dass Riley so schnell schwanger war. Oder sogar eifersüchtig? Ich wünschte, Dean und ich wären auch schon so weit. Ich schaute rüber und beobachtete ihn. Er war so wunderschön, das Tattoo, was man am Hals sehen konnte, machte ihn so anziehend. Er bemerkte meinen Blick.

»Was wolltest du mir eigentlich erzählen?«, flüsterte er mir leise zu. Tja, wie sollte ich ihm das bloß erklären, dass ich in zwei Wochen nach Paris ziehen würde? Das Telefonat mit Mrs Petit war ausgezeichnet verlaufen. Sie war so begeistert von mir, dass sie mir den Job direkt gegeben hatte. Ich würde eine Wohnung gestellt bekommen, wodurch mir viel Stress erspart blieb. Ich musste nur zusehen, dass ich meine jetzige kündigte und die alte Möhre verkaufte.

»Später. Vielleicht hast du nach dem Essen noch kurz Zeit?«

»Ja, komm dann zu mir.« Ich nickte freudig.

Als alle gegessen hatten, verabschiedeten wir uns herzlich voneinander. Ich tätschelte heimlich Rileys Bauch und grinste sie an.

»Kommst du mit zu mir?«, fragte mich Dean, bevor er in sein Auto einstieg.

»Ja. Wer als Erster bei dir ist.«, forderte ich ihn heraus, stieg auch in mein Wagen und düste davon.

Was wir doch für Fortschritte gemacht hatten in letzter Zeit. Vor paar Monaten hätte er mich nicht so schnell in seine eigenen vier Wände gelassen.

An seiner Wohnung angekommen, wartete Dean schon vor der Wohnungstür. Wow. Er war schneller gewesen. Ich parkte ein und ging auf ihn zu.

»Ich bin noch einmal um den Block gefahren, damit du nicht weinst, wenn du verlierst.«, neckte ich ihn.

Er fing an zu grinsen. »Ist klar. Dann komm rein.«

»Ach Mann, ich freu mich so für Riley. Ich kann es immer noch nicht glauben, dass sie schwanger ist.«, fing ich wieder mit dem Thema an.

»Willst du was trinken?«, fragte er und nahm meine Jacke ab. Ich schüttelte den Kopf.

»Wie weit ist sie?« Dean zuckte mit den Schultern und zog seine Schuhe aus.

»Was wolltest du mir erzählen?«, wollte er wissen und stöpselte sein Handy ans Ladegerät. Irgendwie wirkt er genervt. Ich überlegte die ganze Zeit, wie ich ihm das mit Paris erklären sollte. Er würde es sowieso nicht verstehen und mich für bekloppt halten. Und dann hätten wir wieder hundert Stunden Streit. Ich ignorierte die Frage, so wie er es immer machte.

»Ich habe sogar ihr Bäuchlein gestreichelt.« Er reagierte nicht. »Dean? Bist du anwesend?«

»Oh, ihr geht mir alle auf den Sack mit diesem Thema, ehrlich.«, sagte er genervt und verschwand ins Bad.

Auf einmal blinkte sein Handy auf. Ob es Sofia war? Die Zeit hätte ich, schnell auf sein Handy zu gucken. *Mila, das machst du jetzt …*, hörte ich meine innere Stimme.

Sie hatte noch nicht zu Ende gesprochen, da war ich schon an seinem Handy.

Zwei Nachrichten. Von Riley und von dem Blondchen.

Sofia? Was wollte diese Schlampe schon wieder? Oder hatten die beiden immer noch was miteinander? Ich merkte, wie mein Herz schneller schlug. Ich wusste nicht, woran es genau lag, an dem Adrenalin, das ich verbotener Weise an seinem Handy war, oder dass ich vermutlich gleich erfahren würde, was hier abging. Ich öffnete die Nachricht von Riley.

Morgen telefonieren wir, mein Lieber. Das war alles große Scheiße!

Oh nein, hatte ihr die Verabredung nicht so gut gefunden? Ich fand, das Treffen war schön gewesen. Oder hatte John gecheckt, dass wir schon wussten, dass sie ein Baby erwarteten?

Ich öffnete die Nachricht von Sofia.

Ich liege immer noch wach und habe tausend Gedanken in meinem Kopf. Ich wollte dir nur noch mal sagen, dass ich wirklich beruhigt bin, weil du vorhin meintest, dass du für mich und unser Baby da sein wirst.

»Was machst du an meinem Handy?« Ich ließ vor Schreck das Telefon fallen und drehte mich um.

»Du wirst Dad? Ist das dein Ernst?«

Dean kam auf mich zu und seine Augen füllten sich mit Tränen.

»Mila, ich wollte es dir sagen.«, versuchte er mir zu erklären und wollte mich in den Arm nehmen. Ich stieß ihn weg.

»Ihr erwartet ein Kind?«, schrie ich ihn an. »Warte … ist Riley gar nicht schwanger?« Mir fiel es wie Schuppen von den Augen. »Du hast es ihr vorhin erzählt, dass Sofia schwanger von dir ist.«

»Mila, ich weiß es selbst erst seit heute.« Mir liefen ebenfalls die Tränen.

»Wieso erzählst du es immer jedem und mir zuletzt? Ich bin immer die Gefickte, die von der ganzen Sache nichts weiß.« Er wollte mich erneut in den Arm nehmen. »Fass mich nicht an. Geh zu deiner Familie.« Er wischte sich die Tränen weg. Genau wie ich.

»Mann, Mila. Ich liebe dich und ich will nur dich. Ich empfinde nichts für Sofia. Ich weiß nicht, wie das passieren konnte«, fing er an zu erklären.

»Weißt du, ich habe gedacht, dass wir beide irgendwann eine eigene Familie haben werden, stattdessen gründest du deine Familie mit einer anderen Frau. Nee, ich kann das alles nicht mehr.« Er hielt mich am Arm fest.

»Bitte, Mila. Ich möchte dich nicht verlieren.«

»Du wirst Vater. Ihr bekommt ein Kind. Da passe ich nicht mehr rein.«, seufzte ich und riss mich los. »Ich wünsche euch alles Glück der Welt.« Ich nahm meine Jacke vom Bügel.

»Ich liebe dich, Mila. Und das Einzige, was ich immer wollte, warst du. Ich habe noch nie einen Menschen so sehr geliebt wie dich, auch wenn ich so oft scheiße zu dir war, wollte ich immer nur das Beste für dich. Wenn ich könnte, würde ich das mit Sofia rückgängig machen.

Ich wollte immer mit dir eine Familie haben und nicht mit einer anderen Frau. Ich liebe dich, glaub mir das bitte.«, sagte Dean.

Mir kamen immer mehr Tränen. Ich musste raus. Gott sei Dank war ich in ein paar Tagen weit weg von dieser Stadt.

Achttausend Kilometer würden uns dann trennen. Nichts würde mich an diesen Menschen erinnern.

Schwanger. Sie war schwanger von Dean. Von meinem Freund. Gut, zu dieser Zeit war er es nicht gewesen. Na ja, war er es überhaupt mal gewesen? Ja, zwei Wochen. Ich schaute in seine Richtung.

»Nimm dir ein bisschen Zeit und lass uns übermorgen noch mal darüber reden.« Er versuchte alles, um mich nicht zu verlieren.

Ich schüttelte den Kopf. »Mach's gut, Dean. Du wirst ein toller Dad sein.« Ich versuchte, ihm ein kleines Lächeln zu schenken, während mir die Tränen die Wangen herunterliefen. »Ich habe dich immer geliebt.«, sagte ich zum Abschied, bevor ich seine Wohnung verließ. Ich schluchzte vor mich hin.

»Hallo?«, hörte ich eine Stimme von unten. Ich ging die Treppen hinunter, Liam stand im Türrahmen. Der hatte mir gerade noch gefehlt. Er schaute mich mitfühlend an.

»Es tut mir leid, Mila. Aber das wollte Dean alles nicht. Sei nicht sauer auf ihn.«

Ich sah ihn an und wischte mir die Tränen weg. »Schon klar. Aber wie stellte er sich das vor?« Wieso redete ich überhaupt mit Liam?

»Für alles gibt es eine Lösung.«

»Das stimmt. Soll er mit ihr glücklich werden.«

»Er will nur dich.«, versicherte er mir und zog mich in seine Arme. Ich wollte mich wehren, aber er hielt mich zu fest und auf einer gewissen Weise tat es gut. Ich ließ meinen Gefühlen freie Bahn.

»Er hat alles kaputt gemacht.«, seufzte ich.

»Pssst. Schau mal, ihr könnt doch trotzdem zusammen sein, auch wenn eine andere Frau ein Kind von ihm erwartet. Was spricht denn dagegen?«

Plötzlich hörte ich oben die Tür. Ich löste mich von ihm. »Ich muss jetzt gehen.«

»Mila, bleib hier. Bitte. Lass uns noch mal reden.«, hörte ich Deans Stimme, während er auf der Treppenstufe stand.

Liam ging an Dean vorbei und klopfte auf seine Schulter.

»Ich will und kann das alles nicht, Dean. Es ist vorbei.«

Es war beendet? Ich konnte das selbst nicht glauben. Klar, es war schon oft vorbei bei uns. Aber meistens war es ein sinnloser Streit, doch jetzt war da ein Kind. Und eine Frau. Mit der er immer Kontakt haben würde, weil sie nun mal die Mutter seines Kindes wäre. Ich drehte mich um und machte mich auf dem Weg zum Auto. Wenige Sekunden später vibrierte mein Handy. Eine Nachricht von Riley.

Hey Kleine,
es tut mir leid, dass ich dich eben mit angelogen habe. Dean hat mir erzählt, dass du es jetzt auch weißt. Es tut mir leid, dass es so gekommen ist. Als ich es vorhin beim Essen erfahren habe, bin ich fast vom Stuhl gefallen, weil ich so geschockt war. Ich bin so sauer auf ihn.

Aber du weißt, dass er nur dich liebt und immer wollte. 😊 *Ich hoffe, du verzeihst mir … nur ich konnte Dean eben nicht so ins Messer laufen lassen. Ich hab dich lieb, Mila!*

Ich war die ganze Zeit wie gelähmt. Als ich zu Hause ankam, hatte ich ständig diesen Gedanken in meinem Kopf. Sofia war schwanger. Ich wollte es nicht verstehen. Offensichtlich wusste es jeder Mensch auf dieser beschissenen Welt bis auf mich.

Ich ging ins Bad, schaute mich im Spiegel an und tat mir nur noch leid. Meine Augen waren schon dick vom ganzen Geweine. Mein Handy piepste alle zehn Minuten. Ich schaute aufs Display. Sechs Nachrichten von Dean. Ich löschte sie ungelesen. Was wollte er von mir? Mir noch vierzigmal sagen, dass er mich liebte und nicht verlieren wollte. Tja, dann hätte er verhüten sollen. Mittlerweile war ich sauer auf diesen Kerl. Aber noch mehr auf Sofia. Ich merkte, wie mir das Essen hochkam, in Blitzgeschwindigkeit öffnete ich die Klobrille und die tollen Frühlingsrollen kamen im hohen Bogen alle wieder raus.
„Klasse Abend.“, nuschelte ich vor mich hin. Ich putzte mir die Zähne, zog mein Pyjama an und kuschelte mich ins Bett.

Am darauffolgenden Tag klingelte der Wecker und am liebsten hätte ich ihn durch die Gegend geworfen.

Ich war in der Nacht mindestens zwölfmal aufgewacht und hatte mich von rechts nach links gedreht. Ich hatte gehofft, dass es gestern alles nur ein mieser Albtraum gewesen wäre, aber so wie mich im Spiegel begutachtete, war es das nicht.

»Guten Morgen.«, begrüßte mich Amalia, als ich in die Bank kam und mir ein Kaffee holte.

»Morgen.«, sagte ich und nickte zu ihr.

Es dauerte nicht lang, bis sie bei mir war. Drei. Zwei. Eins. »Und? Wie hat er reagiert, dass du wahrscheinlich nach Paris ziehst?«, fragte sie neugierig, während der Kaffee durchlief. Ich schaute sie an. »Ach du scheiße, wie siehst du denn aus? Hast du die ganze Nacht geweint?« Ich guckte nach oben ins Licht, damit ich nicht gleich wieder anfangen musste.

»Nicht!«, stoppte ich sie. Sie streichelte mir die Schulter.

»Also hat er es nicht gut aufgefasst. Aber ihr werdet es schaffen, da bin ich mir ganz sicher. Ihr liebt euch.«, fing sie an.

Ich schüttelte den Kopf. »Er wird Dad.« Ihr Augen fielen fast raus und ihr Blick senkte sich auf meinen Bauch. »Nicht von mir.«

»Bitte was? Du veräppelst mich gerade?« Sie fing an zu lachen. Ich zeigte keine Reaktion. »Hier läuft doch alles schief.« Ich pustete in meine Tasse.

»Tja, so schnell kann sich alles ändern.« Ich nahm einen Schluck.

Sie schüttelte den Kopf. »Ich kann das nicht glauben. Hat er dir das von allein erzählt?« Ich hob eine Augenbraue.

»Natürlich nicht. Er ist so ein Arschloch.« Ich guckte wieder in meine Kaffeetasse, als würde ich da irgendwas suchen.

»Aber hast du es ihm mit Paris gesagt?«, fragte Amalia.

»Nein, als ich die Nachricht von Blondchen …«

»Warte, du meinst das Blondchen aus dem Fahrstuhl?«, unterbrach sie mich.

»Jap, genau die ist das. Na ja, als ich das gelesen hatte, war es für mich vorbei. Er hat sich zwar unzählige Male entschuldigt und mir gesagt, dass er mich liebt.« Ich merkte, wie meine Augen wieder feucht wurden.

»Nicht hier. Komm.«, sagte Amalia. Sie griff nach meinem Arm und zog mich zu sich ins Büro.

Ich lehnte mich an ihren Schrank. »Ich habe übrigens mit Mrs Petit telefoniert.« Sie schaute mich fragend an. »Meine neue Geschäftsleitung. Ich könnte schon in zwei Wochen dort anfangen, müsste nur hier kündigen und hoffen, dass sie mich gehen lassen, meine Wohnung kündigen und mein Auto verkaufen.«

Sie schaltete ihren PC an. »Ich hoffe sie lassen dich hier nicht gehen.«, scherzte sie. Ich musste lächeln. »Aber wirst du es Dean noch sagen, dass du weggehst?« Ich zuckte mit den Schultern.

»Ich wüsste nicht, warum ich das machen sollte. Wahrscheinlich wird er heute hier aufkreuzen oder während der zwei Wochen, die ich noch hier bin.«

»Ich finde es sehr schade um euch.«

Ich auch, sehr sogar. Aber es würde nichts bringen, dachte ich. »Er wird mit Sofia das ganze Leben lang Kontakt haben, allein schon wegen des gemeinsamen Kindes. Und das will ich einfach nicht.«

»Aber wenn du ihn wirklich liebst, würdest du bei ihm bleiben.« Ich verdrehte die Augen.

»Er hätte es mir noch länger verheimlicht. Er hat schon so viel kaputt gemacht. Irgendwann ist Schluss.« Jetzt verdrehte sie die Augen. »Das ist mein Ding.«, erklärte ich und wir fingen an zu lachen. »So, jetzt werde ich zu Mr Jones gehen. Drück mir die Daumen«, bat ich sie und stolzierte in sein Büro. Ich hoffte, dass nicht gleich wieder Dean neben mir stehen würde.

Ich klopfte vorsichtig und Mr Jones winkte mich zu sich herein.

»Guten Morgen Mila, was kann ich für dich tun?«, fragte er höflich.

Ich mochte ihn. Er war immer nett zu mir, deshalb hoffte ich, dass er auch jetzt dafür sorgte, dass ich problemlos meinen neuen Job anfangen konnte.

»Ja, also…«, fing ich an. Herrgott, wie sollte man sowas denn anfangen? Er lächelte mich an und verunsicherte mich dadurch.

»Ich habe euer Gespräch ein bisschen mitbekommen.« Ich schaute ihn fragend an. »Du und Amalia standen vorhin an der Theke.« Okay, er wusste Bescheid, die Frage war nur, *was* er alles mitbekommen hatte.

»Du verlässt also unsere schöne Stadt?« Ich nickte.

»Ja, ich habe ein Jobangebot in Paris bekommen.«

Er rollte mit seinem Stuhl zurück. »Das freut mich für dich, Mila. Und wann soll es losgehen?«

Ich hustete vor mich hin. »In zwei Wochen müsste ich da schon anfangen.« Seine Augen weiteten sich. »Ja, ich weiß, das ist sehr kurzfristig. Und ich weiß auch, dass ich eigentlich schon früher hätte kündigen müssen, aber …«

»Aber das kam jetzt alles so plötzlich?« Ich nickte und schenkte ihm ein Lächeln. »Ich wäre der Letzte, der dir Steine in den Weg legt. Du bist eine wunderbare Mitarbeiterin und ich finde es sehr schade, dass du uns verlässt, aber ich werde alles Nötige veranlassen, dass du von unserer Seite aus keine Probleme bekommst und einen tollen Start in Paris haben wirst.« Ich sagte ja, ich mochte ihn. Er war echt ein klasse Filialleiter. »Ich müsste nur für Ersatz sorgen, ich werde gleich mit Mr Smith sprechen.« Ich musste schlucken. O nein, bitte nicht. »Willst du deine Urlaubstage ausbezahlt haben oder willst du sie nehmen?«

Ich überlegte kurz. Ich würde zu Hause noch viel regeln müssen und auf Dean zu treffen, würde mir nicht guttun. »Wenn es geht, würde ich Urlaub nehmen.«

»Alles klar, ich trag dich ein. Aber morgen müsstest du noch einmal arbeiten kommen.«

Kapitel 11

Dean

Mein schlimmster Albtraum wurde wahr. Ich hatte Mila verloren und scheinbar für immer Sofia an der Backe. In der Nacht hatte ich kein einziges Auge zugemacht. Entweder hatte ich geheult oder hatte Mila Nachrichten geschrieben, wie sehr ich das alles mit Sofia bereute. Mit Liam hatte ich gestern nicht mehr gesprochen, ich fand es lieb von ihm, dass er probierte hatte, mit ihr zu sprechen.
Ich starre von meinem Büro aus in die Lobby und beobachtete die Kunden, die raus- und reinkamen. Plötzlich ging das Telefon.
»Hey Dean.«, begrüßte mich Julian.

»Morgen. Na läuft deine Filiale wieder nicht?«, scherzte ich. Er lachte ebenfalls.

»Nee, gerade nicht so. Du musst Melody wieder Zurückschicken.« Ich öffnete das Mitarbeiterportal.

»Schon wieder eine schwanger?« Mittlerweile war das Wort nicht mehr schlimm für mich. Ich hatte es gestern so oft wie noch nie in meinem Leben gehört. »Nein. Aber eine hat gekündigt.«

Wer hatte jetzt bitte gekündigt? Na ja, mir egal. Ich hatte genug Probleme, um die ich mich kümmern musste. »Zu wann? In drei Monaten erst?«, hakte ich nach.

»Nein. Am besten nächste Woche schon.«

»Oh. Okay. Ich gebe mein Bestes.«, sagte ich und legte auf.

In diesem Moment ging Melody an meinem Büro vorbei.

»Melody, komm mal bitte.«, rief ich sie zu mir. Wenige Sekunden später war sie mit ihrem Wackelarsch bei mir.

»Guten Morgen, Dean. Wie geht es dir?«

»Ich hatte eben ein Anruf bekommen, ab nächster Woche bist du wieder in der anderen Filiale.« Sie guckte mich fragend an. »Da wo du vorher warst, bei Mr Jones.«

»Ja, ich hab schon verstanden, was du meintest. Aber wieso?«

Wieso fragten Frauen immer so viel? Warum nahmen sie manche Sachen nicht einfach so hin? »Weil da jemand gekündigt hat.«

»Wer? Ich hoffe Mila oder Amalia«, kam es aus ihr heraus.

Wieso sollte Mila kündigen? Sie hat hier alles. Na ja, wenn man so wollte, hatte sie nichts außer Amalia und ihren nervigen Nachbar Jason. Vor allem, wo sollte sie stattdessen arbeiten? Sie war glücklich in ihrem Job. Nein, sie war es nicht, die ging. Ganz sicher. Ich könnte zwar Julian fragen oder nachschauen, aber mir war es egal.

»Also, wie gesagt, bitte ab nächste Woche bei Mr Jones sein.«, wiederholte ich mich.

Melody verdrehte die Augen und stapfte mit einem Fuß auf den Boden. »Ich will nicht. Ich würde echt gern wissen, wer gekündigt hat.«, murmelte sie vor sich hin.

»Ich habe eine viel bessere Idee, wenn du nächste Woche sowieso da bist, dann wirst du ganz schnell herausfinden, wer nicht mehr da ist.«, erklärte ich und zwinkerte ihr zu. Und somit verließ sie endlich das Büro.

Auf einmal vibrierte mein Handy. Sofia. Bitte lass sie nicht schwanger sein, bitte nicht. Dann könnte ich Mila das Ganze noch mal erklären, dass es ein Fehlalarm war, und alles wäre wieder perfekt. Na ja fast. Ich öffnete die Nachricht.

So bin fertig beim Arzt.

War das ihr beschissener Ernst? Wieso schrieb sie nicht gleich, was Sache war. Ich tippte genervt in mein Handy.

Und was ist? Was hat er gesagt? Bist du schwanger?

Es dauerte keine zehn Minuten und schon stand sie vor meiner Bürotür.

In ihrem dunkelblauen Jumpsuit, ihren weißen Turnschuhen und einer weißen, kurzen Strickjacke und grinste mich fröhlich an. Ich bekam ein Schock. Warum kam sie auf meine Arbeit? Sie hätte es mir doch einfach schreiben können? Ich zeigte ihr, dass sie reinkommen sollte.

»Und mach die Tür zu.«, bemerkte ich. Sie setzte sich in den Stuhl. Ich schaute sie fragend an. »Was ist nun?«

Sofia kramte in ihrer Tasche und holte ein Zettel raus, den sie mir hinhielt, wo drauf stand, dass sie sich in der sechsten Schwangerschaftswoche befand. Ich ließ mich zurückfallen.

»Dann werden wir wohl Eltern.«

»Na du bist ja begeistert.«

Ich schaute sie an. »Sofia, ich habe gestern erfahren, dass ich wahrscheinlich Dad werde, dann hat Mila mit mir Schluss gemacht.«

»Oh, ich hoffe doch nicht wegen mir.«, sagte sie sarkastisch. Okay, langsam wurde ich sauer.

»Ich glaube, du gehst jetzt wieder. Ich muss noch arbeiten.«

»Dean, ich habe mir das auch alles anders vorgestellt. Soll ich noch mal mit ihr reden?«

Ich hob eine Augenbraue. »Wenn du weiterleben möchtest, dann lass das besser. Sie will mit mir nichts mehr zu tun haben und mit dir erst recht nicht.«, versicherte ich ihr.

»Kommst du uns später besuchen?« Ich schaute sie fragend an.

»Uns?« Sie warf einen Blick auf den Zettel, der immer noch auf meinem Stuhl lag. »Ja, ich komme *euch* später noch mal kurz besuchen.«, sagte ich und lächelte sie an.

»Ich freu mich.«, verabschiedete sie sich von mir und verschwand aus meinem Büro. Ich konnte nicht allzu sauer auf sie sein, wahrscheinlich weil ich den Gedanken im Kopf hatte, dass sie unser Kind in sich trug. O Mann, so langsam wurde mir klar, dass ich Vater werden würde. Wow, einfach wow. Ich musste es meinen Eltern sagen. Na ja, Sofia war gerade mal in der sechsten Woche. Dann hatte ich noch etwas Zeit.

Ich wählte die Nummer von Riley.

»Na, du Arsch. Hast du es mit ihr klären können?«, begrüßte sie mich.

»Hey, erst mal danke, dass du gestern den Mund gehalten hast.«

»Du kennst mich.«, unterbrach sie mich. Ich musste grinsen.

»Ich konnte gestern nicht mehr mit ihr reden. Meine Nachrichten ignoriert sie komplett.«

»Bei mir genau das Gleiche. Sie hat mir auch noch nicht geantwortet. Vielleicht brauch sie einfach Zeit.«

»Wieviel Zeit brauch eine Frau eigentlich?« Sie fing an zu lachen. »Jeder dritter Satz von dir lautet *gib ihr Zeit.*« Erneut lachte sie.

»Ja, du Arschgeige, du machst halt öfter Mist, dass die Frauen erst mal Ruhe vor dir brauchen.« Ich atmete einmal tief aus. »Und was ist jetzt mit Sofia?«, fragte sie.

»Wie soll ich es sagen? Sie ist in der sechsten Woche schwanger. Ich werde also Dad.«

»Und du bist jetzt cool mit der Sache? Du wirkst so gelassen.«

»Naja, was soll ich denn sonst machen? Mila hat mit mir abgeschlossen, weil ich ein Kind mit einer anderen Frau bekomme. Ich liebe sie immer noch und wünsche mir eigentlich nichts anderes, als dass sie wieder zu mir zurückkommt, aber ich werde jetzt nicht so Arschloch sein, und die Frau mit meinem Baby im Bauch im Stich lassen. Ich kann zwar ein richtiger Assi sein, aber irgendwo hört es dann auch auf.« Ich hörte ein Klatschen am anderen Ende. »Du bist so kacke.«, scherzte ich.

»Nein im Ernst. Du machst schon das Richtige.«

»Wenn du aber etwas Neues von ihr hörst, siehst oder was auch immer, bitte sofort berichten.«

»Irgendwann kommt ihr mit Sicherheit wieder zusammen. Manchmal müssen sich zwei Menschen, die füreinander bestimmt sind, trennen, damit sie merken, dass sie ohne den anderen nicht mehr leben können. Denn wahre Liebe findet immer einen Weg.«

Ich musste schlucken. »Okay. Ist gut jetzt sonst …«

»Fühl dich gedrückt von mir. Und halt mich auf dem Laufenden, du bald Daddy.« Ich unterdrückte meine Tränen.

»Und du mich, hab dich lieb, meine Kleine.«, sagte ich, legte auf und ließ meinen Tränen freien Lauf.

Gott sei Dank war mein Büro ganz hinten, sodass mich nicht jeder sofort sah, wenn ich hier am Heulen war. Ich schaute mir zum zwanzigsten Mal die gemeinsamen Bilder mit Mila auf meinem Handy an und konnte es immer noch nicht glauben, dass es jetzt vorbei war.

Mein Arbeitstag verging recht schnell. Als ich auf dem Weg nach Hause war, wählte ich erneut Milas Nummer.

Vergebens. Was mich ehrlich gesagt, nicht mehr wunderte. Zu Hause angekommen, bestellte ich mir eine Pizza mit jeder Menge Käse und ein Knoblauchbaguette. Plötzlich klopfte es an der Tür. Liam.

»Hey. Komm rein. Ich hab mir aber schon Essen bestellt.«

Er winkte ab. »Alles gut. Ich hab keinen Hunger. Wollte nur mal schauen, wie es dir geht?«

»Willst du mich verarschen?« Er blieb ernst.

»Nein, du sahst gestern fix und alle aus.« Dann lachte er laut los. Ich schlug ihm auf den Oberarm.

»Assi, ey. So wirst du mich auch nicht mehr erleben. Das war gestern eine Ausnahme.«

»Na ja, wegen Mila sahst du schon öfter so aus.«, zwinkerte er mir zu.

»Und du hast es gestern natürlich ausgenutzt, um sie in Arm zu nehmen.«

»Sie tat mir wirklich leid.« Ich hob meine Augenbrauen. »Jaja, du mir auch. Ein bisschen. Habt ihr heute noch mal reden können?«

Ich räumte das gestrige Geschirr in die Spüle. »Nein, sie reagiert auf keine meiner Nachrichten. Sofia war vorhin aber in meinem Büro.«

»Und, ist sie schwanger?« Ich nickte. »Joa, das war dann wohl ein Volltreffer. Dein bestes Stück kann wohl echt gut schießen.«

»Hast du schon mal eine Tasse gegen den Schädel bekommen?« Liam fing erneut an zu lachen.

»Junge, dann wird hier in neun Monaten ein schreiendes Kind in deinem Armen liegen. Kann ich Patenonkel werden? Ich werde auch ganz viele Dinge mit ihm machen.« Ich schaute ihn überraschend an.

»Und wenn es ein Mädchen wird?« Er schüttelte den Kopf.

»Du siehst so aus, als würdest du Jungs machen.«

»Mir wäre es lieber gewesen, wenn ich gar nichts machen könnte.« Es klingelte an der Tür. »Oh, vielleicht ist es Mila?«, meinte ich nervös.

»Das wird dein Essen sein, du Depp.« Ich schaute auf die Uhr. Könnte passen.

Wenige Minuten später saßen wir am Tisch und hatten mein Essen ausgepackt.

»Und, wollt ihr dann zusammenziehen?«, fragte Liam mich, während er in mein Knoblauchbaguette biss.

Ich stopfte mir ein Pizzastück in den Mund und zuckte mit den Schultern. »Gar nicht.«

»Das heißt, wenn ihre Fruchtblase platzt, muss sie dich erst mal anrufen und du fährst dann zu …? «

»Ey Bruder, chill mal. In den nächsten Wochen wird hier noch gar nichts platzen. Höchstens meine Eier.« Wir fingen an zu lachen.

»Du könntest doch trotzdem mit ihr …«

»Bist du verrückt? Ich fass da unten bei ihr gar nichts mehr an. Nicht, dass ich noch irgendwie eine Hand oder so spüre.« Er schaute mich mit großen Augen an.

»Bist du blöd, Alter? Ganz viele machen es noch, wenn die Frauen hochschwanger sind.«

Ich schüttelte den Kopf. Ich wollte weder mit ihr schlafen noch sonst irgendetwas. Es war sowieso eine komische Situation. Ich wollte nur mit einer Frau Sex und zwar mit Mila, nur sie guckte mich mit dem Arsch nicht mehr an. Mit Sofia wollte ich es nicht. Nicht mehr. Zunächst, weil ich ihr keine Hoffnung auf eine Beziehung geben wollte, und weil ich es vom Kopf her nicht könnte.

Unerwartet klingelte das Handy. Sofia. Fuck, ich hatte sie vergessen. Liam beugte sich vor und schaute auf mein Display.

»Geh doch ran.«

»Ich meinte, ich komm heute noch zu ihr. Ich habe es vergessen.«

Er schob sich den letzten Bissen in den Mund. »Oh, oh. Das fängt ja schon gut an.« Er grinste mich an.

Ich ging ran.

»Kommst du heute noch?«, fragte sie direkt.

»Ich glaube, das wird zu spät. Morgen dann, okay?«

»Schade, mir geht es nur so unglaublich schlecht.«

O Mann, sie wusste genau wie, sie mich dazu brachte, dass ich mich in mein Auto setzte und zu ihr fuhr, was ich zwanzig Minuten später auch tat.

»Oh, da bist du ja endlich.«, begrüßte sie mich in ihrem Bademantel. Okay, sie sah wirklich nicht gut aus. Ihre blonden Haare hatte sie zu einem Dutt gesteckt und sie war schon abgeschminkt. So hatte ich sie noch nie gesehen.

»Fühl dich wie zu Hause.«

Ich zog meine Jacke aus. »Ich wollte gar nicht lange bleiben.« Sie schaute zu mir hoch.

»Oh, ich dachte, du bleibst über Nacht?«

Mann ey, ich wollte das alles nicht, was hier schon wieder anfing. » Nein, Sofia.«

»Ich komme gleich wieder.« Und schon rannte sie zur Toilette und ich hörte, wie sie sich übergab. Sie tat mir leid. Ich klopfte an die Badezimmertür.

»Alles gut? Kann ich dir was bringen?«, fragte ich vorsichtig.

»Ja, bitte eine neue Speiseröhre.«, scherzte sie und die Tür ging langsam wieder auf.

»Du tust mir leid. Soll ich dir einen Tee machen?«

Sie nickte und legte sich auf die Couch. Sie erklärte mir vom Wohnzimmer aus, wo alles in der Küche stand.

»Bitte schön. Ist aber noch heiß.«, sagte ich und stellte ihr den Tee auf den Tisch.

»Das hat Tee so an sich.«, ärgerte sie mich.

»Ach, ich glaube, es geht dir schon besser.« Ich lächelte sie an und setzte mich zu ihr. Sie legte ihren Kopf auf meine Beine.

»Danke, dass du gekommen bist.«

»Joa, dass bin ich bei dir ziemlich oft.«, fing ich an, sie zu necken. *Dean, hör auf mit dem Scheiß*, hörte ich meine innere Stimme.

»Denkst du, wir kommen irgendwann vielleicht doch zusammen?«

»Versuch ein bisschen zu schlafen.«, versuchte ich das Thema auszublenden. Ich kraulte sie, in der Hoffnung sie schlief ein. Was waren das immer für Fragen? Ich hatte keine Ahnung, ob wir eines Tages zusammenkommen würden. Ja, vielleicht. Vielleicht aber auch nicht. Eine Kristallkugel besaß ich nicht. Leider. Dann könnte ich jetzt gucken, was Mila so machte. Ob sie mich schon komplett aus dem Kopf gestrichen hatte. Ob sie die war, die gekündigt hatte?

»Dean, hey. Du musst aufstehen?«, hörte ich irgendwen leise sagen.

Ich öffnete langsam meine Augen und schaute in Sofias Gesicht. Ich erschrak. »Wooa, was mach ich hier? Bin ich eingeschlafen? Wie spät ist es?« Sie fing an zu lächeln.

»Ja, wir sind zusammen eingeschlafen. Und ich glaube du musst los zur Arbeit.« Sie zeigte auf die Uhr, die über den Schreibtisch hing.

Ich sprang auf. »Fuck! Wieso hast du mich denn nicht früher wachgemacht?«

»Weil ich auch eben erst wach geworden bin?!«

Wieso war ich auch eingeschlafen?

»O Mann. Geht es dir etwas besser?«, fragte ich besorgt.

»Es geht so. Kommst du später wieder zu mir?«

»Mal schauen. Gewöhn dich aber nicht daran.«, sagte ich, nahm meine Jacke und machte mich zügig auf den Weg nach Hause, um mich schnell fertig zu machen.

Kapitel 12

Mila

Es war mein letzter Arbeitstag. Als ich das Büro leergeräumt hatte, überkam mich die Traurigkeit. Die ganzen Erinnerungen. Auch an Dean. In meinem Büro. Ob er schon wusste, dass ich gekündigt hatte? Vielleicht hatte er es mir auch schon in einer seiner vielen Nachrichten geschrieben, die ich alle ignoriert hatte.

»Ich will nicht, dass du gehst.« Amalia stand am Türrahmen, während ich weiter die Kiste packte.

»Ich bin doch nicht aus der Welt.« Sie verschränkte ihre Arme.

»Nee, aber achttausend Kilometer weit weg. Und Zeitverschiebung ist auch noch.

Das heißt, wenn wir telefonieren wollen, geht die Eine fast schlafen und die Andere steht auf.« Ich ging auf sie zu und nahm sie in den Arm.

»Das schaffen wir. Und du besuchst mich ganz oft. Und ich dich.« Und schon fingen wir beide an zu weinen.

»Du wirst mir so fehlen. Mit wem soll ich denn über die Leute lästern? Oder wenn wieder ein heißer Boy hier anfängt zu arbeiten?« Ich musste lachen und gleichzeitig weinen.

»Telefon. Du musst mich dann sofort anrufen, egal wie spät es bei mir ist. Und wenn es mir da zu doof ist, komme ich eben wieder.« Sie schaute mich an.

»Ehrlich?«

Ich schüttelte den Kopf. »Unwahrscheinlich. Aber man weiß ja nie. Jetzt habe ich erst mal einen Aufhebungsvertrag unterschrieben bei Mr Jones.«

»Hast du denn schon deine neue Wohnung gesehen, die du da gestellt bekommst?«, wollte sie wissen.

»Nein, noch nicht. Wird aber schon gut sein. Hoffe ich. Du musst mich dann besuchen.«, bat ich sie.

»Ich muss gucken, ob ich Urlaub bekomme.«

Ich packte fleißig weiter.

»Oh, was macht denn Melody hier?«, fragte sie. Mein Kopf fuhr hoch. Amalia schaute ihre Richtung Treppe, auf der eben Melody hochstieg. Mit ihm. In seinem schwarzen Anzug, mit seinen dunkelgrauen Schuhen und seinen schwarzen hochgestylten Haaren.

Herrgott, wieso musste er ausgerechnet jetzt hierherkommen? Ich schaute Amalia mit großen Augen an.

»Er wird nicht herkommen.« Sie hatte recht. Er schaute nicht mal in die Richtung meines Büros. Das tat er sonst immer. Der erste Blick ging immer nach rechts, zu mir. Er ging schnurstracks zu Mr Jones und schloss die Tür hinter sich.

Amalia streichelte mir über die Schulter. »Lass ihn einfach los. Auch aus deinem Kopf.« Ich kämpfte mit den Tränen.

»Es ist gut, dass ich die Stadt verlasse. Ich würde bekloppt werden, wenn ich ihn hier immer und immer wieder sehen müsste. Und dann vielleicht irgendwann mit einem Baby auf dem Arm.« Sie nahm mich in den Arm.

»Alles hat einen bestimmten Grund. Oft sieht man das erst später.« Ich verdrehte die Augen.

»Ich hoffe du hast recht.«

»So, dann lass uns jetzt gehen, bevor ihr euch gleich wirklich über den Weg lauft. Soll ich deine Tasche nehmen?«

Ich schüttelte den Kopf. »Nein, das kriege ich schon hin. Ich muss jetzt erst mal alles klären mit meiner Wohnung und dem Auto. Wenn du jemanden kennst, der so eine Möhre sucht, schick ihn zu mir.«, fing ich an und schleppte mich zum Auto.

Zu Hause angekommen, klingelte ich bei meinem Nachbarn und gleichzeitig Freund Jason durch.
»Bist du zu Hause? Kannst du vielleicht rauskommen und mir helfen?« Sekunden später war er schon da.
»Alter, woher hast du das ganze Zeug?«, fragte er, als er meine Kisten hochtrug.
»Habe gekündigt.« Er drehte sich schlagartig zu mir um.
»Hä?«

Ich schloss meine Wohnung auf. »Ich ziehe nach Paris.«

»Mila? Was erzählst du da? Hast du was getrunken? Pillen genommen? Hast du Probleme? Wir können darüber reden.«
Ich fing an zu lachen. »Ja, ich ziehe nach Paris. Muss gleich mal die Kündigung für die Wohnung schreiben.«

Er wischte mit seiner Hand vor meinem Gesicht herum. »Hallo? Miss Cooper? Hast du dir irgendwas spritzen lassen? Was sagst du da?« Er stellte meine Kisten auf der Küchentheke ab.

»Mann, Jason. Ja, ich ziehe nach Paris. Ich habe da einen Jobangebot bekommen und jetzt muss alles ein bisschen zügig gehen. In zwei Wochen fange ich dort an zu arbeiten.« Er schaute mich immer noch geschockt hat.

»Das kannst du nicht machen. Was ist mit deinem …«

»Mit Dean? Das ist vorbei.« Er fing an zu lachen.

»Ach Mila, wie oft war es bei euch vorbei? Ich habe schon aufgehört zu zählen.«

Ich sortierte meine Kiste, was alles in Müll konnte. »Das stimmt, aber er wird Vater und da ist es besser, wenn ich ihn gehenlasse. «

»Er wird Vater? Und deshalb ziehst du so weit weg? Nur wegen ihm?«

Hm, gute Frage. Nein, ich wollte schon länger nach Paris, ich liebte diese Stadt. Ich schüttelte den Kopf. »Nein, das hat mit ihm nichts zu tun.«

»Weiß er das?« Ich holte uns was zu trinken.

»Nein, als ich erfahren habe, dass eine andere Frau von ihm schwanger ist, bin ich gegangen.«

»Ich hasse ihn.«, sagte Jason laut und schlug mit seiner Hand auf die Arbeitsplatte. »Und wo wirst du wohnen? Hast du schon eine Wohnung? Und was ist mit dieser hier?«

»In Paris, haha.«, sagte ich und lachte. »Ich bekomme eine Wohnung von meiner neuen Firma gestellt. Und diese gebe ich natürlich auf.«

Jason nahm Platz und holte tief Luft. »Du wirst mir fehlen. Kann ich dir bei irgendwas helfen?«

Ich überlegte und überlegte. »Ja. Ich werde mit der Vermieterin reden und fragen, ob du ihr meine Wohnungsschlüssel geben könntest, ich habe nämlich echt keine Zeit, so schnell zurückzukommen.« Er nickte verständnisvoll.

»Klar, mach ich das für dich. Ich kann auch mal meine Cousine fragen, vielleicht übernimmt sie die Wohnung. Sie sucht nämlich auch gerade eine.« Ich nahm ein Schluck Limo.

»Oh, das wäre perfekt.«

»Und was ist mit deinem Auto? Lässt du das dorthin transportieren?« Ich brach in Gelächter aus.

»Diese Möhre? Damit lassen sie mich mit Sicherheit nicht mal ins Land. Natürlich nicht. Ich versuche, das zu verkaufen. Oder ich werde es im Lake Washington versenken.«, sagte ich und fing erneut an zu lachen.

»Ach, so schlecht ist der Fiat nun auch nicht.«

»Na ja, ein Traum ist er nicht. Kümmerst du dich darum?«

Er nickte »Klar, ich habe ja mehr Ahnung von dem Auto als du.« Ich sprang von meinem Stuhl und umarmte ihn.

»Du bist ein Schatz.«

Am Abend schrieb ich meiner Vermieterin eine Mail, dass ich die Wohnung kündigte, weil ich die Stadt verlassen und Jason ihr die Schlüssel bei der Wohnungsübergabe geben würde. Plötzlich klingelte mein Handy.

»Hey mein Schatz, ich habe dich schon länger nicht gehört und wollte dich fragen, wie es dir so geht?«, hörte ich die Stimme meiner Mutter.

»Hey Mom, mir geht es ganz okay und dir? Ich wollte dich heute auch noch anrufen. Es gibt eine Neuigkeit.«

Am anderen Ende wurde es still. »Du bist schwanger?«, fragte sie mich und kreischte schon los.

»Nein, nein.«

»Oh, schade. Du hast einen Antrag bekommen?«, fragte sie weiter. Ich verdrehte die Augen. Sollte ich es ihr erzählen?

»Mit Dean ist nichts mehr, aber …«

»Mit dem hübschen Kerl ist Schluss? Ach Mann, wieso das denn? Ich fand ihn sehr nett und ihr habt gut zusammengepasst.« Ich stoppte sie.

»Mom. Er bekommt mit einer anderen Frau ein Kind.« Und erneut hörte ich nur ein tiefes Ausatmen meiner Mutter. Okay, jetzt war sie geschockt. Wie jeder, dem ich das erzählt hatte. »Ich werde nach Paris ziehen.«

»O mein Gott. Was? Matthew unsere Tochter zieht nach Paris … ja, sie ist am Hörer. Komm her.«, hörte ich und grinste.

»Hi Maus, hier ist Dad. Wie schön, mit deinem Freund?« Meine Mutter flüsterte ihm irgendetwas zu. »Sorry, vergiss es wieder. Freut mich sehr mit Paris. Wann soll es denn so weit sein? Warte ich mach dich mal auf Lautsprecher, dann kann deine Mutter auch mithören, sie klebt mir nämlich schon am Ohr, damit sie ja alles mitkriegt, was du erzählst.«

Ich schminkte mich, während ich mit ihnen telefonierte, ab. »In zwei Wochen fange ich bei der neuen Bank an.«

»Brauchst du Hilfe? Sollen wir zu dir kommen?«

»Nein, Amalia und Jason werden mir helfen und alles andere kriege ich schon gewuppt.« Ein komisches Gefühl war es schon. Ich kannte niemanden in Paris. Ich konnte mit meinen vertrauten Personen nur telefonieren, aber ich würde dort mit Sicherheit neue wundervolle Menschen kennenlernen. Oder es würde der absolute Horror werden.

»Wir kommen dich dann auf jeden Fall in Paris besuchen. Wo wirst du da wohnen? Hast du schon eine Wohnung?«

»Ich bekomme eine gestellt, ja. Ach, ich hoffe, dass wird da alles klappen.« Plötzlich überkam mich Unsicherheit.

»Ach, natürlich. Nach Seattle bist du auch einfach so allein gezogen und hast das super gemeistert.«, sagte meine Mutter. »Und wenn es nicht gut läuft, kannst du immer noch zurück oder du kommst wieder nach Denver. Zu uns.«

Wir alle fingen an zu lachen, weil die beiden wussten, dass ich nicht mehr nach Denver ziehen würde.

»So, ich muss jetzt weiter meine Sachen aussortieren.«

»Ja, wir wollen dich auch nicht aufhalten, mach's gut Schatz. Und wenn was ist, ruf uns an, wir kommen sofort.«

Ich bedankte mich, wir verabschieden uns.

Kapitel 13

Dean

(Zwei Wochen später)

»Hast du alles?«, fragte ich Sofia, als ich nach meiner Jacke griff, die um den Stuhl hing. Sie schaute sich um und nickte.
»Ja. Oh, ich bin aufgeregt.«
Ich lächelte sie an und wir machten uns auf den Weg zum Auto.
»Bist du auch nervös?«, wollte sie wissen und schnallte sich an.
Ich schüttelte den Kopf.
»Nicht Wirklich.«

Natürlich war ich etwas aufgeregt, aber ich versuchte, den entspannten Mann zu spielen.

Heute fuhr ich das erste Mal mit einer Frau zum Gynäkologen und nicht, weil sie sich die Pille verschreiben ließ, sondern weil wir unser Baby auf einem Monitor sehen würden. Plötzlich merkte ich ihre Hand auf meiner.

»Warst du schon mal bei einem Gynäkologen?« Ich guckte sie verdutzt an.

»Äh, nein? Und das habe ich eigentlich auch noch nicht vorgehabt.« Sie schaute zu mir. Leicht geknickt. Fuck, den Satz hätte ich anders formulieren sollen, aber ich bin mit den Gefühlen noch nicht so im Gleichgewicht. Immer wenn ich mit Sofia zusammen war, verschwand Mila mehr und mehr aus meinen Gedanken. Seit zwei Wochen herrschte Funkstille zwischen ihr und mir. Ich hatte auf Riley gehört, und Mila erst mal in Ruhe gelassen.

»War nicht so gemeint.«, fügte ich hinzu.

»Alles gut. Ich weiß, dass ist alles nicht so leicht. Für uns beide nicht.« Ich streichelte ihr vorsichtig das Bein.

»Was sehe ich da gleich alles so?« Sie hielt sich die Hand vor den Mund, um nicht laut loszulachen. Ich musste ebenfalls lachen.

»Du siehst nichts, was du noch nie gesehen hast.«, antwortete sie und zwinkerte mir zu. »Er wird mich untenrum untersuchen und dann einen Ultraschall machen.«

»Er? Da guckt dir ein Kerl unten rein?«, fragte ich geschockt.

»Ja, die sind meistens gefühlvoller als Frauen.«

Ich hustete. »Ja, das kann ich mir vorstellen.«

Ich stellte ihr noch ein paar, für sie merkwürdige Fragen, dann kamen wir endlich an der Praxis an.

»Einmal bitte Urin abgeben und Ihr Mann kann im Wartezimmer Platz nehmen.«, sagte die Arzthelferin zu Sofia und hielt ihr einen kleinen Becher hin. Ihr Mann?

Wenige Minuten später saß ich im Wartezimmer, während die Mutter meines Kindes gefühlt hundert Jahre wegblieb.

Ich schaute mich um. Es saßen nur werdende Mütter im Raum. Okay, die eine würde offenbar heute noch das Baby bekommen, so groß wie ihr Bauch war. Schmerzte so was nicht? Ich merkte, wie mich alle anschauten, mittlerweile fühlte ich mich unwohl. Herrgott, wie lange brauchte Sofia denn noch? Kaum hatte ich diese Frage gedacht, kam Sofia und winkte mich zu sich.

»Wir können schon ins Zimmer.« Sie zeigte auf den Raum hinten in der Ecke.

»Wo ist dein Becher?«

Sie schaute mich fragend an. »Na, den schleppe ich doch nicht mit. Da gibt‘s ein spezielles Fach, wo man den reinstellen kann und sie es dann gleich untersuchen.«

Alles klar, dachte ich mir nur. *Dean, am besten fragst du nichts mehr. Hoffentlich kriege ich keinen Albtraum von diesem Termin.*

»Haben Sie ein Handtuch dabei?«, fragte die Arzthelferin Sofia, die aber schon ihr Handtuch hinhielt. »Super. Der Arzt kommt gleich.«, erklärte sie uns, während sie es auf dem Stuhl ausbreitete.

What the fuck? – Jetzt erst sah ich diesen Stuhl. Also da würde ich mich aber nicht wohlfühlen als Frau. Gut, dass ich keine war!

Sofia bemerkte meinen Blick und musste sich das Lachen verkneifen.

»Schön guten Tag, Mrs Lopez. Oh, heute mal mit Ihrem Mann?«, begrüßte uns der Arzt und gab uns die Hand.

Guten Tag? Es war fünf Uhr abends, aber egal. Ich lächelte ihn an. Was sollte ich auf die Frage antworten? Nee, ich bin Mr Smith? Nee, ich bin ein Kumpel? Nee, ich war nur der, der sie geschwängert hat? Alles beschissen, deshalb nur doof grinsen und nicken.

»Sonst alles gut bei Ihnen? Irgendwelche Beschwerden? Wie sieht es mit Ihrer Übelkeit aus?«, fragte er sie.

»Ich habe nur ab und zu extreme Unterleibschmerzen und das Gefühl, ich würde meine Periode bekommen. Meine Übelkeit ist schon deutlich besser geworden.«

War schon deutlich besser geworden? „Du brichst doch bis heute sechs- bis zehnmal am Tag. Aber okay, es war schon schlimmer.“

»Das ist normal, dass Sie ab und zu Schmerzen haben. Das muss sich ja alles dehnen und weiten.«

Der Gute wusste schon wovon er sprach, oder?

»Na gut, dann machen Sie sich bitte untenrum mal frei.«, hörte ich ihn sagen und Sofia verschwand hinter einem Vorhang, was totaler Schwachsinn war, weil er sie doch eh gleich nackt sah.

»Und, wie ist es für Sie? Sehen Sie Ihre Frau jetzt mit anderen Augen?«

Was wollte der Freak von mir? Wieso sollte ich sie anders sehen? Sie sah genau so aus, wie als sie noch nicht schwanger war.

»Nein, alles wie beim Alten.« Er schaute mich fragend an. Ich sah ihn mittlerweile genauso an. Kein Plan, was er von mir wollte, er sollte jetzt einfach nachschauen, sagen, dass alles gut sei und dann wollte ich hier wieder raus. Wäre ich bloß nicht mitgekommen.

»Und was wünschen Sie sich? Eher ein Mädchen oder einen Jungen?«, fragte er weiter. Meine Güte, stand bei mir auf der Stirn *Rede mit mir*? Wie lange brauchte Sofia bitte, um sich ihre fucking Hose und ihren Slip auszuziehen? Ich schaute hinter den Vorhang.

»Bist du gleich fertig?« Da kam Sofia schon hervor und hüpfte auf den Stuhl.

»So, dann wollen wir mal.«, sagte der Arzt und knipste die Lampe an. »Rutschen sie noch ein Stückchen nach vorne.«

Er nahm das Besteck und legte los. Ich stand an ihrem Kopfende und mittlerweile bereute ich es, dass ich mitbekam, was der Arzt tat. »So, jetzt gehe ich noch mal mit dem Finger rein, um zu tasten.«

Eigentlich wäre das mein Job gewesen, dachte ich und grinste.

»So, und jetzt wollen wir mal gucken, was ihr Würmchen macht. Es wird jetzt kalt.«, bemerkte er, führte einen gefühlt zwei Meter langen Stab in sie ein, drehte den Monitor und er erklärte uns, wo was war. »Und da sehen Sie das Geflacker?« Sofia und ich guckten gespannt dorthin. »Das Herzchen schlägt ganz kräftig und alles sieht soweit gut aus.« Sofia schaute zu mir und ihr lief eine Träne die Wange runter. Ich gab ihr ein Kuss auf die Stirn.

»Ich habe doch gesagt, dass alles gut ist.«

»Sieht auf jeden Fall alles super aus. So wie es sein soll.«, beruhigte er uns und gab ihr ein Zeichen, sich wieder anzuziehen. Sie tippelte an mir vorbei und zog sich flott an. Der Arzt schrieb noch etwas am PC. Als Sofia wieder hervorkam, gab er ihr ein Heft und ein Ultraschallbild mit. »Machen Sie bitte vorne einen neuen Termin. In vier Wochen. Es sei denn, es ist irgendwas, dann können Sie natürlich sofort kommen.« Wir bedankten uns und verließen den Raum.

Wenige Minuten später saßen wir im Auto. »O Mann, guck mal wie süß das ist.«, meinte Sofia und zeigte erneut auf das Bild. »Man kann da noch gar nichts richtig erkennen.«
»Du machst immer eine schöne Situation kaputt, Dean.«

»Das höre ich öfter.« Ich startete den Motor.

»Also haben wir schon wieder das Thema Mila?« Ich schüttelte den Kopf. Und wieder fing sie damit an.

»Ich habe nur gesagt, dass ich das öfter höre. Wenn du es wieder auf Mila beziehst, ist das dein Ding.« Sie kreuzte ihre Beine.

»Danke, dass du mitgekommen bist. Ich hoffe, es war nicht allzu schrecklich für dich.«

Ich könnte niemals mit Sofia so richtig zusammenkommen. Weil mich irgendetwas blockierte. Sie könnte mir niemals das Gefühl geben, was ich bei Mila gefühlt hatte. Für mich war Sofia immer nur eine Frau, die ich schnell anrufen konnte, wenn ich mal Druck hatte.

»Schläfst du heute wieder bei mir?«, fragte sie, als wir auf dem Weg zu ihr waren.

»Heute schlaf ich bei mir.« Die letzten zwei Wochen war ich jeden Tag bei ihr gewesen und hatte jede zweite Nacht bei ihr übernachtet.

»Okay. Magst du das Bild mitnehmen?«, fragte sie und hielt es mir vor das Gesicht, als ich vor ihrer Wohnung stand.

»Ach quatsch, behalt du das doch.« Sie schaute es sich noch mal an.

»Okay. Ich klebe alle Bilder in ein Buch mit süßen Sprüchen.«, schlug sie vor. Ich lächelte sie an.

»Schlaf schön. Und wenn was ist, kannst du mich anrufen. Ich stell das Handy auf laut.«

»Schlaf du auch schön.«, antwortete sie, kam mir näher und wollte mich küssen. Ich zog mein Kopf weg.

»Sofia. Nicht.«

»Sorry. Gute Nacht.«, waren ihre Worte, bevor sie aus dem Auto stieg.

Ich wartete, bis sie in ihrer Wohnung war und fuhr dann los. Wieso wollte sie mich jetzt bitte küssen? Sie wusste doch, dass ich keine Beziehung wollte. Klar, für das Kind wäre es schön, aber ich wollte es nicht. Auch wenn Riley mir gesagt hatte, dass ich Mila in Ruhe lassen sollte, konnte ich jetzt nicht mehr länger warten. Zwei Wochen hatte ich es durchgezogen. Ich drehte das Radio lauter und fuhr an Milas Wohnung vorbei. Es brannte kein Licht. Alles duster. Nur bei Jason war es hell. Dann war sie vermutlich bei ihm? Oder im Urlaub? Vielleicht aber auch bei ihren Eltern? Ich würde morgen zu Julian fahren und die Lage abchecken. Den ganzen Tag heute hätte ich mir mit ihr in ein paar Jahren gewünscht.

Als ich meine Wohnungstür aufschloss, hörte ich von oben, wie die Tür aufging. Ich schaute durchs Treppengeländer hoch.

»Sag mal, hast du eine Klingel bei dir eingebaut, dass du gleich eine Benachrichtigung bekommst, wenn ich nach Hause komme?«, scherzte ich. Liam lachte ebenfalls.

»Sowas ähnliches. War heute nicht der Tag der Tage?« Er kam zu mir herunter.

»Yes. Alles war super, so wie es sein sollte.

Er jubelte. »Sehr gut. Und kannst du es jetzt glauben?«

Ich schüttelte den Kopf. »Nein. Und ich kann mich auch nicht wirklich freuen, weil es einfach die falsche Frau ist, verdammte Scheiße.«

»Aber dafür kann der kleine Knirps doch nichts.«

Ich atmete tief ein und aus. »Ich weiß doch, Mann. Trotzdem das ist alles einfach beschissen.«, sagte ich verzweifelt, setzte mich auf die Treppenstufe und strich mir durch die Haare. »Das ist einfach alles zu viel. Und neu.« Er setzte sich neben mich »Sofia wollte mich küssen.« Liam verdrehte die Augen und ich musste lachen. »Ja, sie versteht es einfach nicht.«

»Sie möchte halt eine kleine Familie.«

Ich lehnte mich ans Treppengeländer »Ja schön, aber ich will das nicht. Ich hätte nicht mehr bei ihr schlafen sollen.«

»Damit hast du ihr wahrscheinlich Hoffnung gemacht.« Ich nickte zustimmend. »Wieso sitzen wir eigentlich wie die letzten Penner auf den Treppenstufen?« Wir brachen in Gelächter aus und verschwanden in meine Wohnung. Ich warf ihm ein kaltes Bier zu.

»Was soll ich denn jetzt machen?«, fragte ich ihn.

Liam zuckte mit den Schultern. »Bruder, ich habe echt keine Ahnung. Du überforderst mich regelrecht.«

Ich nahm ein Schluck von meinem Bier. »Mila chillt wahrscheinlich mit Jason ab.«

»Der Kerl, der unter ihr wohnt?« Ich nickte und verdrehte gleichzeitig die Augen. »Wie kommst du darauf? Hast du was von ihr gehört?«

»Nö. Ich bin bei ihr vorbeigefahren. Bei ihr brannte kein Licht.«

Er stöhnte auf. »Alter, vielleicht war sie bei einer Freundin? Vielleicht lag sie einfach schon im Bett und war nur am Handy? Oder hat geschlafen? Oder war in einem anderen Raum, den du von der Hauptstraße aus nicht sehen kannst?«

»Ich bin auch hinten rum langgefahren.«, gestand ich.

»Was für ein Freak du bist, ey.«, sagte er und grinste mich blöd an. »Oder sie lässt sich einfach gerade hart ficken.«

Ich stand aufgebraust auf. Er bepisste sich vor Lachen.

»Halt‘s Maul.« Wütend warf ich ihn mit der Fernbedienung ab.

»Ey!« Gekonnt fing er sie ab. »Wie haben eigentlich deine Eltern reagiert?«

Ich nahm einen Schluck und zuckte mit den Schultern.

»Du hast es ihnen noch nicht erzählt?«

»Nö. Hat doch noch Zeit.« Er hob eine Augenbraue. »Wahrscheinlich wird die erste Frage meiner Mutter sowieso sein, ob es von Rachel ist.«

»Die heiße Braut, die vor paar Monaten vor deiner Tür saß?«

Ich lachte zynisch. »Ja, genau die, meine Ex.«

»Du hast aber auch immer geile Frauen und ich immer nur solche …« Ich unterbrach ihn.

»Ja, frag dich mal warum?« Sekunden später kam die Fernbedienung zurückgeflogen.

Als Liam wieder bei sich in der Wohnung war, wählte ich die Nummer meines Dads.

»Hallo, mein Junge. Wie geht's dir? Schön, dass du anrufst.« Auf meine Mutter war ich immer noch nicht sonderlich gut zu sprechen, weil ich ihr das mit Rachel bis heute übel nahm.

»Ganz okay. Ich wollte euch nur eine Neuigkeit erzählen. Ich werde Dad.« Ich fiel mit der Tür ins Haus.

»Oh. Ist Mila schwanger, ja? Ich freu mich.« Ich glaubte ihm das.

»Nein, nicht Mila.«

»Oh.«

»Sofia bekommt ein Baby.«, antwortete ich schlicht.

»Oh.«

»Dad, hör jetzt auf mit deinem *Oh* auf, das macht mich irre.«

Er fing an zu lachen. »Ja, sorry, mein Junge, aber du schockierst mich gerade. Wer ist denn Sofia? Bist du jetzt mit ihr zusammen?«

»Nein, es ist eine Freundin. Na ja, also wir hatten halt …«, fing ich an. Wie sollte ich das meinem Dad erklären?

»Hab's schon verstanden. Aber du bist trotzdem noch mit Mila zusammen? Oder ist sie jetzt out?«

»Nein, ist sie nicht. Also na ja, wir haben nicht so viel Kontakt. Eigentlich gar keinen mehr.« Mir fiel es immer noch schwer, so was zu sagen.

»Ach, das tut mir leid. Ich fand, ihr wart ein tolles Paar. Lass uns morgen noch mal telefonieren, ich bin gleich mit einer Kollegin verabredet.«

»Alles klar, kein Ding. Du kannst es auch Mom erzählen.«

»Willst du das nicht lieber selbst tun?«

Ich verneinte. Ich hatte keinen Nerv, mit ihr zu reden. Sie würde sich womöglich freuen, wenn sie hörte, dass es mit Mila nicht so prall lief.

Kapitel 14

Mila

Ich saß in einem Uber auf dem Weg zu meiner neuen Wohnung in Paris. Ich hatte es bis zum jetzigen Zeitpunkt nicht glauben können. Die letzten zwei Wochen waren Stress pur für mich gewesen. Ich hatte jede Menge Unterstützung von Amalia und Jason gehabt. Die kleine Möhre hatte mir Jason sogar für gutes Geld verkauft, worüber ich echt froh war. Meine komplette Wohnung hatten wir ausgeräumt, das meiste hat Amalia zu sich genommen. Ich war glücklich, solche bewundernswerten Freunde in diesen Tagen zu haben.

Riley hatte ich inzwischen geantwortet, dass ich an sich nicht sauer auf sie war, sondern die ganze Situation beschissen fand und damit leicht überfordert war.

Dean hatte ich nirgends mehr gesehen. Er hatte mich ein paar Mal versucht anzurufen, aber mittlerweile hatte er es aufgegeben. Sollte er glücklich mit Sofia werden, sagte ich mir jeden Tag. Vielleicht hatte es mit uns nie was Ernstes werden sollen. Er wollte schließlich nie eine Beziehung mit einer Frau.

Mit Mrs Petit hatte ich die Tage mehrmals telefoniert, sie hatte mir alle Informationen durchgegeben, wo meine Wohnung war und wohin ich am Montag zur Arbeit musste. Vor der Wohnung sollte mich ein junger Mann empfangen, erklärte sie mir am Telefon.

Ich schaute gespannt durchs Fenster. Und da sah ich den Eiffelturm. Schon war ich glücklich. Es war eine gute Entscheidung gewesen, hierherzuziehen.

»So, hier sind wir in der Rue Nelaton.«, sagte der Uber-Fahrer. Er stieg aus und holte meinen Koffer aus dem Kofferraum. Ich hatte nicht viel mitgenommen, außer ein paar Klamotten.

Nachdem es wieder gefahren war, schaute ich mich um. *Ihre Wohnung ist neben dem Café, gegenüber einer Apotheke. An der Hauswand ist ein kleines blaues Schild mit einer Zwei drauf.* Das waren Mrs Petit Worte gewesen.

Jetzt stand ich hier wie der letzte Trottel vor der großen braunen Tür und kein Mensch war hier. Ein Pärchen saß im Café und aß genüsslich seine belegten Baguettes. Eine ältere Frau, ihre Haare eng nach hinten gebunden, starrte mich die ganze Zeit merkwürdig an.

Ich schaute mich weiter um und mein Blick ging zu einem jüngeren Mann, der bei der Apotheke stand und mich von oben bis unten musterte. War er das? Derjenige, der mir die Schlüssel geben sollte? Attraktiv sah er aus.

Ich holte das Handy heraus. Ich hatte schon Nachrichten von Amalia und meiner Mom, beide wollten wissen, ob ich gut angekommen war. Ich schrieb kurz und knapp zurück und steckte es wieder in die Hosentasche, setzte mich auf meinen Koffer, wartete und wartete.

Der Mann von der Apotheke war mittlerweile weg. Schade, dass er das nicht gewesen war.

»Bist du Miss Cooper?«, holte mich eine tiefe Stimme, mit einem französischen Akzent, aus den Gedanken. Ich drehte mich um und schaute direkt in dunkle grüne Augen. Ich sprang vom Koffer.

»Ja, bin ich.«, begrüßte ich ihn freundlich und hielt meine Hand hin. Er senkte seinen Blick zu meiner Hand, blickte mich wieder an und schloss die Tür auf.

»Komm!« Okay. *Hier gibt man scheinbar nicht die Hand*, dachte ich. Ich rollte meinen verdammt schweren Koffer durch die Tür und lief ihm hinterher. Er hatte eine lange schwarze Stoffhose an mit einem dunkelgrünen Pullover. Er ging die Treppen hoch. Nein, bitte keine Treppen.

»Äh, Entschuldigung? Gibt es hier keinen Aufzug?«, fragte ich vorsichtig.

Er blieb auf der Treppenstufe stehen. »Siehst du einen?« Ich schaute mich um und schüttelte den Kopf. »Also dann gibt es wohl keinen.«, hörte ich ihn sagen und er marschierte weiter nach oben. Penner! Ich schleppte mich mit meinem Koffer ab. Oben angekommen, lehnte er schon an der Wohnungstür. Wieso musste die Wohnung in der zweiten Etage sein? Ich wischte mir die Schweißperlen von der Stirn.

»Danke fürs Helfen.«, sagte ich ironisch. Er schaute zu mir runter.

»Bin ich hier, um dir zu helfen? Ich sollte dir nur die dämlichen Schlüssel geben.«

Ich streckte mich nach oben zu ihm. »Dann gib mir doch endlich die dämlichen Schlüssel!«

Er schaute mich verdutzt an. Er war deutlich verwundert von meiner Aussage und wusste erst mal nicht, was er sagen sollte. Er schloss die Wohnung auf. Wir kamen direkt ins Wohnzimmer und in die Küche, wo traumhaft die Sonne hineinschien und ich einen atemberaubenden Blick auf den Eiffelturm hatte.

Gleich links war das Badezimmer mit einer Badewanne und einem Vorhang, sodass ich darin auch duschen konnte. Neben dem Bad war das kleine, aber feine Schlafzimmer, mit einem mini Balkon. Da sah ich mich schon jeden Abend sitzen und mit meiner Mom telefonieren oder Amalia. Eine separate Küche hatte ich zwar nicht, aber das fand ich nicht sonderlich dramatisch.

»Diese Wohnung ist unglaublich schön.«, sagte ich zum wiederholten Mal.

»Ja, krieg dich ein. Ich habe es verstanden.«, hörte ich wieder die nervige Stimme. Ich kannte den Kerl überhaupt nicht und er ging mir jetzt schon auf die Nerven.

»Dann hör doch nicht hin.«, blaffte ich ihn an.

Er verdrehte die Augen. »So, hier die Schlüssel.« Er warf sie mir zu.

»Vielen Dank.«, sagte ich und schon war er weg.

Ich setzte mich auf meine neue weiße Couch. Diese Wohnung war so gemütlich eingerichtet, alles hell und genau mein Geschmack. An jedem Fenster standen kleine Topfpflanzen, die ich bislang noch nie in meinem Leben gesehen hatte. Ich lief noch mal durch die Wohnung und knipste mit dem Handy unzählige Bilder, die ich an gefühlt jeden in der Kontaktliste schickte. Anschließend packte ich meine Sachen aus und legte sie in den Schrank. Ich schaute auf die Uhr. Halb sieben. Dann stand Amalia vermutlich jetzt auf.

»Wie geil sieht es bitte bei dir aus?«, fragte sie direkt, als ich ranging.

Ich fing an zu lachen. »Oh ja, oder? Ein Träumchen. Aber wenn die Kerle hier alle so sind, wie der Typ, der mir die Schlüssel gegeben hat, dann ciao.«

»Oh, wieso? War er scheiße? Erzähl! Ich will alles wissen.«

Nach einer Stunde legten wir wieder auf. Mittlerweile hatte ich Hunger bekommen.

Ich nahm mein Portmonee und spazierte hinunter zum Café. Ich schaute in die Speisekarte, die am Eingang stand an, und bestellte mir ein belegtes Baguette mit wenig Käse. *Du mit deinem wenig,* würde Dean jetzt sagen. Schlagartig vibrierte mein Handy. Eine Mitteilung von ihm. Wow, heute meldete er sich mal wieder? Ich öffnete die Nachricht.

???

Drei Fragezeichen? War er doof? Was wollte er von mir?

Möglich, dass die Nachricht gar nicht für mich war? Oder er hatte irgendetwas in der letzten gefragt? Auf einmal kam erneut eine Mitteilung von ihm.

Wo bist du?

Ich scrollte durch die gesendeten Nachrichten. An wen hatte ich die Bilder alles geschickt? *Herrlich, Mila. Hast du ja klasse hinbekommen!* Meine innere Stimme klopfte mir auf die Schulter. Ich ignorierte Deans Nachricht. Gott sei Dank sah man auf den Bildern keinen Eiffelturm. *Blendend fotografiert, Mila!*

Ich stopfte mir das belegte Baguette schnell in den Mund und machte mich auf den Weg nach Hause. Als ich die große braune Eingangstür aufschließen wollte, kam mir der übel gelaunte Kerl entgegen. Ich schaute ihn fragend an. Wieso war er schon wieder hier? Wollte er zu mir? Oder war er ein verdammter Stalker?

»Was guckst du so blöd?«, fragte er patzig.

»Was ist eigentlich dein Problem?«, wollte ich von ihm wissen.

»Du bist mein Problem!«

Ich stemmte die Arme in die Hüften. »Ach? War mir noch gar nicht aufgefallen.«

Er kam mir näher und drückte mich gegen die Wand im Flur. »Reiz mich nicht. Das wird nicht gut für dich enden.«, flüsterte er mir ins Ohr. Und schon war er weg und die Tür fiel ins Schloss.

Heiliger Scheiß, was war das jetzt? Ich wusste im ersten Moment nicht, ob ich Angst bekommen sollte oder ob ich es heiß fand. Und lecker gerochen hatte er ebenfalls. Ich strich mir durch die Haare und lief schnell nach oben in meine neuen eigenen vier Wände. Ich machte mich bettfertig, stellte mir den Wecker und schlief recht zügig ein.

Am nächsten Tag war ich noch vor dem Wecker wach. Ich wurde von den Sonnenstrahlen geweckt, hüpfte aus dem Bett, machte mich zügig fertig. Kurze Zeit später saß ich wieder in einem Uber auf dem Weg zu meiner neuen Arbeit. Ich war enorm nervös. So aufgeregt war ich schon lange nicht mehr gewesen. Ich glaube zuletzt, als ich mich das erste Mal mit Dean getroffen hatte.

Ich richtete die schwarze Bluse und warf noch einen schnellen Blick in meinen Handspiegel. Alles top.

Die Fahrt über versuchte ich zu entspannen und meine Nervosität unter Kontrolle zu kriegen. Nach etwa zwanzig Minuten fuhr der Fahrer in die Straße der Bank und ich erkannte das riesige Gebäude, wo ich ab heute arbeiten würde. Jetzt verstand ich, warum man La Défense das Manhattan von Paris nannte. Es sah wirklich alles gigantisch und reich aus. Immerhin war es Europas größte Bürostadt.

Wenige Minuten später stand ich in der Eingangslobby. Ich schaute mich um. Die Bank war riesig, kein Vergleich zu der alten Arbeitsstelle. Ich schmunzelte.

»Sie sind wohl Miss Cooper?«, hörte ich eine weibliche Stimme sagen. Eine braunhaarige, etwas pummlige Frau begrüßte mich. Sie hatte ein enges, dunkelblaues Kleid an und enorm hohe Schuhe. Darauf könnte ich ihm Leben nicht laufen. »Wir hatten telefoniert. Ich bin Mrs Petit.«, sagte sie und nahm mich in dem Arm. Endlich merkte ich das Herzliche in dieser Stadt. Ich war doch in der Stadt der Liebe, davon hatte ich die letzten Vierundzwanzig Stunden nichts mitbekommen.

»Setzen Sie sich.« Sie zeigte sie auf den Stuhl in ihrem Büro. »Hatten Sie einen angenehmen Flug hierher?«

Ich schlug meine Beine übereinander und nickte freundlich. Ich konnte kaum etwas sagen, weil die Nervosität nicht nachließ.

»Hat gestern alles geklappt mit der Schlüsselübergabe? Ich hoffe, Ihnen gefällt die Wohnung?«, fragte sie.

»Die Wohnung ist ein Traum. Hat genau meinen Geschmack getroffen. Und ja, der junge Mann hat mir die Schlüssel gegeben.«

»Ich hoffe, er war freundlich.«

»Ach na ja, ich habe schon nettere Männer getroffen«, versicherte ich ihr und sie schmunzelte nur.

»Dann hatte er wohl keinen guten Tag.« Ich lachte.

»Mag sein. Ich sehe ihn wahrscheinlich sowieso nie wieder.« Sie reagierte darauf nicht und stand auf.

»Na kommen Sie, ich zeig Ihnen Ihr neues Büro.«

Wir gingen durch die riesige Bank, an beinahe jeder Ecke befand sich eine Pflanze. Franzosen begeisterten sich scheinbar für viel Grün.

»Da hinten sind die Toiletten, geradeaus unser Essensbereich.«, erzählte sie mir. »Und hier ist Ihr Büro.« Sie öffnete eine Tür zu einem recht stilvoll eingerichteten Zimmer. Zwei Schreibtische mit jeweils einem Computer und vielen weißen Schränken standen dort. Und eine große Fensterfront, mit einem Blick auf das größte Shoppingcenter Frankreichs.

»Wow.«, kam nur aus mir heraus.

»Ach ja, und sie teilen sich ihr Büro mit ihrer Arbeitskollegin Elaine Moreau. Sie müsste auch gleich kommen.« Mein Blick sprach Bände. »Ich hoffe, Sie fühlen sich bei uns wohl. Auf eine super Zusammenarbeit.« Sie lächelte ein letztes Mal und verließ das Büro.

Ich stellte mich ans Fenster und konnte es immer noch nicht wahrhaben, dass ich endlich hier war.

»Morgen, Miss Cooper. Ich bin Miss Moreau.«, hörte ich eine Stimme.

Ich drehte mich um, und sah eine junge Frau, vermutlich mein Alter, ihre blonden Haare waren im Zopf nach hinten gebunden und sie hatte schon eine kühle Ausstrahlung. Wow, dachte ich mir nur. Und das sollte meine Kollegin sein, mit der ich mir jetzt ein Büro teilte? Ich ging auf sie zu und hielt ihr meine Hand, sie gab mir ihre, aber widerwillig.

Kapitel 15

Dean

»Guck dir doch die Bilder an.«, sagte ich und gab Riley das Handy. Sie verdrehte die Augen.

»Dean, du hast sie mir schon mindestens zehnmal gezeigt. Ich weiß nicht, wo das ist. Vielleicht ist Mila im Urlaub?« Sie drückte mir das Handy wieder in den Schoß. »Auf jeden Fall ist es nicht ihre Wohnung.«

Ich schüttelte den Kopf. »Natürlich ist es nicht bei ihr. Der Boden und die Wände sind komplett anders.«

»Ja, und die Pflanzen, die Lampen …« Sie zählte noch mehr auf und mir war klar, dass sie das Ganze langsam ins Lächerliche zog.

»Ich werde echt noch wahnsinnig.« Ich fuhr mir durch die Haare. Sie streichelte meine Schulter.

»Dean, du wirst Vater. Das kleine Herzchen schlägt und jetzt freu dich darauf. Versuch nicht, so viel Energie in die ganze Sache mit Mila zu stecken.«

»Sie wollte mich küssen.«

Sie schaute mich fragend an.

»Sofia. Vorgestern, als wir vom Arzt nach Hause kamen.«

»Na ja, sie wünscht sich das halt.«

»Ja, sie wünscht sich eine richtige kleine Familie, das sagt jeder. Ich will es aber nicht. Und kann das alles nicht. Ja, ich kriege mit ihr ein Kind, aber das war es auch. Ich will wenigstens noch einmal mit Mila reden.«

Riley machte eine Geste, die sagte *Was bringt das?*

»Dann kann ich ihr das alles noch mal erklären.« Riley schlug mir leicht gegen die Stirn.

»Hallo? Was willst du ihr da noch erklären? Sie möchte dich nicht mit einem Kind. Fertig. Da gibt es nichts zu klären. Entweder du gehst zu Mila und wirst keinen Kontakt mit deinem Kind haben, oder sehr wenig, weil sie es nicht möchte oder …«

Ich unterbrach sie. »Natürlich möchte ich Kontakt zu meinem Kind haben und das werde ich auch. Aber …«

»Da gibt es kein Aber. Du hättest dir einfach vorher überlegen sollen, mit wem du ohne Gummi ins Bett hüpfst.«

Ach ja, zeitweise liebte ich meine Riley und manchmal hätte ich sie von der Erde schießen können. Ich verdrehte die Augen.

»Was hättest du denn gemacht, wenn sie ein Baby von einem anderen Mann erwartet hätte?«, fragte sie und durchbohrte mich mit ihrem Blick.

»Das ist doch gar nicht das Thema hier.« Ich winkte ab.

»Du hättest damit genauso ein Problem.«, behauptete sie und ich überlegte, was ich ihr in den Mund stecken konnte, damit sie nicht weiter solche blöden Fragen stellte. Okay wäre es nicht meine beste Freundin, hätte ich jetzt längst eine Idee gehabt und lachte bei dem Gedanken.

»Na, was hast du schon wieder Perverses gedacht?«, fragte sie.

»Wieso haben wir beide es eigentlich nie getrieben?« Riley bekam große Augen. Sie war deutlich geschockt über die direkte Frage. Natürlich war es ein Scherz von mir, aber trotzdem würde es mich reizen, mit ihr intim zu werden.

Riley kam mir näher und setzte sich auf meinen Schoß, nahm mein Gesicht in ihre Hände und schaute mir tief in die Augen. Jetzt war ich geschockt. Sie fing nichtsahnend an zu lachen, genau wie ich.

»Hast du echt gedacht, ich küsse dich jetzt?«, fragte sie und kletterte wieder runter. Ich zögerte mit meiner Antwort.

»Wenn ich gerade gewollt hätte, hätte ich dich geküsst. Da hättest du gar nichts machen können.« Sie zwinkerte mir zu.

»Ich bin aber auch …«

»Jaja, mit John zusammen. Ich weiß schon.« Ich musste mir das Lachen verkneifen. Sie haute mir wieder leicht gegen die Stirn.

»Idiot. Wuh, jetzt ist mir aber warm«, scherzte sie, ging zum Fenster und öffnete es. Ich lachte.

»Und ich habe dich nicht mal angefasst.«, neckte ich sie weiter. *Okay Dean, chill jetzt. Es ist deine beste Freundin, behalt deinen Schwanz unter Kontrolle.* Meine innere Stimme meldete sich mal wieder zu Wort.

»Wie läuft's denn mit ihm?«

Sie schaute aus dem Fenster und zuckte mit den Schultern. »Ganz okay.«

Ich stand auf und ging zu ihr. »Klingt ja nicht so berauschend.«

»Ich glaube, er ist genauso ein Spast wie du.« Ich hustete.

»Bitte was?«

Sie fing an zu schmunzeln, wurde dann aber wieder ernst. »Ja, ich glaube er hat auch mehrere Frauen am Start.«

Ich stellte mich hinter sie und massierte ihren Nacken. »Ach ja, diese Kerle. Sind alle ganz schrecklich.«

Sie boxte mich leicht mit dem Ellbogen in den Magen. »Du sagst es.« Sie drehte sich zu mir um und stand nun vor mir.

Es war eine merkwürdige Stimmung zwischen uns. Keine Ahnung was es war. Den ganzen Abend sah ich sie schon mit anderen Augen, sie bemerkte dieses Komische aber ebenso. Rileay schaute mir tief in die Augen. Diesen Blick, den hatte ich noch nie bei ihr gesehen. Überraschend klingelte ihr Handy, ich erkannte Johns Name auf dem Display.

»Ich gehe kurz ran, ja?«, fragte sie. Ich nickte nur.

Während sie mit ihm telefonierte, versuchte ich erneut, die Bilder von Mila zu analysieren. Aber ich war genau so schlau wie vorher. Keine Ahnung wo sie sich herumtrieb.

»Er holt mich jetzt ab.«, meinte Riley, als sie im Türrahmen stand.

Schade, dass der Abend schon vorbei war. Aber das war sicher besser für uns. Ich hatte echt keinen Plan, wo das sonst geendet hätte.

»Okay. Viel Spaß mit ihm.«

Sie schaute mich verwundert an. »Bist du jetzt sauer, dass ich gehe?«

»Hä? Nein, ich wünsche dir nur viel Spaß.« Komischerweise hatte ich einen genervten Unterton, was ich selbst nicht verstand. »Es ist wirklich alles gut. Lass dich nur nicht verarschen von ihm. Das hast du nicht verdient.«, sagte ich, bevor sie verschwand.

Ein paar Minuten später saß ich auf der Couch meines besten Freundes. Ausnahmsweise hatte er mal keine Trude bei sich.
»Alter, ich mach nur noch Scheiße.«, platzte es aus mir heraus.
Liam stöpselte seine Konsole an und schmiss mir einen Controller zu. »Noch eine geschwängert?« Er startete Fifa.
Ich überlegte kurz, ihm den Controller in sein Gesicht zu schleudern. »Nein, Mann. Ich glaube ich hätte fast meine beste Freundin geküsst.«
Er schaute mich fragend an. »Wie kann man denn *fast* seine beste Freundin küssen?«
Ich verdrehte die Augen. »Na ja, wir haben über Mila geredet und irgendwann haben wir Spaß gemacht und dann saß sie plötzlich auf meinem Schoß.«
»Okay und weiter?«
»Wie und weiter?« Wollte er mich verarschen?
»Hast du sie dann geküsst?«

»Sag mal hörst du mir überha…«

»Tooooooor.«, schrie er los und sprang wie von der Tarantel gestochen auf.

»Ach komm. Fuck you!« Genervt schmiss ich den Controller auf den Couchtisch. Er stoppte das Spiel.

»Sorry. So erzähl noch mal. Wer hat jetzt wen geküsst?«

»Niemand hat irgendwen geküsst. Ich sagte ich hätte sie fast geküsst.« Er lehnte sich zurück in seinen Sessel.

»Ach, jetzt verstehe ich es.«

Ich applaudierte. »Das macht mich hier alles fertig.«

Er schaute mich mitfühlend an. »Fahr doch einfach die Tage zu Mila.«

»Und dann?«

»Weiß ich auch nicht. Wollen wir jetzt weiter zocken?«, nervte er mich.

»Mach an. Heul aber nicht, wenn du gleich verlierst.« Dass er ein Tor schoss, kam einmal im Schaltjahr vor. Liam schüttelte den Kopf.

»Ich habe geübt. Ich mach dich fertig. Nur nicht, dass du dann weinst.«

Eine Stunde später war seine gute Laune verschwunden.

»Assi, ich spiele nie wieder mit dir.«, stellte er wütend fest.

Ich fing an zu lachen. »Ich hab es dir gesagt. Soll ich ein Taschentuch holen oder geht es?«

»Halts Maul. Noch ein Bier?«

Ich schüttelte den Kopf. »Ich werde runtergehen, muss früh raus.«

Am nächsten Morgen fuhr ich zu Julians Filiale. Ich musste herausfinden, ob Mila da war, oder ob sie diejenige war, die gekündigt hatte. Da ich Bilder von ihr zugeschickt bekommen hatte, was wahrscheinlich ein Versehen gewesen war, musste ich einfach wissen, wo sie war. Wenn ich sie anrief, würde sie sowieso nicht rangehen.

Auf dem Weg vom Auto zur Bank sammelte ich noch mal meine Gedanken. Als ich die Treppen hochkam, sah ich von weitem schon Amalia an der Kaffeemaschine.
»Guten Morgen.«, begrüßte sie mich und schlenderte mit ihrem Kaffee an mir vorbei.
»Morgen.« Ich lächelte sie an. Ich schaute in Richtung Milas Büro. Alles dunkel. Lebte die Frau jetzt nur noch sparsam? Überall war verdammt noch mal dass Licht aus.

»Hey, mein Bester, was verschafft mir die Ehre, dass du herkommst?« Julian trat neben mich. Wir gaben uns in die Hand.

»Ich muss doch mal gucken, ob du hier auch klarkommst. Wie macht sich Melody? War sie noch extrem sauer?« Ich unterdrückte ein Lachen.

»Wollte sie nicht hierher?«

Ich schüttelte den Kopf. »Sie meinte nur, wenn Mila oder Amalia weg sind, dann würde sie gehen.«

Er schmunzelte. »Na dann hatte sie doch Glück, dass Mila weg ist.«

Ich bekam große Augen und schaute wieder Richtung Büro. »Hat sie Urlaub?« Er verneinte. »Hat sie gekündigt?«

»Ja, leider.« Nein, wieso verdammt?

»Was hat sie gesagt? Warum hat sie gekündigt?« Er überlegte kurz. Ich durchbohrte ihn mit meinem Blick.

»Dass sie kündigen möchte.«

»Hat sie einen neuen Job?«

Er zuckte mit den Schultern. »Frag sie das selbst.« Okay, er wusste mehr, aber wollte es mir nicht sagen. Herrgott, wo war sie denn jetzt? Sie hatte die Arbeit doch geliebt?

»Alles klar.« Ich war extrem angepisst, dass er nicht mehr sagte. Dann konnte mir nur eine Person weiterhelfen.

»Hey, ich habe gleich einen Kunden.«, erklärte Amalia, als ich ihn ihrem Büro stand.

»Wo ist sie?«

»Wen meinst du?«

Ich hob eine Augenbraue.

»Sie arbeitet nicht mehr hier.«, antwortete sie gleichgültig.

»So weit war ich auch schon. Wo arbeitet sie jetzt? Und wieso hat sie überhaupt gekündigt?« Sie zuckte mit den Schultern. »Wieso verdammt noch mal zuckt ihr alle mit den Schultern? Ihr wisst doch alle, wieso sie gekündigt hat. Warum will es mir niemand sagen?« Sie rollte mit ihrem Stuhl zurück und stand auf.

»Warum? Wieso hast du es ihr es nicht von allein gesagt, dass du Vater wirst? Glückwunsch übrigens.« Ich holte tief Luft. Dieses Thema, konnte ich echt nicht mehr hören. »Ich glaube, wenn sie gewollt hätte, dass du es weißt, hätte sie es dir erzählt.«

»Na dann werde ich jetzt zu ihr fahren und sie selbst fragen.«

Sie setzte sich wieder hin. »Viel Glück.«

Als ich im Auto auf dem Weg zu meiner Filiale saß, überlegte ich mir, was ich Mila alles sagen würde.

Plötzlich klingelte mein Handy. Sofia.

»Hey, was gibt's?«, begrüßte ich sie. Okay, ein bisschen feinfühliger hätte ich sein können, dachte ich, nachdem ich die Begrüßung ausgesprochen hatte.

»Hi. Störe ich dich?«

»Nein. Alles gut. Wie geht es dir?«

»Ganz okay. Bist du noch sauer, dass ich dich küssen wollte?« Ich verneinte. »Kommst du nach der Arbeit vorbei?«

Ich parkte vor meiner Filiale. »Ich muss erst mal was anderes erledigen.« *Bitte frag nicht nach.*

»Oh, was denn?«

Ich überlegte. Entweder ich sagte ihr, dass ich kurz zu Mila fahren würde, oder ich dachte mir irgendetwas aus. Ich entschied mich für das Erste.

»Aha. Nicht, dass du uns danach nicht mehr kennst.«

Ich rollte mit den Augen. »Ich komme danach zu dir. Soll ich irgendwas mitbringen?«

»Eine Pizza, aber bitte wenig Käse.« Ich fing an zu schmunzeln.

Genau wie Mila. »Bis später.«, sagte ich und legte auf.

Acht Stunden später war ich endlich auf dem Weg zu Mila. Und wie sollte es auch anders sein, saß mein bester Freund Jason wieder vor der Tür. Ich ging an ihm vorbei.

»Sie ist nicht da.«

Ich blieb auf der Treppenstufe stehen. »Hatten wir das nicht schon mal?«

Er stand auf und drehte sich zu mir. »Und auch da hatte ich recht. Stimmt's?« Ja, das stimmte. Ich nickte.

»Ich warte einfach auf sie.«

»Da kannst du lange warten.«

Ich runzelte die Stirn. »Ist sie im Urlaub?«

»So ähnlich.«

»Was meinst du? Rede mal Klartext.«

»Frag sie doch einfach selbst, du Dad.«

»Weiß eigentlich jeder Mensch auf dieser Welt, dass ich Vater werde? Wem hat sie das alles erzählt? Stand es schon in der Zeitung?«, fragte ich genervt.

Er zuckte mit den Schultern. Okay, er hatte ebenfalls ein Schulterproblem.

»Wo verdammt noch mal ist sie?«

»Ich sage nichts.«, sagte er und schloss seine Wohnungstür auf. Ich packte ihn grob am Arm.

»Sag es mir jetzt.« Er wollte sich losreißen. »Jason, sag es mir jetzt verdammt noch mal.« Meine Stimme wurde wütender und mein Griff fester.

»Mein Gott, sie ist nach Paris gegangen.«

Was? Nein, er log. Niemals, würde Mila nach Paris ziehen! Allein in eine andere, neue Stadt. Die Bilder? War das ihre neue Wohnung?

»Lass mich wieder los. Penner, ey.«, hörte ich ihn sagen und er riss sich los.

Ich war wie gelähmt.

»Du hast sie vertrieben. Kannst stolz auf dich sein.«

»Wo wohnt sie da? Seit wann ist sie da?«, durchlöcherte ich ihn mit Fragen. Es fühlte sich an, als ob mein Herz in mir zerbrach.

»Ich wollte dir eigentlich überhaupt nichts sagen, weil du es nicht verdient hast.« Ich ließ ihn nicht ausreden.

»Brauchst du Geld? Sag mir wo sie in Paris wohnt und du kriegst das Geld bar auf deine Flosse.«

Er schaute mich verwirrt an. »Dass du ihr Leben da auch noch versaust?«

Ich schubste ihn leicht gegen die Tür. »Ach komm.«, sagte ich wütend und ging wieder zurück zu meinem Auto.

Kapitel 16

Mila

Nachdem Mrs Petit mich ein wenig eingearbeitet und mir alles erklärt hatte, machte ich erst mal Pause.
»Hier gehen aber viele Menschen einkaufen.«, versuchte ich ein Gespräch mit meiner Kollegin Elaine aufzubauen, derweil ich am Fenster stand und die Leute beobachtete, wie sie von einem Geschäft ins andere schlenderten.
Sie schaute zu mir. »Ist halt die Hauptstadt.« Ich lächelte. »Gehen Sie auch öfter shoppen?«
Sie schüttelte den Kopf und rollte dabei die Augen. Was war das bitte für eine Frau? Die Unfreundlichkeit in Person.
»Gibt es hier öfter Stress unter Kollegen?«, fragte ich vorsichtig.

»Finden Sie es selbst heraus.«, sagte sie knapp und senkte erneut ihren Blick auf ihr Handy.

»In unserer Filiale haben sich alle super verstanden.«

Sie schaute mich genervt an. »Wieso sind Sie dann hier?«

Ich lächelte sie an. *Mila, reiß dich zusammen. Es ist gerade mal dein erster Tag, du kannst sie nicht gleich umbringen*, hörte ich meine innere Stimme.

»Wo kommen Sie noch mal her?« Okay womöglich musste sie erst mal auftauen.

»Ich habe in Seattle gearbeitet, aber ursprünglich komme ich aus Denver.«

»Ja, da wäre ich auch weggezogen.«, sagte sie kühl.

Ich wusste nicht, ob es negativ oder lustig gemeint war. Egal. Ich lachte einfach. Mein Gott, wann war diese beschissene Pause endlich vorbei? Ich schaute auf die Uhr. Zehn Minuten noch.

Plötzlich klopfte es an der Tür. »Miss Moreau? Tragen Sie bitte morgen zwei Termine für Miss Cooper ein?«

Elaine steckte ihr Handy weg. »Ja, klar. Mach ich gern.«, sagte sie freundlich. Ach? Es ging auch nett? Wow. Ich glaubte, sie hatte Respekt vor Mrs Petit. Gut, sie war locker zwanzig Jahre älter als wir. *Aber Mäuschen, den Respekt wirst du auch bald vor mir haben*, sagte ich zu mir selbst und lächelte die beiden an.

Meine Pause war vorbei und ich setzte mich an wieder an den Laptop. Überraschend vibrierte das Handy. Eine Nachricht von Mom.

Hey mein Schatz,
ich hoffe, dein erster Arbeitstag ist ausgezeichnet und die Kollegen sind alle lieb. Und deine Wohnung auf den Bildern sieht mega aus. Ich freu mich schon, wenn ich sie live sehe.

Ich tippte schnell ins Handy.

Hey Mom,
ja, der erste Arbeitstag ist positiv. Aber meine Kollegin ist etwas merkwürdig. Ich glaube, sie mag mich nicht. Meine Wohnung ist der Hammer. :-) Ihr müsst unbedingt kommen, dann zeige ich euch alles.

Der Arbeitstag verlief, Gott sei Dank, recht zügig. Ich packte meine Tasche zusammen und verabschiedete mich von Elaine.

Aus heiterem Himmel stand der Stalker an der Bürotür von Mrs Petit. Übergab er heute wieder jemandem die Schlüssel? Oder waren die beiden befreundet? Verwandt? Solange er bei mir nicht später erneut im Hausflur rumhing, war es mir egal.

Als ich an meiner Wohnung ankam, aß ich erst mal mein belegtes Baguette, was ich mir unten im Café gekauft hatte. Ich wählte die Nummer von Amalia.

»Milaaaaa.«, begrüßte sie mich herzlich. Ich schmunzelte.

»Ja, hallöchen. Hast du kurz Zeit?«

»Für dich doch immer. Wie ist es in Paris? Wie ist deine neue Arbeit?« Ich lachte und erzählte ihr alles von meiner, Kollegin, dem unfreundlichen Mann, den leckeren Baguettes und dass ich sie jetzt schon vermisste.

»What the fuck mit dem Kerl. Und mit der komischen Kollegin, scheiß drauf.«, munterte mich Amalia auf.

»Wie ist es ohne mich?« Sie stöhnte übertrieben.

»Langweilig. Ach, Dean war hier.«

Mir blieb der Atem stehen.

»Wie? Also weiß er jetzt, dass ich in Paris bin?«

»Von mir nicht.«, hörte ich am anderen Ende. »Er wollte zu dir fahren.«

Dann hatte er vermutlich Jason gefragt und er konnte nicht dichthalten.

»Hat er noch was gesagt? Was hatte er an? Hat er sich verändert? War er mit Sofia dort?«, wollte ich von ihr wissen.

»Nein, Mila. Und versuch, ihn zu vergessen. Er tut dir nicht gut.«

»Du hast ja recht. So, ich werde jetzt zum Eiffelturm gehen. Schicke dir dann Fotos.« Sie jubelte und wir legten auf.

Ich zog mir eine weiße Jeans, mit einem schwarzen Top und der beigen Strickjacke an und machte mich auf den Weg zu meinem geliebten Eiffelturm. Ich musste höchstens fünfzehn Minuten gehen und war schon da. Ich setzte mich auf die Bank und beobachtete die Menschen, die an mir vorbei joggten.

Es war so bezaubernd endlich hier zu sein. Ich knipste unzählige Fotos und schickte sie an meine Liebsten.

»Puh, das würde ich jetzt auch gern tun, hier einfach entspannt sitzen.«, holte mich eine Frau aus dem vertieften Spielen mit meinem Handy. Sie setzte ihr Fuß auf der Bank ab und schnürte sich die Senkel neu. Neben ihr stand ein Mann, der mich schon die ganze Zeit anschaute. Scheinbar ihr Partner und sie trainierten zusammen. Beide waren auf jeden Fall ausgiebig trainiert. Ich grinste sie an.

»Hier ist noch Platz.«, erklärte ich und zeigte neben mir auf die Bank.

»Kommt nicht infrage, komm Alice.«, sagte der junge Mann und joggte weiter.

»Du hast es gehört. Schönen Abend.«, fügte sie hinzu und schon war sie weg. Ich verbrachte noch eine Weile am Eiffelturm und machte mich dann wieder auf den Weg nach Hause.

Als ich die Haustür aufschließend wollte, öffnete sie sich von allein. Der Stalker.

»Sag mal, was willst du von mir?«, fragte ich ihn, als er an mir vorbeiging.

Er runzelte die Stirn. »Bitte was?«

Ich stemmte meine Hände in die Hüften. »Was du von mir willst? Du stalkst mich schon die ganze Zeit.« Er lachte laut auf.

»Also keine Ahnung was du für Wahrnehmungsstörung hast.« Er kam mir näher. Schon wieder. »Vielleicht hast du es noch nicht mitbekommen, aber ich wohne in dem gleichen Haus wie du.« Bitte was? Verarschen konnte ich mich selbst.

»Ja klar. Wo denn?«

Er verdrehte die Augen. »Du bist unter mir.«, sagte er mit rauer Stimme. »Also deine Wohnung ist unter meiner, meinte ich.« Er drückte mich wieder leicht mit seinem Oberkörper gegen die Wand. Ich versuchte, ihn wegzudrücken.

»Ach ja? Und wieso warst du heute in der HsBc Bank?«

Er machte ein Schritt zurück. »Die Frage kann ich dir genauso stellen, wieso stalkst du mich?«

»Ich arbeite da vielleicht?«

»Mein Beileid.«, sagte er knapp und ließ mich stehen. Schon war er aus der Tür. Ich lief die Treppen hoch. Und zwar ganz hoch, um nachzuschauen, was auf dem Namensschild stand. Leroy Morel. Ob er das ernsthaft war? Ich war mir ziemlich sicher, dass er mich nur verarscht hat. Plötzlich hörte ich, wie unten die Eingangstür erneut ins Schloss fiel und jemand die Treppe hochkam. Ich ging wieder runter und wer stand an meiner Wohnungstür?

»Was wolltest du an meiner Wohnungstür herausfinden?«, fragte er, lachte und lehnte sich an die Wand.

»Nichts.«, antwortete ich und wollte die Tür aufschließen.

»Du weißt doch nicht mal meinen Namen.«, ärgerte er mich und stellte sich vor mich, sodass ich nicht ans Türschloss kam.

»Könnten Sie jetzt mal bitte Ihren Adoniskörper wegbewegen, Mr Morel?«, forderte ich ihn auf und schaute in seine dunkelgrünen Augen.

»Ach, hast du jetzt doch meinen Namen rausgefunden?« Ich nickte stolz. »Wieso bist du eigentlich nach Paris gekommen?« Was wollte er von mir? Wollte er normal mit mir sprechen?

»Weil ich unfreundliche Menschen mal auf einem Fleck erleben wollte.« Er schaute mich geschockt an.

»Unfreundlich?«

Ich grinste ihn an. »Also ich würde ja gern noch weiterreden, aber ich muss jetzt echt in meine Wohnung.« Ich steckte den Schlüssel ins Schloss. Ich versuchte, ihn zu drehen, es ging nicht. Ich merkte, wie er mich beobachtete.

»Kann man dir helfen?« Ich rollte mit den Augen. Das Schloss war offensichtlich von 1840. »Frauen halt, können nicht viel.«, sagte er, als er meinen Schlüssel zu drehen versuchte. Keine drei Sekunden später hörten wir ein Knacken. Und er hatte einen Teil des Schlüssels in der Hand und das andere Stück steckte in der Tür. Meine Augen wurden immer größer.

»Ist das dein Ernst?« Er prustete los.

»Alter. Scheiße. Das war nicht meine Absicht.« Ich holte das Handy aus der Hosentasche. »Was machst du da?«

»Einen Schlüsseldienst anrufen? Danke echt. Geh jetzt einfach.«

Er nahm das Handy aus der Hand. »Du rufst jetzt niemanden an. Ich probiere das gleich mit einer Spitzzange und wenn nicht, ruf ich morgen einen. Jetzt würde man nur unnötig den Notdienst belästigen.« Ich machte eine Handbewegung, die so viel sagte wie *Dein Ernst jetzt?*

»Ich muss vielleicht in meine Wohnung? Mich duschen? Schlafen?«

Er zuckte mit den Schultern und zeigte mit dem Daumen nach oben. »Bei mir.«

Ich verkniff mir das Lachen. »Ja klar, damit du mich gleich ins Bett kriegst. War das dein Plan?« Er runzelte die Stirn.

»Ähm, nein. Ich würde dich nicht mal mit der Kneifzange anfassen.« Ich schaute ihn genervt an und verschränkte die Arme. »Obwohl du einen echt geilen Arsch hast. Vor allem in dieser weißen Jeans.«

Okay, Mila nicht rot werden. Denk an irgendetwas. An den Eiffelturm. An Dean. Oder nein, lieber an deinen Schlüssel, der im Schloss feststeckt.

Er fuchtelte mit seinen Fingern an dem Schloss herum.

»Du kriegst es mit deinen Fingern nicht hin. Merkst du das nicht?« Er drehte sich zu mir.

»Ich kann dir gern zeigen, was ich mit meinen Fingern hinkriege.« Ich grinste ihn an.

»Ja, zeig es mir mal. Zeig mir, wie du deine Tür aufbekommst.«, sagte ich und lief die Treppen nach oben.

»O Mann, dieser Hintern.«, hörte ich ihn hinter mir nuscheln. Was für ein hollywoodreifer Tag.

»Herein spaziert.«, sagte er und ließ mich in seine Wohnung. Bei ihm sah es fast genauso aus wie bei mir. Er hatte nur nicht so viele Blumen überall stehen wie ich.

»Danke, dass ich bei dir schlafen darf.«

Er nickte. »Aber ich bin ja unfreundlich.«

Ich lächelte ihn an. »Na ja, du wirst langsam netter. Vielleicht liegt es ja an meiner Jeans.«, scherzte ich.

»Also wenn du duschen willst, kannst du ruhig gehen. Habe auch Frauen Duschzeug.«

Ich hob eine Augenbraue. »Brichst du öfter die Schlüssel im Türschloss ab?« Er fing an zu lachen.

»Nein, aber ich habe eine Freundin.« Mir blieb die Spucke weg.

»Oh, dann ruf ich doch besser den Notdienst an.« Ich stand auf und ging Richtung Tür. Er sprang auf.

»Nein, alles gut. Ehrlich. Wir haben gerade eine Pause.«

Ich rollte mit den Augen. »Ihr mit euren Pausen.«

Er zuckte mit den Schultern. »War ihre Idee.«

»Ich gehe trotzdem besser.«

Er hielt mich am Arm fest. »Wo willst du denn schlafen? Im Treppenhaus?«

»Ich gehe ins Hotel.«

Er packte mich an den Schultern und schob mich Richtung Badezimmer. »Geh jetzt einfach in Ruhe duschen, baden, oder was auch immer du willst, und danach kannst du in meinem Bett schlafen.«

Ich blieb abrupt stehen. »In deinem Bett?«

»Mila.«, fing er an und bemerkte seine Hand an meinen Hüften. »Ich habe dir doch vorhin schon gesagt, dass ich dich nicht anfasse.« Ich schaute runter zu seiner Hand.

»Klappt ja gut.«, flüsterte ich ihm zu und verschwand im Bad. *Puh. Atme, Mila.*

Als ich frisch geduscht war und nur mit einem Handtuch bekleidet vor dem Spiegel stand, klopfte es an der Tür.

»Magst du von mir ein T-Shirt haben?«, fragte Leroy und hielt mir vorsichtig eins durch den Türspalt. Sein Shirt konnte ich als Kleid nehmen, so groß war es. »Ich muss auch duschen. Bist du fertig?«

Ich machte die Tür auf. »Ja, danke.«

»Und wo willst du schlafen?«, wollte er wissen, als er sich frischgeduscht auf die Couch setzte.

»Die Frage ist eher, wo schläfst du?«

»Na in meinem Bett.«

»Nicht, dass du Stress mit deiner Freundin bekommst, wenn ich hier in deiner Wohnung übernachte.« Keine drei Tage in Paris und schon verursachte ich Streit. Wow, einfach wow, Mila.

Plötzlich klingelte mein Handy. Unbekannte Nummer. Sein Blick ging zum Display.

»Soll ich mal rangehen?«, scherzte er.

Ich lachte. »Wenn du dann glücklich bist. Ist eh wieder eine Fake-Nummer. Wie so oft in letzter Zeit.« Er nahm an und drückte auf Lautsprecher.

»Hallo.«, sagte er.

»Hallo.«, hörten wir und ich bekam einen Schock, weil ich genau wusste, wer es war. Warum rief er mich an?

»Was gibt's?«, fragte Leroy.

»Du bist wer?«, hörte ich Dean.

»Das möchte wer wissen?«

»Geht dich einen Scheiß an. Wieso bist du an Milas Handy?«

»Mann, das ist mein Ex.«, flüsterte ich ihm zu.

»Wollen wir ihn ärgern?«, fragte er leise und hielt das Mikro mit der Hand zu. Ich überlegte kurz und zuckte mit den Schultern.

»Sie schläft schon, deshalb bin ich rangegangen.«

»Sag mir jetzt deinen beschissenen Namen.« Okay, Dean war sauer. »Ich weiß ganz genau, dass sie noch wach ist. Ich will sie sprechen.«

Leroy hielt mir das Handy hin. Ich schüttelte nur mit dem Kopf. »Sie hat kein Bock auf dich.«

»Ich habe keine Ahnung, wer du Schwanz bist, aber ich werde es herauskriegen und ich werde auch herausfinden, wo Mila wohnt.«

Ich riss Leroy das Handy aus der Hand und drückte den Lautsprecher aus. »Dean, was möchtest du noch von mir? Du kriegst mit einer anderen Frau ein Kind. Lass mich doch endlich in Ruhe. Jetzt bin ich schon so weit weggezogen und du versuchst mich trotzdem jeden Tag anzurufen.«

»Wer ist der Kerl?« Ich verdrehte die Augen. Warum konnte Dean es nicht einfach sein lassen? Er musste die Kontrolle über mich haben. Über alles.

»Er ist mein Nachbar. Aber wozu brauchst du jetzt die Info?«

»Wieso bist du weggezogen? Wieso hast du mir das nicht erzählt? Warum habe ich das alles von anderen erfahren?«, fragte er und ich merkte an seiner Stimme, wie traurig er war.

»Ich wollte es dir an dem Abend sagen, als wir mit Riley und John essen waren, aber dann gab es ja eine andere Neuigkeit.

»Jede verfickte Sekunde muss ich an dich denken Mila.« Ich merkte, wie mein Hals brannte von dem Kloß, den ich mittlerweile hatte.

»Kommst du ins Bett?«, meinte Leroy. Ich schaute ihn geschockt an und bekam große Augen. Wieso fragt er das bitte so laut?

»Ins Bett?«, schrie Dean in den Hörer. »Wollt ihr mich verarschen? Kaum bist du in Paris und du lässt dich schon von deinem Nachbarn ficken?« War ja klar, dass er wieder beleidigend werden würde.

Ich hielt das Handy ein paar Zentimeter von meinem Ohr entfernt, damit ich mir nicht noch mehr anhören musste.

»Von wem ich mich ficken lasse, geht dich nichts mehr an.«, blaffte ich in den Hörer und legte auf.

»Heftiger Kerl. Und das war dein Ex?«, fragte Leroy mich vorsichtig und stellte sich in den Türrahmen. Ich schmiss mein Handy auf die Couch.

»Jap, das war er.«, sagte ich kalt. Es war schon verletzend, was Dean von sich gegeben hat, aber ich hatte es nicht anders erwartet. »Aber wieso fragst du mich auch so laut, ob ich ins Bett komme? Jetzt denkt er, wir haben was miteinander!« Er zuckte mit den Schultern.

»Wäre es denn so schlimm?« Ich ließ mich auf die Couch fallen.

»Ach, soll er denken, was er will. Ich will jetzt schlafen.«

Kapitel 17

Dean

»Mit wem hast du telefoniert?«, fragte mich Sofia, als ich aus dem Badezimmer kam.

»Mit Mila.« Ich wollte sie nicht wieder anlügen. Ich kochte innerlich vor Wut. Ich wusste nicht wohin damit. Am liebsten hätte ich die komplette Wohnwand kaputtgeschlagen oder mir irgendeine Schlampe besorgt.

»Du kannst sie nicht vergessen oder?«

Ich beugte mich zu ihr runter. »Sie ist für mich Geschichte.«, machte ich ihr klar und gab ihr einen Kuss. Auf den Mund. Warum tat ich das jetzt bitte? Ich hätte niemals gedacht, dass ich das mal sagen würde. Aber ich musste langsam akzeptieren, dass ich Mila verloren hatte.

Ich liebte Mila und wollte sie so sehr, aber sie mich nicht mehr. Eines Tages würde das Gefühl, das ich für sie hatte, schon verschwinden. Obwohl ich immer noch eine unendlich dolle Wut auf sie hatte. Und noch mehr auf den Kerl, dessen Namen ich bis zum jetzigen Zeitpunkt nicht kannte.

Sofia grinste über beide Ohren. »Wirklich?« Ich nickte. Sie sprang mir in die Arme. »Oh, Dean. Ich freu mich so. Ich habe es so gehofft, dass du dich irgendwann für uns entscheidest.« Ich merkte ihre Hand an meinem Hosenbund. Ich wusste, worauf sie hinauswollte, aber ich hatte absolut keine Lust darauf. Ich hielt ihre Hand fest.

»Jetzt nicht.«

Sie schaute mich enttäuscht an und setzte sich auf die Couch. »Am Wochenende kommt meine Mom. Sie möchte dich kennenlernen.«

»Das hat doch aber noch Zeit.«, versuchte ich sie zu überreden. Wie sollte ich mich denn bitte vorstellen, als der Kerl, der ihre Tochter geschwängert hatte? Ich war schon mal beruhigt, dass nur ihre Mom kommen würde und nicht noch ihr Dad. Zu dem hatte sie nicht den optimalen Kontakt. Mein Glück.

»Meine Mom ist cool drauf. Du brauchst keine Angst haben.«

»Das mag ja sein. Aber es ist eine komische Situation.« Sie grinste weiterhin wie ein Honigkuchenpferd. »Was grinst du denn die ganze Zeit so?«, wollte ich von ihr wissen.

»Weil das Thema Mila jetzt endlich vorbei ist.« Sie kam näher und küsste mich. Ich wusste ehrlich gesagt nicht, wieso ich es zuließ, dass wir uns küssten, aber dieses beklemmende Gefühl, was ich in mir hatte, brachte mich gleich um.

»Wann musst du wieder zum Arzt?«, fragte ich sie.

»Nächste Woche. Magst du wieder mitkommen?« Ich überlegte. Mir war das Ganze etwas unheimlich und den Kerl fand ich genauso merkwürdig.

»Ich kann dich hinbringen, aber ich komme nicht mit in die Praxis.« Wie erwartet war sie enttäuscht.

»Möchtest du also nicht unser Kind sehen?« Das war ihre Geheimwaffe. Ich atmete einmal tief durch.

»Ich werde jetzt schlafen gehen.«, sagte ich und ging in ihr Schlafzimmer. Ich war alles andere als müde, aber ich konnte jetzt auf keinen Fall mit Sofia hier einen auf Familie machen, während ich wusste, dass Mila sich mit einem anderen Kerl vergnügte. Also schrieb ich Riley.

Hey Kleine,
wir müssen uns die Tage unbedingt sehen. Ich habe vorhin mit Mila gesprochen. Ich bin auf Hundertachtzig. Ich kann dich jetzt nicht anrufen, weil ich bei Sofia bin.
Ich hoffe mit John ist alles wieder gut?!

Hab dich lieb :-)

Ich öffnete meine Fotos und sah alle Bilder von Mila und mir. Sie war so eine umwerfende Frau. Für mich die schönste. Ich würde die Zeit mit ihr niemals vergessen. Ich löschte unsere Fotos. Eins nach dem anderen und der Stich in meinem Herzen wurde gefühlt immer tiefer.
Plötzlich ging die Schlafzimmertür auf und Sofia kam rein. »Jaja, du bist müde, aber dann doch noch am Handy sein?«, scherzte sie, legte sich zu mir und ihr Blick wanderte zu meinem Handy. »Was machst du?«, fragte sie.
»Habe nur was geschaut.«, sagte ich ernst und legte das Handy auf das Nachtschränkchen.
»Warum ist Mila jetzt Geschichte?«, fing sie wieder mit dem Thema an. Ich drehte mich zu ihr.
»Sie wohnt hier nicht mehr.« Sie schaute mich fragend an. »Sie wohnt in Paris. Also weit weg. Brauchst also keine Panik mehr schieben.« Ihr huschte ein kleines Lächeln über die Lippen, was mich innerlich noch wütender machte. »So, und jetzt lass uns schlafen.«, schlug ich ihr vor und küsste sie. Wieso küsst du sie ständig? So machst du ihr nur mehr Hoffnung, hörte ich meine innere Stimme. Das Ganze hier war falsch. Verdammt falsch. Sie streichelte mich eine Weile am Oberarm, dann schliefen wir ein.

»Ich fahre dann. Wenn was ist, melde dich.«, verabschiede ich mich von Sofia und machte mich auf den Weg zur Arbeit. Ich schaute auf mein Handy. Immer noch keine Nachricht von Riley. Sonst klebte sie ständig an diesem Handy und jetzt, wo ich sie mal bräuchte, natürlich nicht.
Ich fuhr den Laptop hoch und starrte wie ein Doofer auf den Bildschirm. Ich konnte mich auf nichts mehr konzentrieren. Es war der größte Fehler, dass ich mit Mila gesprochen hatte.

Auf einmal ging die Tür auf. Riley. Ich sprang auf und drückte sie. Endlich.

»Hey, schön, dass du da bist.«, begrüßte ich sie.

»Er hat eine andere.«, schluchzte sie los. Ich nahm sie fester in Arm. »Psssst.«, versuchte ich zu beruhigen. »Ich bring ihn um.«, fügte ich hinzu.

»Warum bitte? Bin ich so scheiße?«, fragte sie. »Da lass ich mich einmal auf einen Kerl ein und dann ist er so ein Arschloch.« Ich strich ihr über die Haare.

»Ja, ist er. Aber nicht alle Männer sind so.«

Sie schaute zu mir hoch. »Na ja … du? Liam? Ihr seid doch genauso.«

Ich verdrehte die Augen. »Ich habe mich doch schon geändert.« Sie wischte sich die Tränen weg.

»Was wolltest du mir denn erzählen?«, fragte sie.

Ich winkte ab. »Nicht so wichtig. Jetzt müssen wir dir erst mal helfen.« Sie lächelte mich an.

»Schieß los.« Sie wusste genau, dass es mir auf der Zunge brannte. Ich setzte mich hin und erzählte ihr alles.

»Denkst du echt, Mila hat schon einen Neuen?«, fragte sie und schlug ihre Beine übereinander. Ich zuckte mit den Schultern. »Aber auch krass, dass sie jetzt einfach mal in Paris wohnt.« Ich spielte mit dem Kugelschreiber in der Hand hin und her.

»Ja, ist es. Ich dachte, ich raste aus, als Jason mir das gesagt hat.« Sie nickte verständnisvoll.

»Wieso hast du sie aber auch gefragt, ob sie den Typen schon fickt?« Sie haute sich gegen die Stirn. »Das hättest du auch anders formulieren können.«

Ich stöhnte vor mich hin. »Was soll ich jetzt machen?«

»Die Frage ist eher, was machst du jetzt mit Sofia? Was ist das mit euch? Gibst du euch eine Chance? «

Ich lehnte mich zurück. »Riley, ich habe echt keinen Plan. Ich mag Sofia, sie wird die Mutter …«

»Jaja, die Mutter deines Kindes, wissen wir alle bereits. Komm auf den Punkt.«

Ich pfefferte den Kugelschreiber auf den Schreibtisch. »Ich war in meinem Leben noch nie so ratlos. Ich denke, ich muss es mit Sofia probieren.« Sie schaute mich nur an, ohne etwas zu sagen.

»Das ist aber nicht fair. Ihr gegenüber. Was würdest du denn machen, wenn Mila dir schreiben würde, du sollst mal nach Paris kommen?«, wollte sie von mir wissen.

»Nichts.«

Sie hob eine Augenbraue.

»Ja, okay. Ich würde im nächsten Flieger sitzen.«

Sie stand auf und kam auf mich zu. »Das wird aber von ihrer Seite aus niemals mehr passieren, deshalb gebe ich dir den Tipp als beste Freundin, schlag dir diese Frau aus dem Kopf. Sie wird dich nicht glücklich machen. Eher unglücklich.«

»Sofia, wird es aber auch nicht tun.«, versicherte ich ihr.

»Es gibt noch andere Frauen auf der Welt. Außer die zwei.« Sie hatte recht. Wie so oft.

»Tust du mir einen Gefallen?« Sie fing an zu grinsen, weil sie höchstwahrscheinlich wusste, was ich von ihr wollte. »Kannst du sie trotzdem mal anschreiben?«

»Hab ich schon.« Ich wollte etwas sagen, da fing sie an zu lachen. »Spaß, Mann. Ja, ich kann sie anschreiben. Aber sie wird mir nicht alles haargenau erzählen, weil sie auch nicht doof ist.« Ich nickte nur. Sie schaute auf die Uhr. »Ich muss auch langsam wieder los.« Riley umarmte mich und ging. Ich war echt froh, dass ich sie hatte.

Unerwartet piepste mein Handy.

Sofia.

»Dean. Ich blute.«, hörte ich sie sagen.

»Schlimm? Hast du dich geschnitten?«, fragte ich und hatte ehrlich gesagt keinen Plan, was sie genau von mir wollte.

»Nein. Ich war auf der Toilette …«, erklärte sie mir und fing an zu weinen. Jetzt verstand ich es.

»Hast du beim Arzt angerufen? Können wir vorbeikommen?«, fragte ich nervös.

»In einer Stunde kann ich kommen.«

»Alles klar, ich fahr in zehn Minuten los und hol dich ab.«

»Ich hab Angst.«, sagte sie.

»Brauchst du nicht. Alles wird gut sein. Ich bin ja bei dir.«, versuchte ich sie zu beruhigen.

»Bis gleich dann.«, sagte ich und legte auf.

Ach du scheiße, warum musste jetzt sowas passieren? Würde sie das Baby verlieren? Ich hatte zwar keine Ahnung von Schwangerschaften, aber ich wusste, Blutungen sollte man von einem Arzt abklären lassen. Sicher war sicher. Hoffentlich war alles gut.

Langsam bekam ich selbst ein bisschen Angst. Ich packte meine Sachen zusammen und ging zum Auto. Überraschenderweise klingelte erneut mein Handy. Liam.

»Ey Bruder, was geht? Bist du auf der Arbeit?« Ich setzte mich ins Auto und startete den Motor.

»Hey. Ich muss erst mal mit Sofia zum Arzt.«

»Oh, ist irgendwas mit der kleinen Bohne?«, fragte er. Ich lachte laut los.

»Junge, was für eine Bohne? Hast du gekifft?« Er lachte ebenfalls.

»Na, manche nennen ihr ungeborenes doch so?«

»Kann sein. Aber wir sagen ganz normal Kind. Und wir wollen mal, dass der Arzt nachschaut.«

»Okay. Und was ist nun mit Mila?«, fragte er.

»Sie wohnt in Paris. Und hat einen anderen.« Am anderen Ende wurde es still. »Hallo? Noch da?« Ich schaute nach, ob ich noch Empfang hatte.

»Paris? In Europa?« Er konnte es nicht fassen.

»Ja genau, in Paris die Hauptstadt von Frankreich.«

»Bruder, ey. Die ist ja krass drauf. Ist sie wegen dir weggezogen?« Ich merkte, wie sprachlos er war. »Und jetzt? Was machst du jetzt?« Wieso fragte mich das jeder?

»Nichts. Sie lebt da ihr Leben und ich habe meins hier. Es war eine schöne Zeit, aber jetzt ist es vorbei.«, erklärte ich ihm. »So, ich bin jetzt bei Sofia, ich melde mich später bei dir.«

»Alles klar. Und schreib mir, was mit der kleinen Bohne ist.«, ermahnte er mich und legte auf.

Er und seine Bohne. Keine Ahnung wo er das aufgegabelt hatte.

Als ich vor Sofias Haus hielt, stand sie stand schon mit ihrer Tasche davor.

»Hey, danke dass du dir freigenommen hast.«, sagte sie und setzte sich ins Auto.

»Ich habe dir gesagt, ich bin für dich da. Und daran halte ich mich auch.«, versicherte ich ihr und streichelte ihr über den Oberschenkel.

Nach zwanzig Minuten kamen wir endlich an.

»Bitte einmal Urin abgeben und kurz im Wartezimmer Platz nehmen.«, meinte die Arzthelferin und hielt Sofia den Becher hin.

»Ich geh schon.« Ich zeigte auf die Tür. Und da saß ich wieder. In einem Raum mit fast nur Schwangeren, die mich alle anstarrten, als hätte ich etwas ausgefressen. Auf einmal wurde Sofias Nachnamen aufgerufen. Klasse. Sie war noch auf Toilette. Was trieb sie da so lange? Ich blieb auf meinem Platz sitzen.

»Und turnt dein Bambino auch fleißig in deinem Bauch?«, fragte die eine Schwangere, die dem Augenschein nach gleich ihr Baby auf die Welt bringen würde, die andere.

»O ja. Wie verrückt. Und mein tägliches Sodbrennen. Eklig das Gefühl.«, antwortete sie.

»Banane. Oder Nüsse. Damit geht es sofort weg.«, kam von der Frau, die direkt neben mir saß. Ob sie auch schwanger war? Keine Ahnung, man sah nicht wirklich was.

»O nein. Milch hilft super. Bananen sind totaler Quatsch.«, mischte sich die zweite ein. Okay, wenn es so weiterging, prügelten die sich gleich.

Ich holte mein Handy aus der Tasche. Wenn hier gleich Fäuste fliegen würden, wollte ich bestimmt kein Zeuge sein. Plötzlich ging die Tür auf.

»Dean? Kommst du?«, fragte Sofia. *Danke, dass du mich vor den ganzen Verrückten rettest!* Wir marschierten zu dem Raum, der in mir bis heute ein Trauma verursacht hatte.

»Guten Morgen, Mrs Lopes. Wie geht es Ihnen?«, fragt der Arzt.

Sofia legte ihre Tasche auf den Stuhl. »Ich habe Angst, dass irgendwas mit unserem Kind ist.«

»Haben Sie Schmerzen?«, wollte der Arzt wissen, als er an seinem Laptop saß und irgendetwas eintippte.

»Nein, nicht wirklich. Ich saß vorhin nur …«, fing sie an, ihm alles zu erklären.

»Wir schauen jetzt mal. Bitte machen Sie sich untenrum frei.«

Wenige Sekunden später saß sie auf dem Stuhl, er nahm das Ultraschallgerät und fing an zu schallen. Okay, jetzt war ich nervös.

Kapitel 18

Mila

»Guten Morgen.«, hörte ich leise eine Stimme sagen. Ich drehte mich um und sah Leroy. Neben mir im Bett. Ich war sofort hellwach.
»Wow.«, bekam ich nur raus und zog die Bettdecke zu mir, um alles zu verdecken.
»Gut geschlafen?«, fragte er und strich sich durch seine Haare. Seine dunkelgrünen Augen durchbohrten mich. Er hatte schon krasse Augen. Vor allem diese langen Wimpern.
»Ja, danke dass ich hier schlafen durfte.«, bedankte ich mich, stand auf und machte mich im Bad frisch.

»Hoffentlich kriege ich nicht gleich Stress mit meiner Vermieterin.«, rief ich ihm durchs Badezimmer zu. Ich hörte, wie das Laminat knarrte und er näher kam.
»Wieso solltest du?«, fragte er durch die Tür.
»Hast du denn schon vergessen, wieso ich überhaupt bei dir geschlafen habe?«
Er lachte, »Nein, natürlich nicht. Aber du bekommst keinen Stress mit ihr.«
Ich machte die Tür auf und er stand nur in Boxershorts vor mir. Okay. Sein Oberkörper war auch ganz nett anzuschauen.

»Kommst du mit ihr gut klar?«, wollte ich von ihm wissen.
Er nickte und schaute mich einmal von oben bis unten an.

»Ich muss mich jetzt auf den Weg zur Arbeit machen. Und dann mit Mrs Petit reden.«

Er runzelte die Stirn. »Mach dir über die bescheuerte Tür keine Gedanken.« Ich hob eine Augenbraue.

»Ich muss vielleicht einen neuen Schlüssel organisieren?«, erklärte ich ihm.

»Ich habe dir gerade was gesagt. Wenn du später nach Hause kommst, ist alles repariert. Vertrau mir.«, sagte er mit seiner angenehmen Stimme und schaute zu mir runter. »Aber was du an deinem Ex gefunden hast, das muss ich nicht verstehen, oder?« Ich lächelte ihn nur verschämt an, sagte aber kein Wort.

Als ich endlich in meinem Büro ankam, saß Elaine schon an ihrem Platz und tippte etwas in ihren Computer ein. »Morgen.«, begrüßte ich sie und setzte mich auf meinen Platz. Sie nickte mir zu.

Sprechen hatte sie offenbar über Nacht verlernt. Was war das nur für eine hochnäsige Frau? Ich verdrehte die Augen. Ich hatte eine halbe Stunde Zeit, bis der erste Kunde kam. Ich war schon etwas nervös. Ich holte mein Handy raus und las eine Nachricht von Riley.

Hey du Hübsche,
ich habe gehört, dass du in Paris wohnst?! Wow, diese Stadt muss der Hammer sein. Ich will nicht um den heißen Brei herumreden, Dean ist am Verzweifeln, weil er denkt, dass du jetzt einen anderen Kerl hast. Das stimmt doch nicht, oder? Er wollte nicht so hart zu dir am Telefon sein, aber seine Nerven sind schlicht und ergreifend am Ende.

Wenn du wirklich einen netten Mann gefunden hast, dann wünsche ich dir alles Glück der Welt. :-)

Ach, und mit John ist wieder alles vorbei. :-(Bin schon traurig, aber irgendwann kommt der Richtige für mich. Hoffentlich.

Wünsche dir einen schönen Tag. :-)

Liebe Grüße, Riley.

Ich schrieb ihr direkt zurück.

Hey du,
ja genau, ich wohne jetzt in Paris. In meiner Stadt. Und ja, es ist der Wahnsinn hier. Du kannst mich ja mal besuchen kommen. :-) Die Bilder von meiner Wohnung hast du vermutlich schon gesehen. Und nein, natürlich habe ich keinen neuen Kerl. Das alles ist eine längere Geschichte. :-) Ich werde erst mal eine lange Zeit keinen Mann haben. Der letzte, den ich hatte, hat es geschafft, dass ich wegziehe, deshalb halte ich jetzt Abstand.

Haha! :-)

Das mit John tut mir unfassbar leid. :-(Ich hoffe, du lernst bald einen besseren Mann kennen.

»Bringen Sie mir einen Kaffee mit?«, fragte ich meine Kollegin, die gerade aufstand und Richtung Küche gehen wollte. Wenn Blicke töten könnten, wäre ich jetzt unter der Erde. Ich schenkte ihr ein Lächeln. Sie nickte nur.
Heftig, dass Dean Riley alles erzählt hatte. Gut, es war seine beste Freundin, ich hätte es mir denken können.

»Hier, Ihr Kaffee.«, sagte Elaine und hielt mir den Kaffee hin. Als ich vorsichtig zugreifen wollte, ließ sie die Tasse los. *Platsch* – alles verschüttet über meinem Schreibtisch und meiner Hose. Wie gut, dass ich eine weiße Hose anhatte. Dieser verdammte Kaffee war heiß. Ich sprang vor Schreck auf.

»Ups! Das tut mir jetzt leid.«, meinte Elaine mit einem ironischen Unterton.

»Aua! Pass doch auf. Wieso lässt du denn die Tasse auch los?«, schnauzte ich sie an.

Sie zuckte mit den Schultern. »War doch keine Absicht.«, sagte sie, zwinkerte mir zu und ging.

Du kleine Schlampe! Du willst Stress? Den bekommst du.

Ich wischte in Windeseile den Schreibtisch sauber und tupfte meine Hose trocken. Hinreißend dieser Kaffeefleck auf meinem Oberschenkel.

Endlich war Mittagspause und ich hatte zwei Kundengespräche hinter mir. Ich wollte heute in meiner Pause in das Shoppingcenter, das ich von meinem Büro aus sah. Aber mit diesem Kaffeefleck würde ich meinen Hintern kein Stück hier wegbewegen.

»Miss Cooper? Hier ist Ihr neuer Schlüssel. Tut mir leid, dass Sie gleich solche Erfahrung machen mussten.« Mrs Petit kam ins Büro und hielt mir den Schlüssel hin.

»Danke schön. Ach, alles gut.« Ich lächelte sie an.

Sie schaute meine Hose an und fing an zu lachen. »Oh, das ist mir auch schon ein paar Mal passiert.« Ich lachte ebenfalls.

»Und man hat dann auch immer die tollsten Sachen an, stimmt's?« Ich nickte zustimmend.

»Ja, leider.«

»Und fühlen Sie sich schon angekommen?«

Na ja, nicht so wirklich. Ich war nicht mal eine Woche in Paris und schon könnte ich meine Kollegin zum Mond schießen. Der Kerl, den ich für einen Stalker hielt, brach meinen Schlüssel ab und war am Ende doch nett. »Ja, alles gut bisher«, log ich sie an.

»Hier könnte man Stunden stehen und die Leute beobachten, oder?«, fragte sie, während sie an der großen Fensterscheibe stand. Ich stellte mich zu ihr.

»O ja. Ich liebe es. Ich habe so ein schönes Büro.« Sie lächelte mich an und streichelte mir über die Schulter.

»Das freut mich.«

Ich war froh, so eine Chefin zu haben. Und dass ich mit ihr bisher gut klarkam. Ich war immer noch erstaunt, dass Leroy sich um *meine* Sachen kümmerte. »Und kommen Sie auch gut mit Miss Moreau zurecht?«, wollte sie wissen.

»Ja. Wir kommen miteinander klar.«

»Sehr gut. Wenn irgendwas nicht klappen sollte, kommen Sie ruhig zu mir.« Ich nickte. Die Situation mit Elaine würde ich allein mit ihr regeln.

Als ich wieder an meinem Laptop saß, beobachtete ich Elaine die ganze Zeit. Manchmal wirkte sie ein wenig bedrückt. Sollte ich sie mal fragen, was sie hatte? *Na ja, dir wird sie es vermutlich als Letzte erzählen*, sagte mir meine innere Stimme.

Sie tippte wie wild auf ihrem Handy herum. Vielleicht hatte sie Stress mit jemandem? Noch drei Kunden und dann hatte ich endlich Feierabend. Überraschend piepste mein Handy. Eine Nachricht von Amalia.

Hey Schnecke,
die Bilder vom Eiffelturm sind sooooo schön. :-) Ich werde bald zu dir kommen und du zeigst mir deinen Stalker - haha. Vielleicht wäre das ja Einer für mich? ;)

Ach Mann, dass sie so weit weg war. Ich tippte in mein Handy.

Hallöchen. :-)
O mein Gott ja, du musst echt hierherkommen. Und es gibt schon viel, was ich dir erzählen muss. Zusammenfassung: Der Stalker wohnt über mir, er hat meinen Wohnungsschlüssel abgebrochen, habe dann bei ihm geschlafen. Und meine Kollegin könnte ich gegen die Wand hauen.

Wir müssen unbedingt telefonieren.

Der Nachmittag verging erstaunlich schnell.
»Bis morgen.«, verabschiedete ich mich von Elaine und stolzierte an ihr vorbei. Als ich im Uber auf dem Weg nach Hause war, schrieb ich Jason eine Nachricht.

Hey du Otto,
wieso hast du Dean gesagt, dass ich in Paris wohne? Wenn wir uns das nächste Mal sehen, muss ich dich erst mal boxen. :-)
Hier ist es soooo schön, das glaubst du gar nicht.
Deine Mila

Zwanzig Minuten später war ich endlich zu Hause angekommen. Ich kaufte mir an der Ecke ein belegtes Baguette und ging in meine Wohnung. An meiner Wohnungstür hing ein kleiner Zettel.

Ich habe doch gesagt, vertrau mir. ;-)

Ich nahm ihn ab und steckte vorsichtig den neuen Schlüssel ins Schloss. Leroy hatte sein Wort gehalten, hätte ich ehrlich nicht erwartet. Ich schnappte mir einen Zettel und schrieb:

Ja, du hast recht gehabt. Ich danke dir. :-)

Dann stiefelte ich nach oben und klebte ihn an seine Tür.

Normale Menschen würden eine Nachricht schreiben, aber ich hatte keine Nummer von ihm. Nachdem ich wieder in meiner Wohnung war, aß ich gemütlich mein Baguette. Auf einmal klingelte mein Handy.

»Hey, Mom.«, begrüßte ich sie.

»Hey, mein Schatz. Hast du am Samstag Zeit? Dann könnten wir am Freitagabend den Flieger zu dir nehmen.«

Ich grinste wie wild los. »Ja, klar. Kommt gern vorbei. Dann kann ich euch alles zeigen.«

»Dann buchen wir Flüge. Ich schreibe dir später noch die genauen Daten.«

»Macht das. Ich freu mich sehr.«

»Und wir uns erst.«, sagte sie, bevor wir auflegten. Mein Herz sprang vor Freude.

Ich schaute auf die Uhr. Halb sechs. Da ja hier gefühlt jeder Mensch joggen ging, kramte ich meine schwarze Leggins und ein dunkelrotes Top aus dem Schrank, schmiss mir eine dünne Strickjacke über und machte mich auf den Weg zum Eiffelturm. Ich lief an der Seine entlang. Ich war noch keine drei Minuten unterwegs und brauchte schon ein Sauerstoffzelt. Endlich war ich am Eiffelturm angekommen und machte eine kleine Pause.

»Entschuldigen Sie, könnten Sie mir vielleicht sagen, wie spät es ist?«, hörte ich eine männliche Stimme von rechts.

Ich drehte mich um. Groß, gutgebaut, schwarze Haare und rehbraune Augen. Sehr anziehend. Vor mir stand der junge Mann von gestern. Ich blickte auf mein Handy.

»Gleich sechs.«, antwortete ich ihm höflich.

»Merci, Madame.« Ich schenkte ihm ein kleines Lächeln. »Saßen Sie nicht gestern auch schon auf dieser Bank?«

Ich nickte. »Ja, genau. Und Ihre Freundin hatte sich neben mir ihre Schuhe zugebunden.«

Er runzelte die Stirn. »Freundin?«, fragte er verwundert. »Ich trainiere sie nur.« *Mich könntest du auch mal trainieren*, ging mir durch den Kopf. »Und Sie gehen auch gern joggen? Wie ich erkennen kann.« Sein Blick schweifte zu meiner Leggings.

»Ja. Genau.« Mila was lügst du denn so?

»Wie oft gehen Sie die Woche?«, fragte er.

Die Woche? Stell die Frage eher anders. Wie oft im Jahr? »Ganz unterschiedlich.«

»Und wieviel Kilometer laufen Sie?«

Mila, rede nicht wieder irgendeinen Mist. »So elf Kilometer ungefähr.«

Er klatschte in die Hände. »Wow. Das ist der Hammer.«

Weißt du was elf Kilometer sind? Herrgott, Mila. Steh bloß auf und geh nach Hause.

»Wir könnten vielleicht mal zusammen joggen?«, schlug er vor.

Na klasse! Du machst schon nach drei Minuten schlapp, was passiert denn mit dir bei fucking elf Kilometern? »Gern.«

»Wollen Sie meine Nummer in Ihr Handy einspeichern, dann können Sie sich bei mir melden, wenn wir zusammen joggen gehen wollen?«

Ich hielt es ihm hin und er tippte seine ein. »Gabriel heiße ich übrigens.« sagte er, drückte mir wieder das Handy in die Hand und joggte weiter.

Wow, einfach wow. Ich musste trainieren, bevor ich mich mit ihm traf. Ich machte mich wieder auf den Weg nach Hause.

Als ich zu Hause ankam, wartete Mr Stalker an meiner Tür.

»Dein Ernst?«, fragt er und hielt mir den Zettel hin. Ich musste lachen.

»Na ja, ich wollte nett sein und mich noch mal bedanken.«

»Das musst du aber nicht. Ich habe den Schlüssel abgebrochen, also war es meine Aufgabe, alles wieder in Ordnung zu bringen.«

»Stimmt.«, gab ich ihm recht und schloss die Tür auf.

»Und jetzt erzähl mir was dein Ex für ein Freak ist.«, fing er an, ging an mir vorbei in die Wohnung.

»Äh okay, komm ruhig rein.«, scherzte ich und hing meine Strickjacke über den Haken.

»Warst du im Gym?« Sein Blick wanderte an meinem Körper einmal von oben nach unten.

Ich runzelte die Stirn. »Nein, ich weiß nicht mal, wo eins ist.«

Er fing an zu grinsen. »Bist du eigentlich so eine Sporttante?«

Jetzt fing ich an zu schmunzeln. »Nein, ich bin nur etwas joggen gegangen. Mehr nicht.«

Er ließ sich auf meine Couch fallen. »Na, dann schieß mal los. Was ist das für ein Kerl?«

Ich lehnte mich gegen die Kommode. »Was soll ich da groß erzählen? Es hat nicht mehr gepasst.« Meine Antwort war bewusst kurz und knapp. Was interessierte es ihn Überhaupt?

»Wer hat es beendet?« Ich holte Luft und wollte gerade antworten. »Warte. Du hast es bestimmt beendet, oder? Weil du den Job annehmen wolltest.«

Ich setzte mich zu ihm auf die Couch. »Ja, kann man so sagen. Aber der Grund war ein anderer.«

Er rollte mit den Augen. »Muss man dir alles aus der Nase ziehen?«

Ich schlug die Beine übereinander. »Erzähl mir lieber von deiner Freundin. Alles wieder gut?«, versuchte ich, das Thema zu wechseln.

»Okay, okay. Ich hör schon auf zu bohren. Wir haben immer noch Pause.«, sagte er und zuckte mit den Schultern.

»Wie lange seid ihr zusammen?«, wollte ich von ihm wissen.

»Drei Jahre.« Er fuhr sich durch die Haare.

»Wow. Das ist aber schon gut.«

»Das ist aber schon gut?«, wiederholte er meine Aussage. »Hättest du das nicht von mir gedacht?«

Ich schüttelte den Kopf. Zwei Sekunden später hatte ich schon ein Kissen im Gesicht. »Komm, so wie du manchmal drauf bist, nimmt dich keine freiwillig.«, neckte ich ihn.

Er setzte sich aufrecht hin und schaute mich mit einem Blick an, der untypisch für ihn war. *Okay, hör auf so zu gucken,* ging mir durch den Kopf.

»Mensch, ich hatte an dem Tag, als du angereist bist, echt keinen Bock auf irgendwen. War nichts gegen dich.«

»Jaja, alles gut.«, sagte ich und winkte ab.

»Oder soll ich es wieder gutmachen?«

Ich fing an zu lachen. »Ach, Quatsch. Du hast mir außerdem gestern Abend schon den Arsch gerettet.«, erinnerte ich ihn.

»War nur ein Angebot. Ich hätte dich eingeladen, wo auch immer du hinwillst.«

Mila, nein, du machst gar nichts mit ihm. Auch wenn er im Moment verdammt niedlich zu dir ist, aber er ist in einer Beziehung. Ich überlegte und überlegte. »Das ist nicht so gut. Du hast eine Freundin.«

Er rückte näher zu mir. »Mila?«, fing er an. »Es wäre nur ein Essen, ein Zoobesuch, ein Museumsbesuch oder was auch immer. Ich rede nicht davon, dass ich dich ficken will.« Meine Augen wurden größer. »Komm, daran hast du doch gedacht.«, sagte er und zwinkerte mir zu.

»Auch ein Essen, Zoobesuch oder ein Museumsbesuch wären nicht so nett deiner Freundin gegenüber.«

Er schaute mich verwirrt an. »Du bist ein eifersüchtiger Mensch, oder?«

Ich lehnte mich zurück und verschränkte meine Arme. »Und wenn schon?«

»Das kann sehr anstrengend sein, Mila.«, erklärte er mir.

»Du musst damit ja nicht leben.«, nuschelte ich.

»Ein bisschen süß bist du ja.«, haute er einfach so raus. Ich merkte, wie mir das Blut in Kopf stieg. Jawoll, Tomate war wieder am Start. Ach, wie ich es liebte. »Hast du mir jetzt ein Korb gegeben? Habe ich das so richtig verstanden?«, vergewisserte er sich noch einmal. Ich schmunzelte. Er wollte wirklich ein Date mit mir.

»Wo willst du denn mit mir hingehen, du Nervensäge?«

Er fing an zu grinsen. »Ich überlege mir was. Okay?« Ich nickte. »Na gut, ich werde dich dann mal in Ruhe lassen. Gute Nacht.«, sagte er, stand auf und verließ meine Wohnung.

Kapitel 19

Dean

»Und, was war mit der Bohne?«, fragte Liam, als ich bei ihm auf der Couch saß.

»Mit dem Kleinen ist alles gut. Sofia hatte einfach nur Blutung und da hatten wir Angst, dass vielleicht etwas nicht in Ordnung ist.«, erklärte ich ihm. Auch wenn es kein geplantes Kind war, hoffte ich, dass alles gut verlaufen würde. Es reichte mir schon, dass Mila meinen Kopf so gefickt hatte.

Er klopfte mir auf die Schulter. »O Bruder, Gott sei Dank. So, und jetzt musst du mir das mit Mila noch mal erklären.«

Ich lehnte mich zurück. »Was soll ich da noch groß erzählen?«

Plötzlich klingelte mein Handy. Eine Nachricht von Riley.

Hey Bester,
also ich habe mit Mila geschrieben, das ist nicht ihr Freund. Sie hat keinen.

Mein Herz hüpfte vor Freude an die Decke. Ich las die Nachricht gar nicht zu ende, sondern schmiss mein Handy auf die Couch und sprang wie von der Tarantel gestochen auf. »Sie hat keinen Freund.«, schrie ich raus. Liam guckte mich verwirrt an. »Sie hatte keinen Kerl. Das war wohl ein Missverständnis. Keine Ahnung. Auf jeden Fall ist sie immer noch Single.«
Liam stand auf und fuchtelte mit den Händen vor meinem Gesicht herum. »Alter, von wem redest du denn?«

»Mila, Mann!«

Liam nahm mein Handy. »Ich werde erst mal eine lange Zeit keinen Mann haben. Der letzte, den ich hatte, hat es geschafft, dass ich wegziehe. Deshalb halte ich jetzt erst mal Abstand.«, las er vor und hob eine Augenbraue.

»Na ja, irgendwas muss sie ja schreiben. Ich werde zu ihr fliegen.«

Er haute mir gegen die Stirn. »Dean! Sie will dich nicht mehr. Und wenn du jetzt zu ihr fliegst und sie auch noch versuchst zu überreden, dass sie zu dir zurückkommt, machst es nur noch schlimmer.«

Okay, auf der einen Seite hatte er recht. »Aber wenn sie mich sieht, knickt sie vielleicht ein?«, fragte ich vorsichtig.

»Es geht nicht um dich. Sie hat es nicht beendet, weil sie dich nicht mehr liebt, sondern weil du ein Kind bekommst. Und du kannst es nicht ändern. Sie wird ihre Meinung dazu nicht ändern.«, erklärte er mir.

»Hast du schon mal einen Menschen so sehr geliebt, dass es fast wehtut?«, fragte ich ihn.

»Nein, und ich glaube, das will ich auch gar nicht mehr, wenn ich das bei dir so sehe.«

Ich setzte mich wieder auf die Couch und las mir noch mal die Nachricht durch. »Der letzte, den ich hatte, hat geschafft, dass ich wegziehe.«, wiederholte ich. »Es hätte einfach alles nicht passieren dürfen.« Ich raufte mir durch die Haare. Ich hasste mich so sehr dafür.

»Versuch sie aus deinem Kopf zu streichen.«

»Es geht aber einfach nicht. Egal was ich mache und egal wie sehr ich es mir vornehme. Ich muss sie mir aus meinem Schädel brennen.«, sagte ich genervt.

»Schreib ihr einen Brief.«, schlug er vor. Ich schaute ihn fragend an. »Sie fand es doch süß von ihrem Ex. Wäre eine Idee. Das ist nicht aufdringlich. Probier es.«

»Denkst du, ich habe eine Adresse?«, fragte ich ihn genervt.

»Ja Bruder, du wolltest eben noch hinfliegen.«, konterte er.

»Die kriege ich schon raus. Aber ein fucking Brief?« Er nickte. »Was soll ich denn da schreiben?« Liam zuckte mit den Schultern.

»Da fragst du den Falschen. Google mal, oder so.« Ich fing an zu lachen.

»Ich frag einfach Riley«

»Okay. So wollen wir jetzt eine Runde zocken?«, fragte er und startete Fifa. Ich stand auf.

»Nee, sorry, ich muss jetzt schreiben gehen. Danke für den Tipp.«

Er schaute mich enttäuscht an. »Das war jetzt nicht mein Plan.«

Ich klopfte ihm auf die Schulter. »Üb noch ein bisschen. Nicht, dass du beim nächsten Spiel wieder weinst, weil du verlierst.«

Als ich wieder in meiner Wohnung war, setzte ich mich an den Schreibtisch und versuchte mein Glück. Dass ich nicht selbst auf die Idee gekommen war. Nachdem ich die Hälfte des Blattes voll hatte, klingelte es an der Tür.

Möglicherweise Liam, der mir erzählen wollte, dass er wieder ein Pokal geholt hatte. Ich öffnete die Tür. Sofia.

»Hey. Hast du was vergessen?«, fragte ich sie.

»Na du? Nein. Ich wollte dich nur überraschen.«, sagte sie und hielt eine Tüte mit Donuts hoch.

O Mann, sie kam echt immer zu den unpassenden Zeiten. Vor allem hatten wir uns heute schon gesehen.

»Lecker. Komm rein.« Ich winkte sie zu mir rein.

»Habe extra einen für dich mit viel Erdnussbutter gekauft.«, erzählte sie mir und drückte ihn mir in die Hand. Ich lächelte sie an.

»Hm, lecker.« Ich biss rein.

Okay, wenn sie sich jetzt umdrehen würde, würde sie direkt auf meinen Schreibtisch schauen und den Block dort sehen. Da sonst kaum was dort lag, würde sie ihren kleinen Hintern dahin bewegen und dann hätte ich wieder unnötig Stress, auf den ich kein Bock hatte.

»Hast du dich nach dem Arztbesuch ausgeruht?«, wollte ich von ihr wissen und lehnte mich an die Arbeitsplatte.

»Ja, ich habe mich noch mal hingelegt.«, sagte sie und schmatze vor sich hin. »Ich bin echt froh, dass alles gut ist.«, fügte sie hinzu und setzte sich auf den Stuhl. Ich lächelte sie an. »Woran denkst du?« Sofia merkte offensichtlich, dass ich am Nachdenken war.

»Ach, wie sie eigentlich immer solche guten Donuts hinbekommen.«, log ich sie an. Sie fing an zu lachen.

»Wollen wir heute vielleicht in einen Babyladen fahren?«

Ich runzelte die Stirn. »Hat doch noch Zeit.«

Sie stand auf, kam auf mich zu und ihre Hände berührten meinen Nacken. »Bitte. Nur mal gucken.«, flehte sie mich regelrecht an.

Ich drückte sie leicht weg. Ich konnte es nicht mehr ab, wenn sie mich berührt. Es war einfach ein falsches Gefühl, weil ich jetzt wusste, dass Mila keinen anderen Mann in Paris hatte. Sofia schaute mich verwundert an und bevor sie mich weiter nervte, entschied ich, mit ihr in den nächstgelegenen Babyladen zu fahren. Keine zehn Minuten später saßen wir im Auto. Ich wusste ehrlich gesagt nicht, wieso ich nicht die Eier besaß, ihr endlich die Meinung zu sagen. In den letzten Wochen verstand ich mich selbst nicht mehr.

Heute war der Tag, an dem ich Sofias Mom kennenlernen sollte. Mann, wie ich mich freute. Ich hatte so oft versucht, Sofia davon zu überzeugen, dass es zu früh wäre und ich mich nicht wohlfühlen würde, aber keine Chance. Ich hüpfte unter die Dusche, stylte die Haare und legte mein Parfüm auf, schrieb noch ein paar Zeilen an dem Brief und zog mich um. Eine beige Stoffhose, mit einem schwarzen Hemd und den passenden dunklen Schuhen. Dann griff ich nach dem Portmonee und machte mich auf den Weg zum Auto.

»Wo geht‘s hin?«, fragte mich Liam, als er in dem Moment aus seinem R8 ausstieg.

»Zu Sofia. Heute lerne ich ihre Mom kennen.«

»Oh, ist es jetzt doch was Ernstes mit euch?«, wollte er wissen und zündete sich eine Zigarette an.

Ich schüttelte den Kopf. »Frag mich was Leichteres. Das funkt einfach nicht mit Sofia.«

Er hob eine Augenbraue. »Na ja, einmal hatte es wohl sehr gefunkt.«, erinnerte er mich wieder.

»Jaaaa Mann.«, ermahnte ich ihn. »Wir wissen es jetzt alle. Aber muss man auch immer mit der Mutter des Kindes zusammen sein?«

»Nö. Aber wäre schon besser.«

Ich hielte die Hände nach oben. »Ja klar. Aber ich kann keine Gefühle erzwingen.«

»Nein. Und so lange eine andere Frau in deinem Kopf herumgeistert, wird das nichts. Aber ich hoffe, es wird trotzdem gut. Viel Spaß.«

Ich nickte »Danke. Dir auch.« Ich stieg ins Auto und fuhr los.

»Hallo.«, begrüßte Sofia mich, als ich vor ihrer Tür stand. »Hey.«, sagte ich und schon war sie in meinem Arm. »Oh, du riechst gut.«, bemerkte ich und ging in die Küche.

»Ich dachte wir machen Burger.«, sagte sie. Ich bekam ein Grinsen auf die Lippen.

Wenigstens wird das Essen vorzüglich, ging mir durch den Kopf. »Wann kommt deine Mom?« Kaum hatte ich es ausgesprochen, klingelte es an der Tür.

»Hallo, meine Sofia.«, sagte ihre Mutter. Sie hörte sich nett an.

»Komm rein, Mom. Schön, dass du da bist.«

»Hallo Dean, endlich lerne ich dich auch mal kennen. Ich bin Audrey.«, begrüßte sie mich und nahm mich in den Arm.

»Freut mich auch.« Sie war eine große, schlanke Frau und ihre braunen Haare hatte sie zu einem Dutt gebunden.

»Du hast einen guten Fang gemacht, mein Kind.«, sagte Audrey und grinste Sofia an. Sie fingen an zu lachen und schauten mich an.

»Sag ich ja, ich bin auch froh, ihn zu haben.«

Mich zu haben? Sofia, ich glaube, du verstehst hier einiges falsch, dachte ich.

»Und bald seid ihr zu dritt.«, bemerkte ihre Mutter und streichelte Sofia über den Bauch. »Könnt ihr es schon glauben, dass ihr Eltern werdet?« Wir schüttelten im Takt die Köpfe.

»Nein, nicht wirklich.«, antwortete ich.

Als wir am Tisch saßen und unsere Burger belegten kam die Frage, auf die ich so gar keinen Nerv hatte.

»Jetzt erzählt doch mal, wie habt ihr euch kennengelernt?«

Ich legte reichlich Käse, Röstzwiebeln, ein Spiegelei und Speck auf meinen Burger und ignorierte die Frage. Stille. *Sag doch was Sofia. Erzähl deiner Mutter irgendetwas.* Audrey schaute mich fragend an.

»Ach, das ist eine lange Geschichte.«, fing ich an und biss in meinen Burger.

»Ich habe Zeit.«, sagte sie und grinste mich an.

SOFIA REDE, schrie ich sie schon fast in meinen Gedanken an.

»Mom, das erzähle ich dir irgendwann mal allein.«, lenkte sie ein.

Mein Gott, danke. Was sollte ich bitte auf die Frage antworten? Diese ganze Situation war total unangenehm.

»Habt ihr schon über Namen nachgedacht?«, fragte sie weiter und steckte sich eine Pommes in den Mund. Auf einmal klingelte mein Handy. Egal wer es war, er hatte einen gut bei mir.

»Bitte entschuldigt mich kurz.« Ich ging ins Bad und ging ran. Riley.

»Du hast mir gar nicht geantwortet?«, hörte ich durch den Hörer.

»Ja, sorry, ich wollte es noch machen.«, flüsterte ich.

»Wieso redest du so leise?«

»Ich bin bei Sofia. Ihre Mom ist auch hier. Und es ist so schrecklich. Drehe hier gleich durch.«

»Warum?« Ich erzählte ihr alles. »Ach du scheiße, wie nervig. Halte durch. Du kannst da jetzt nicht weggehen.«, ermahnte sie mich.

Ich rollte mit den Augen. »Hast du noch mit Mila geschrieben?«, wollte ich von ihr wissen.

»Nein.«

Ich setzte mich auf den Klodeckel. »Kannst du vielleicht die Adresse rausbekommen. Ich will ihr nämlich einen Brief schreiben.«

Stille.

»Hallo?«

»Einen Brief? Du und einen Brief schreiben? Was ist denn bei dir los?«, fragte sie und kicherte in den Hörer.

»Denkst du, sie würde sich nicht freuen?«

»Doch, bestimmt. Aber du bist bei ihr so anders.«

Ein Lächeln trat auf meine Lippen. »Sie ist auch einfach anders, als die anderen Frauen.«, begann ich mit dem Schwärmen.

»Ich gebe mein Bestes, die Adresse rauszubekommen. Sie hat mir angeboten, sie besuchen zu kommen.«

»Fliegst du hin?«, fragte ich euphorisch.

»Nein, aber so würde sie mir ja die Adresse geben. So, und jetzt geh wieder zu den beiden. Sonst denken die, du bist ins Klo gefallen.«

Ich fing an zu lachen. »Alles klar. Ich ruf dich später noch mal an.«

»Mach das!«

Nach zwei Stunden hatte ich es endlich geschafft.

»Hat mich echt gefreut, dich kennengelernt zu haben. Ich finde, ihr gibt ein gutes Paar ab.«, verabschiedete sich Audrey von mir und nahm mich fest in den Arm.

»Hat mich ebenfalls gefreut.«, erwiderte ich.

»Mach‘s gut. Und bitte immer ein Baby-Update geben.«

Sofia nickte. »Mach ich, Mom. Bis bald.«

Küsschen rechts und links und schon war sie aus der Tür. Ich hatte es geschafft. Endlich.

»Wieso warst du so lange im Bad und hast telefoniert?«, motzte Sofia mich an, als die Tür ins Schloss fiel.

»Dein Ernst? Deine Mutter hat ständig unangenehme Sachen gefragt und statt zu antworten, lässt du mich ins offene Messer laufen. Was sollte das?«

Sie winkte ab und ging ins Wohnzimmer, um den Tisch abzuräumen. »Willst du noch Brownies?« Sie hielt mir genervt die Schale hin.

»Nein, danke.«

Sie stapelte die Teller und trug sie in die Küche. »Ich kann echt nicht verstehen, wie man sich einfach so lange vom Tisch fernhalten kann, obwohl man der Mutter vorgestellt wird.«, fing sie wieder mit dem Thema an.

Ich lehnte mich gegen den Türrahmen. »Wieso hast du nicht einfach gewartet mit diesem bescheuerten Treffen? Es war so unnötig, dass ich deine Mutter jetzt schon kennenlerne.«

»Unnötig? Ich dachte es wäre einfach mal an der Zeit.«, sagte sie und sortierte das dreckige Geschirr in den Geschirrspüler »Wir bekommen schließ..«

Ich haute auf die Arbeitsplatte. »Hör endlich auf damit das immer und immer wieder zu sagen.«, stoppte ich sie.

»Ich weiß, dass du dieses Kind nicht willst.«

Okay gleich raste ich komplett aus. Sie verstand es einfach nicht. »Sofia.«, versuchte ich ruhiger zu werden.

Sie schaute mich genervt an. »Was ist Dean?«

»Ich habe dir gesagt, dass ich für das Kind da sein werde.«

»Und auch für mich. Für uns hast du gesagt.«, bemerkte sie.

»Ja, verdammte Scheiße. Wenn du Hilfe brauchst, werde ich kein Arschloch sein und dir nicht helfen. Aber wir sind kein Paar und ich weiß, Herrgott noch mal, nicht, wieso du es deiner Mom anders erzählt hast.« Sie lehnte sich mit dem Rücken gegen die Spüle. »Wir hatten anfangs einfach nur Spaß miteinander und dann ist es halt passiert, dass du schwanger geworden bist. Das ändert aber nichts an meinen Gefühlen zu dir.«

»Was willst du mir damit sagen?«

O je. Ich dachte echt, sie schnallt es schneller. Wie deutlicher musste ich denn noch werden? »Das wir nicht mehr so weitermachen können. Es bringt einfach nichts.«

Sie verschränkte die Arme. »Alles klar. Ich habe es gerafft. Dann kannst du jetzt auch gehen.«, sagte sie kalt und zeigte mit dem Finger Richtung Tür.

Na endlich, sie hatte es verstanden. Ich spürte Erleichterung in mir. »Ja, wahrscheinlich ist es besser, dass ich gehe.« Ich nahm meine Jacke vom Stuhl. »Sofia, wenn was mit dem Kind ist, melde dich. Und wenn du das nächste Mal beim Arzt warst, schreib mir.«, sagte ich.

»Eine Frage habe ich aber noch.«

Ich blieb stehen. »Ja?«

Sie kam auf mich zu. »Hat es was mit der Schlampe zu tun?«

»Du beleidigst Mila nicht als Schlampe, haben wir uns da verstanden?«, blaffte ich sie an.

»Also ja.«, stellte sie fest.

»Ich gehe jetzt. Wir hören uns«, verabschiedete ich mich und ließ Sofia allein stehen.

Kapitel 20

Mila

Endlich war Samstag und meine Eltern besuchten mich in der neuen Wohnung. Ich stand am Terminal und wartete. Am Flughafen war es immer so interessant. Gefühlt waren alle Menschen im Stress. Ich setzte mich auf eine Bank und beobachtete die Leute.

»Milaaaaaa.«, hörte ich schon von weitem meinen Namen. Ich drehte mich um und sah meine Mom. Kurz dahinter war mein Dad.

»O wie schön dich wiederzusehen.«, begrüßte mich meine Mutter, nahm mich herzlich in den Arm und drückte mir einen Kuss auf die Wange.

»Ja, es ist schön, dass ihr endlich hier seid.«

»Hallo, mein Sonnenschein! Du allein in so einer großen Stadt.«, begrüßte mich mein Vater.

»Hey, Dad.« Ich umarmte ihn. »Wie war der lange Flug?«

»Ich habe meine zwei Bücher durchgelesen.« Ich schaute zu meinem Vater. »Und ich habe gefühlt nur geschlafen.«

»Und gegrunzt wie ein Wildschwein.«, fügte meine Mutter hinzu. Wir brachen in Gelächter aus. »Wenn sie gekonnt hätten, wären wir aus dem Flieger geschmissen worden.«, sagte sie.

»Wie sie wieder übertreibt.«, bemerkte mein Vater. Ach ja, ich liebte die beiden.

Als wir im Taxi saßen, war meine Mutter begeistert von der Stadt, mein Vater war nicht so angetan. Wunderte mich aber ehrlich gesagt nicht, da Großstädte nicht so seins waren.

»Oh, der Eiffelturm ist aber echt riesig.«, rief meine Mutter, als wir vorbeifuhren.

»Ist hier nicht auch irgendwo deine Wohnung?«, fragte mein Vater.

»Ja, genau da.«, sagte ich, zeigte mit dem Finger darauf und schon hielt das Taxi an und wir stiegen aus.

Als ich gerade die Haustür aufschließen wollte, ging sie auf.

»Schönen guten Tag.«, sagte Leroy und grinste mich an.

»Hey.«

Er hielt die Tür auf und meine Eltern gingen vorbei.

»Ich habe übrigens was gefunden.«, rief er mir nach, als wir auf dem Weg nach oben waren. Ich lächelte.

»Okay.«

Mein Vater fragte leise: »Wer ist denn der junge Kerl?« Und mal wieder war die Tomate am Start. Ich schloss meine Wohnung auf und drehte mich zu ihm.

»Mein Nachbar, er wohnt über mir.«

Er hob die Augenbraue. »Dein Nachbar? So so. Wie er dich angeguckt hat.«

»Er war einfach nur höflich.«, mischte sich meine Mutter ein.

Ich nickte. »Ja, genau. Außerdem hat er eine Freundin.«

»Wow, wie schön es aussieht.«, bemerkte meine Mutter. Sie ging von Zimmer zu Zimmer und man hörte immer nur ein »Ah« oder ein »Oh«. Sie kam wieder ins Wohnzimmer und setzte sich auf einen Stuhl. »Echt eine klasse Wohnung, gefällt mir sogar besser als die in Seattle.«

Ich grinste sie an. »Auf jeden Fall.«

»Ich muss erst mal auf die Toilette.«, sagte mein Vater und verschwand im Bad.

»Und jetzt erzähl noch mal alles ganz genau mit Dean. Habt ihr noch Kontakt?«

Ich schüttelte den Kopf. »Nein, nichts mehr. Das ist aber auch besser so.«

Sie nickte verständnisvoll. »Und mit?« Sie zeigte mit dem Finger nach oben.

Ich musste schmunzeln. »Eigentlich nichts.« Sie hob die Augenbraue.

»Ja, echt nichts. Ich musste nur eine Nacht bei ihm schlafen, weil er meinen Wohnungsschlüssel abgebrochen hatte«, erklärte ich ihr.

»Ach ja.«

»Er hat echt eine Freundin, Mom. Sie machen wohl im Moment eine Pause.«, sagte ich.

Sie überkreuzte die Beine. »Ach so. Und wie ist deine neue Arbeit?«

Ich setzte mich auf einen Stuhl. »Also meine Kollegin ist richtig dämlich, sie provoziert mich dauernd. Hat mir den Kaffee über den Schreibtisch und die Hose geschüttet.«

Meine Mutter schaute mich geschockt an. »Aber sonst geht es ihr gut, oder?

Ich zuckte mit den Schultern. »Anscheinend nicht.«

»Lass dir das nicht gefallen.«

Ich schüttelte den Kopf. »Nein, nur konnte ich sie nicht schon am zweiten Tag umbringen.«, erklärte ich ihr und wir fingen an zu lachen.

Das ganze Wochenende verbrachten wir gemeinsam. Wir schauten uns viele Sehenswürdigkeiten an wie das Louvre, Notre Dame, den Arc de Triumph, das Schloss Versailles und natürlich waren wir auf dem Eiffelturm. Ich genoss die zwei Tage, sodass ich extrem traurig war, als ich mich Montagmorgen von ihnen verabschieden musste.

Nachdem ich schon wieder drei Stunden an meinem Schreibtisch saß, schrieb ich meiner Mom eine Nachricht.

Danke schön, dass ihr da wart. Ich fand es so toll mit euch. Schade, dass ich heute keinen Urlaub habe, dann hätten wir noch den Montag gemeinsam verbringen können.

Keine zwei Minuten später bekam ich eine Antwort.

Geht uns genauso, mein Schatz. Nächstes Mal bleiben wir länger oder du kommst zu uns. :-) Haben dich lieb und lass dich nicht von deiner Arbeitskollegin ärgern .

»Auch noch einen Kaffee?«, fragte mich Elaine.
Ich nickte ihr zu. »Ja, bitte.«

Ich öffnete erneut meine Tabelle mit all meine Kunden und fügte noch weitere Daten hinzu, was ich bereits den ganzen Vormittag tat.

»Miss Cooper?«, hörte ich Mrs Petit, die im Türrahmen stand. »Hätten Sie kurz Zeit?«

Ich lächelte sie an. »Klar. Komme sofort.«, sagte ich und ging in ihr Büro.

»Sie müssten noch Ihre Urlaubstage eintragen für dieses Jahr. Gut, das Jahr ist bald vorbei, aber trotzdem haben sie noch einige Urlaubstage.«, erklärte sie und hielt mir einen Zettel hin.

Ich nahm einen Stift und fing an, den Zettel auszufüllen. Plötzlich klopfte es an der Tür.

»Morgen.«

Ich drehte mich zur Tür und wen sah ich? Leroy.

»Ah, super, dass du da bist. Hier ist der Schlüssel. Mr Smith sollte gegen drei Uhr ankommen.«

Ich ließ den Stift fallen. Mr Smith? Dean Smith? Nein, oder? Ich bekam Panik. Der zieht hier doch nicht her. Als ob es nur einen Mr Smith auf der Welt gäbe.

»Alles klar. Und dann kannst du dir einen anderen Deppen dafür suchen, der die Schlüssel übergibt.«, sagte Leroy genervt. Ich musste mir das Lachen verkneifen. Wieso redete er überhaupt so mit ihr?

»Jaja, du machst das doch gern. Außerdem ist Miss Cooper doch eine Liebe.«, bemerkte sie und zwinkerte mich an. Ich schaute zu ihm und dann wieder auf meinen Zettel.

»O Mom. Sei einfach leise.«

Mom?? Sie war seine Mutter? Jetzt machte das alles Sinn, dass er das so schnell geklärt hatte mit dem Schlüssel. Wieso hatte er mir das nicht gesagt? O mein Gott, dann dürfte auf gar keinen Fall was zwischen uns laufen! Also falls mal was passieren sollte, in vielleicht zwei Jahren.

Ich füllte alles zügig aus und ging wieder ins Büro. Ich setzte mich an meinen Schreibtisch. Der Bildschirm meines PCs war schwarz.

Ich drückte alle Knöpfe, nichts passierte. Gar nichts. Ich schaute unter den Tisch ob da noch ein Drücker war, den ich eventuell übersehen hatte. Nichts. Wow. Und ich hatte nicht gespeichert, klasse! Wieso ging dieser verdammte PC einfach aus?

Kurz darauf ging ein Kollege an meinem Büro entlang, ich rief ihn zu mir. Ich hatte zuvor noch nie ein Wort mit ihm gewechselt.

»Könnten Sie mir vielleicht helfen? Der PC ist einfach ausgegangen.«

»Klar.«, sagte er und lächelte mich an. Er schaute sich um und fing an zu lachen.

»Sie sollten auch den Stecker in die Steckdose stecken.« Er zeigte auf das Kabel. O Gott, wie peinlich. Ich lächelte ihn verschämt an.

»Ja, das stimmt wohl. Danke.« Er schmunzelte vor sich hin und ging wieder.

Ich steckte den Stecker in die Steckdose und fuhr den PC wieder hoch und betete, dass meine ganzen Daten noch da waren.

Plötzlich kam Elaine wieder ins Büro. Ich öffnete das Programm, alle Daten, die ich in die Tabelle eingefügt hatte, waren weg. Die letzten drei Stunden waren umsonst.

»Verdammte Scheiße.«, schrie ich und haute auf den Tisch.

»Seien Sie doch nicht so laut.«, ermahnte mich Elaine.

»Oder ist irgendwas Schlimmes passiert?«, fragte sie und grinste mich an. Du kleines … Sie war es gewesen. Sie hatte den Stecker rausgezogen, als ich bei Mrs Petit im Büro saß. In mir baute sich Wut auf. Ich stand auf.

»Hör mir jetzt genau zu. Wenn du mit dieser ganzen Scheiße nicht aufhörst, lernst du mich von einer anderen Seite kennen. Haben wir uns verstanden?« Sie schaute mich mit großen Augen an. »Ich weiß nicht, was dein beschissenes Problem ist. Ich habe dir nie etwas getan. Noch nicht. Also lass es sein!«, machte ich ihr eine Ansage. »Haben Sie mich verstanden?«

Innerhalb von fünf Sekunden veränderten sich ihre Gesichtszüge. »Ja klar.

Ich schaute sie immer noch ernst an und nahm wieder Platz. Ich öffnete das Programm und machte mich erneut an die Arbeit. Ich war extrem sauer auf Elaine. Den restlichen Arbeitstag redeten wir kein Wort mehr miteinander, ich sagte ihr nicht mal Tschüss.

Als ich aus der U-Bahn stieg und nur noch wenige Schritte vor meiner Wohnung entfernt war, sah ich schon vom weitem Leroy an der Haustür und winkte ihm zu.

»Hey.«, hörte ich jemanden rufen. Ich drehte mich um und sah Gabriel. Ach du Schreck, bei dem sollte ich mich ja melden.

»Na?« Er lächelte mich an. »Wolltest du dich nicht noch melden bei mir?«

Ich nickte. »Ja, aber ich hatte echt viel zu tun.«

Er joggte auf der Stelle weiter. »Okay. Vielleicht passt es dir ja irgendwann. Oder kneifst du?«, fragte er und lachte.
»Niemals. Aber müssen wir unbedingt joggen gehen? Wir könnten doch gemütlich spazieren gehen?«, schlug ich vor.
Gute Idee, Mila, dann wirst du das Treffen doch überleben, hörte ich meine innere Stimme.
»Mir war schon klar, dass du nicht joggst. Vor allem nicht elf Kilometer.«, sagte er und konnte sich das Lachen nicht verkneifen.
Ich runzelte die Stirn. »Wieso nicht?«, wollte ich von ihm wissen.
Er zuckte die Schultern. »War mein Gefühl. Und wie sich nun herausstellt, hatte ich recht.« Er lachte. Und ich ebenfalls.
»Aber ja, wir können auch spazieren gehen. Hast du heute Zeit?« Ich schaute auf die Uhr.
»Gib mir dreißig Minuten, okay? Ich ziehe mich kurz um.«, erklärte ich ihm und zeigte auf meine Wohnung.
»Alles klar. Ich jogge dann noch mal eine kleine Runde. Bin in einer halben Stunde genau wieder hier.«, sagte er und zack, war er weg.

Ich ging zügig zu meiner Wohnung.

»Aha. Wer war denn das?«, fragte mich Leroy, der immer noch an die Hauswand gelehnt dastand.

»Ich wüsste nicht, dass dich das was angeht?«, meinte ich, grinste ihn frech an und ging hoch.

Ich sprang schnell unter die Dusche, schminkte mich erneut und zog mir neue Kleidung an. Meine schwarze Lederleggings, mit einem beigen Strickpullover und meinem schwarzen Mantel, dazu meine dunkelbraunen Stiefeletten. Ich flocht mir schnell die Haare zu einem französischen Zopf und schon war die halbe Stunde um. Ich flitzte runter und da stand Gabriel. Er hatte sich auch umgezogen. Ich lächelte in mich hinein.

»Oh, schick siehst du aus.«, sagte er und schaute an mir herunter.

»Danke, ebenfalls.«

Er bedankte sich. »So, und jetzt erzähl mal was von dir.«

Ich erzählte und erzählte, doch ich hatte das Gefühl, er hörte mir nicht wirklich zu. Ich blickte zu ihm rüber. »Hörst du mir eigentlich zu?«, fragte ich und grinste ihn an.

»Klar. Wie kommst du darauf?«

»Weiß nicht. Und jetzt bist du an der Reihe, was machst du so außer joggen?«

»Wollen wir vielleicht zu mir gehen?«

Ich überlegte kurz. Ich würde niemals mit einem Mann sofort nach Hause gehen. »Hast du keine Lust auf spazieren gehen?«

Er hielt mich an der Hand fest. »Ich habe eher Lust auf was anderes.« Ich zog sie weg.

»Äh. Dann hast du hier aber was falsch verstanden.«

Er fing an zu lachen.

»Mensch, das war Spaß.«, sagte er und schaute mich an. Irgendwie zu ernst.

Okay, langsam fühlte ich mich hier nicht mehr wohl. Wäre ich bloß mit meinem Hintern zu Hause geblieben. Ich schaute auf mein Handy. »Du? Wollen wir das Spazierengehen verschieben? Ich glaube, die Brownies von der Arbeit bekommen mir nicht.«, log ich.

Ich wollte einfach nur nach Hause. Ich war auf jeden Fall froh, dass ich mit ihm an der Seine war, wo genügend Menschen langgingen.

»Okay. Dann bringe ich dich aber noch nach Hause.« Ich winkte ab.

»Ach quatsch. Brauchst du nicht. Ich melde mich bei dir.«, sagte ich und machte mich zügig auf den Weg. *Leroy, sei bitte zu Hause!* Das ich auch von ihm keine Handynummer hatte. Ich hörte Schritte hinter mir.

»Wann hast du denn die Woche Zeit?«, hörte ich Gabriels Stimme. Ich blieb stehen und drehte mich um.

»Ich muss erst mal in meinen Kalender schauen.«, log ich. Ich merkte, wie mein Herz schneller schlug und mein Atmen extrem laut war. Endlich sah ich das Café, das bei mir an der Ecke war. Er hielt mich an der Schulter fest.

»Du hast aber keine Angst vor mir, oder?«, fragte er mich mit seiner tiefen Stimme.

Mila, bleib jetzt locker. Vermutlich hört er schon dein Herz. Mittlerweile machte er mir Angst. Ich versuchte zu lachen. »Nein, warum denn? Nur ich muss echt nach Hause.«

Gabriel ließ mich wieder los. Ich ging weiter und schloss die Haustür auf. Als ich sie gerade schließen wollte, war er schon im Hausflur.

»Könntest du jetzt bitte gehen?«, fragte ich ihn höflich.

»Denkst du eigentlich, ich wollte mit dir an der beschissenen Seine langgehen?«, fragte er mit ernster Stimme und drückte mich gegen die Wand. »Ich habe einfach nur extrem Bock auf dich.« Ich versuchte, mich von ihm zu lösen. »Du hast doch genauso Lust, sonst hättest du dich nicht mit mir treffen wollen.«, fügte er hinzu und ich merkte seine Hand an meinem Hintern.

»Hör auf.«, schrie ich ihn an und versuchte, mich zu wehren.

»Ach halt‘s Maul.«

Jetzt bekam ich es echt mit der Angst zu tun und ich merkte, dass ich keine Kraft gegen ihn hatte. Plötzlich hörte ich oben die Tür.

»Leroy?«, rief ich lauter. Ich hörte Leroys Schritte die Treppe runterkommen. Gabriel schaute mich geschockt an und ließ mich los.

»Na?«, begrüßte Leroy uns. Ich merkte, wie ich zitterte

»Du warst eh nicht so geil.«, sagte Gabriel und verschwand. Endlich.

Ich ging auf Leroy zu und nahm ihn in den Arm, mir liefen die Tränen. »Danke. Danke.« Er fasste mich an den Schultern und schaute mir ins Gesicht.

»Habe ich was verpasst?«

Ich nickte. »Er wollte …«, fing ich an.

»Hat er dich angefasst?« Ich schluchzte vor mich hin.

»Nein, aber er wollte.« Er wischte mir die Tränen weg.

»Den kriege ich noch.«, bemerkte er und wollte losrennen.

»Nicht!«, stoppte ich ihn.

»Was gehst du auch mit fremden Männern mit?«, fragte er, nahm mich erneut in den Arm und streichelte mir durch die Haare. Er roch gut. Ich schnupperte noch ein wenig und ich merkte, wie er mich runterbrachte.

»Willst du ihn anzeigen?«, wollte er wissen. Würde es überhaupt was bringen? Wahrscheinlich würde die Polizei eh nichts unternehmen. Ich schüttelte den Kopf.

»Denke nicht. Ich hoffe, ich sehe den Kerl einfach nie wieder.«

Kapitel 21

Dean

»Das hast du ihr nicht gesagt?«, fragte mich Riley, als sie im Schneidersitz auf meiner Couch saß. Ich saß an meinem Schreibtisch und mein Brief für Mila wurde länger und länger. Ich drehte mich zu Riley um.

»Doch klar. Anders hätte es Sofia nicht verstanden.« Sie lehnte sich zurück.

»Ja mag sein. Aber du wirst mit ihr immer Kontakt haben.« Ich gab ihr recht und schaute wieder auf meinen Block.

»Ist das nicht eine total bescheuerte Idee mit dem Brief?« Ich begann wieder zu zweifeln. Sie sprang auf und blickte auf mein Geschriebenes.

… denk ich an deinen zarten Mund, möchte ich dich nur noch küssen.

Sie schaute mich verwirrt an und hielt den Block hoch. »Ist das dein Ernst?«, fragte sie und lachte los.

Ich riss ihr den Brief aus der Hand. »Du bist kacke. Was soll ich denn bitte sonst schreiben?«

Sie verdrehte die Augen. »Dean. Schreib doch normal. Was du fühlst, denkst und, und, und …«, erklärte sie mir. »Wenn du ihr so was schickst, denkst sie, du hast dir irgendwelche Pillen eingeworfen.« Ich musste lachen und ging mir durch die Haare. Sie streichelte mir über die Schulter. »Glaub mir.«

Ich zerriss die Zettel und schmiss sie in den Müll.

»Was ist eigentlich mit deinem Geburtstag? Was machst du?«, wollte Riley wissen. Ach ja, den hatte ich verdrängt, bei dem ganzen Stress.

»Ich denke so wie jedes Jahr. Meine Eltern werden kommen, du, Liam und vielleicht ein paar Kollegen.«, antwortete ich ihr.

»Hast du Wünsche?« Ich grinste sie an.

»Ja, nur einen.« Sie wusste sofort was ich meinte.

»Ja, ich kann sie fragen. Aber nichts versprechen.«

»Ich könnte Amalia fragen, vielleicht kommt sie dann mit Mila.«, schlug ich vor. Sie schaute mich fragend an. »Amalia ist ihre Freundin.«

Sie fuchtelte mit ihrer Hand vor meinem Gesicht. »Dean. Sie wohnt zehn Flugstunden entfernt. Ich glaube nicht, dass sie einfach mal so für einen Geburtstag zu dir kommt.«

Ich lehnte mich zurück. »Ansonsten wünsche ich mir nichts.«

»Ich lass mir was einfallen, damit ich dich glücklich machen kann.« Bei dem Satz musste ich echt lachen. »Nicht so wie du wieder denkst.« Sie fing ebenfalls an zu schmunzeln.

»Ich habe einfach so einen Druck. Dass ich überhaupt noch klar denken kann.«, sagte ich ohne zu überlegen. *Dean, reiß dich jetzt mal zusammen, du redest mit deiner besten Freundin und nicht mit Liam*, hörte ich meine innere Stimme. Riley grinste.

»Tja, was können wir dagegen bloß machen?«, fragte sie frech und kam mir näher. Ich stand auf.

»Du gehst jetzt besser und ich sollte schlafen gehen.«, flüsterte ich ihr ins Ohr und gab ihr einen Kuss auf die Stirn. Dass die Stimmung bei uns immer so schnell kippte. Ich verstand es nicht. Vielleicht lag es auch echt einfach nur an meiner Geilheit. Wieso konnte meine beste Freundin nicht hässlich sein? Nein, natürlich war sie rattenscharf.

Am nächsten Tag, machte ich mich auf den Weg zu Amalia.
»Guten Morgen, Dean.«, begrüßte sie mich, als ich bei ihr im Büro stand.
»Morgen. Ich feiere am Samstag meinen Geburtstag und ich wollte dich fragen, ob du auch kommen magst?«

Sie guckte mich fragend an. »Es kommen mehrere Kollegen, also wärst du nicht die Einzige.«, meinte ich und grinste sie an. »Ähm …«, fing sie an.

»Du bist sicherlich verwirrt, oder?« Ihr Kopf war die ganze Zeit am Rattern und ich schmunzelte immer noch vor mich hin. Sie nickte vorsichtig. »Wenn nicht, ist es auch okay.« Sie rollte sich mit dem Stuhl zurück.

»Du willst doch nur durch mich an Mila rankommen.«

Jap, hundert Punkte an die Kandidatin. Das ist mal eine Frau, die es sogar durch die Blume checkt.

»Nein. Aber wenn sie möchte, ist sie natürlich auch eingeladen.«

»Ist Melody auch eingeladen?« Ich schüttelte den Kopf.

»Okay. Ich überlege es mir.«

»Alles klar. Es geht um siebzehn Uhr los. Meine Adresse findest du in meiner Datei.«, sagte ich und zeigte auf den PC. Ich verabschiedete mich. Vor ihrem Büro lief mir Julian über den Weg.

»Am Samstag feiere ich meinen Geburtstag. Wenn du willst, komm vorbei. Siebzehn Uhr geht es los.«, rief ich ihm zu.

»Alles klar. Ich bin dann da. Freu mich.« Ich nickte ihm zu und verließ die Bank.

Die Tage bis zu meinem Geburtstag vergingen recht schnell. Ich schrieb jeden Tag fleißig an dem Brief, von Sofia hörte ich nichts. Dann gab es wohl nichts Neues und es war nichts Schlimmes passiert, Gott sei Dank. Ein bisschen tat es mir ja schon leid, aber es war einfach das Beste für Sofia und mich. Heute war mein Geburtstag. Als Kind hatte ich es nicht abwarten können, bis ich ein Jahr älter wurde, aber mittlerweile war dieser Tag wie jeder andere. Ich aß mein Frühstücksmüsli und checkte meine E -Mails, bevor der Stress gleich anfangen würde. Auf einmal piepste mein Handy. Dad.

»Mein Sohn. Happy Birthday.«, hörte ich meinen Vater.

»Hey, Dad. Vielen Dank.«

»Du, weshalb ich anrufe, Emma möchte unbedingt mitkommen. Wäre das okay?«

»Ja, klar kann die kleine Maus mit. Freu mich.« Ich liebte meine kleine Cousine so. Wenn ich eine Tochter kriegen sollte, hoffte ich, dass sie genauso sein würde.

»Alles klar, dann bis später.«, verabschiedete sich mein Vater von mir und legte auf.

Ich putzte noch mal fleißig die Wohnung. Mittlerweile war es Nachmittag. Ich schaute auf die Uhr. In zwei Stunden wären alle Gäste da. Ich sprang schnell unter die Dusche, zog mir meine schwarze Stoffhose mit einem weißen Rollkragenpullover an. Plötzlich klingelte es an der Tür. Liam und Riley.

Die beiden kannten sich nur von meinen Geburtstagen. Dass die jetzt aber zusammen an meiner Tür standen, war wohl Zufall.

»Happy Birthay too yoouuuu.«, trällerten sie.

»Kommt, bitte nicht.«, stoppte ich sie und musste lachen.

»Alles Gute, Bruder.«, sagte Liam und nahm mich fest in den Arm.

»Danke, danke!«

»Alles, alles Gute zum Geburtstag, ganz viel Gesundheit, und dass all deine Wü…« Liam stoppte sie.

»Riley, komm zum Punkt.«, sagte er und lachte. Wir mussten ebenfalls lachen, ich nahm sie in dem Arm und bedankte mich bei ihr.

»Kommt erst mal rein.« Riley zog sich ihre Jacke aus und hing sie in die Garderobe.

»Hier. Hoffe, du freust dich.« Liam drückte mir sein Geschenk in die Hand.

»Ich hab doch gesagt, ich will nichts.«, ermahnte ich ihn.

»Ach, Laberkopf. Mach einfach auf.«

Ich öffnete die Box. Eine Hamilton mit schwarzem Ziffernblatt und einem Kalbsleder-Armband. Ich bekam große Augen.

»Alter. Bist du doof? Du sollst mir nichts Teures schenken.« Er klopfte mir auf die Schulter.

»Da wo Geld keine Rolle mehr spielt.«, sagte er leise. Ich nahm die Uhr aus der Schachtel und legte sie mir an.

»Wow. Wie teuer war die bitte? Achthundert Euro?«, fragte Riley und schaute sich die Uhr genauer an. Liam fing an zu schmunzeln.

»Riley, das ist eine sehr teure Marke.« Sie machte große Augen.

»Okay, da habe ich keine Ahnung von.«

»Das merken wir.«, sagten Liam und ich im Chor.

»So, wann kommen die geilen Bitches hier?«, fragte er. Riley verdrehte die Augen.

»Und das ist von mir. Bitte schön.« Ich öffnete das Geschenk und sah ein Armband von Hamilton. Die waren auch nicht billig. Ich schaute sie böse an. »Dann kannst du mal wechseln.«, sagte sie.

»Riley. Warum schenkst du mir so was Teures?« Sie verdiente als Erzieherin nicht so viel, da wollte ich nicht, dass sie mir so viel schenkt. »Ich kann das nicht annehmen.« Ich wollte es ihr wieder zurückgeben.

»Dean. Behalte es.« Ich nahm sie in den Arm.

»Ich danke dir, meine Maus. Aber woher wusstest du, dass …«, fing ich an.

»Ja, wir haben uns abgesprochen.«, sagte Liam. Hatten die beiden was am Laufen?

Nach und nach trafen die Gäste ein. Auch meine Eltern kamen mit Emma.

»Vielen Dank, dass ihr alle da seid. Ich hoffe wir haben heute einen schönen Abend. Gemeinsam. Das Essen kommt in einer halben Stunde.«

Alle plauderten und jubelten und dann hingen meine Eltern mit Riley zusammen, sie hatten sich schon länger nicht gesehen. Amalia saß mit Liam beieinander. Komisches Bild. Aber meinetwegen. Ich ging auf sie zu.

»Freut mich echt, dass du gekommen bist.«

Sie schaute zu mir hoch. »Danke noch mal für die Einladung. Und ich habe Mila gefragt. Sie hatte keine Zeit.«

Ich nickte enttäuscht. »Dachte ich mir schon. Hätte mich trotzdem gefreut.« Plötzlich merkte ich eine Hand auf meiner Schulter.

»Ich wollte dir noch gratulieren.«, flüsterte meine Mutter mir zu. Ich schaute sie fragend an. »Dass du Papa wirst. Wo ist Sofia? Oder ist sie die Frau, die bei deinem besten Freund sitzt?« Ich schüttelte den Kopf.

»Nein. Sie ist nicht hier. Wir haben nicht das beste Verhältnis.« Ich war immer noch nicht gut auf meine Mom zu sprechen.

»Na ja, du kennst ja meine Meinung, mein Sohn.« Ich schaute sie an.

»Und du meine. Finde dich damit endlich mal ab. Deine Lieblingsschwiegertochter hat mit einem anderen gefickt, während sie mit mir zusammen war, also da wird nie mehr irgendwas sein.«, blaffte ich sie an.

»Ach ja. Ich habe es ja verstanden, aber …«

»Dean?«, hörte ich Emma. Ich kniete mich zu ihr runter und ließ meine Mutter stehen. »Das habe ich für dich gemalt.«, sagte sie und hielt mir ein Bild vor die Nase.

»Oh, wie schön.«, lobte ich sie.

»Das ist Mila.«, erklärte sie und zeigte auf die Frau auf dem Bild. »Und das bist du.«

Ich grinste sie an. »Das hast du toll gemacht. Aber Mila ist doch gar nicht so dick. Sie ist doch genauso dünn wie du.« sagte ich und pikste ihr leicht in den Bauch.

»Sie bekommt ein Baby, deshalb habe ich den Bauch so dick gemacht.«, bemerkte sie und kicherte los. Ich musste schlucken. Okay, das war etwas zu viel für mich. Ich drückte sie an mich.

»Ach, Kleines.« Ich musste mich zusammenreißen.

»Wo ist sie? Kommt sie noch? Ich habe extra Barbies mitgenommen.«

»Emma. Sie wohnt leider sehr weit weg. Sie kann nicht einfach vorbeikommen.«

Dieses enttäuschte Gesicht. »Aber du hast doch Geburtstag?«, meinte Emma.

»Bist du traurig, dass sie nicht da ist?« Hör bitte einfach auf zu fragen, dachte ich mir. Wieso fragen Kinder immer so viel?

»Hast du sie noch lieb? So wie mich?« Ich nahm sie in dem Arm.

»Ich habe dich sehr lieb.«, stellte ich fest und drückte ihr einen Schmatzer auf die Wange. Sie drückte sich von mir weg.

»Und sie?«

»Mila werde ich immer lieb haben.«, sagte ich und merkte, wie meine Augen feucht wurden. Sie lächelte.

»Können wir mal ins Disneyland fahren?« Wir hatten zwar in den Staaten einige Disneylands, aber ich könnte mit Emma ins Disneyland Paris fahren, dann wären wir in Milas Stadt und die Hoffnung bestand, dass wir sie besuchen könnten.

»Wie kommst du denn jetzt darauf?« Emma kicherte.

»Weiß nicht. Da sind ganz viele Prinzessinnen. Mila soll dann auch mit.«, sagte sie.

»Das muss ich erst mal mit deinem Papa klären.« Sie nickte begeistert, sprang auf und lief zu Riley.

Unerwartet vibrierte mein Handy. Eine Nachricht von Sofia.

Hey Dean,
ich wollte dir alles Liebe zu deinem Geburtstag wünschen.
Hoffe du hattest heute einen schönen Tag.
Habe nächste Woche wieder einen Arzttermin.
Sofia

Ich tippte *Vielen Dank. Okay, bitte berichte dann.* in mein Handy und schickte es ab.

»Ey Alter, wer ist denn diese Schnitte?«, hörte ich Liam leise sagen, der mich halb ins Badezimmer zog. Ich runzelte die Stirn.

»Amalia.« Ich musste mir das Lachen verkneifen. »Alter, die kannst du nicht wegklatschen.« Er hob eine Augenbraue. »Das ist die Freundin von Mila. Lass die Finger von ihr.«

»Nein, nein. Sie ist irgendwie anders. Sie macht mich richtig nervös.«, erklärte er mir.

»Ja, deine Gurke wird wahrscheinlich nervös.« Er boxte mich gegen die Schulter.

»Mann, du Penner, ich meine es ernst. Sie ist so …« Er schaute zu Amalia, die gerade an ihrem Sekt nippte. »So anders einfach. Kann es nicht beschreiben. Sie würde ich nicht nur ficken wollen.«

»Liam. Das war nicht mein beschissener Plan. Ich habe sie eingeladen in der Hoffnung, dass sie mit Mila herkommt.«

»Die Achttausend Kilometer weit weg wohnt.«, unterbrach er mich und rollte mit den Augen. »Ich werde mich mit Amalia mal allein treffen.«

»Wenn du Scheiße machst, reiße ich dir die Eier ab.«

Er fuchtelte mit den Händen umher, als hätte er gerade irgendeinen Anfall. »Was schiebst du denn für eine Welle?«

»Noch mal, du Idiot. Wenn du sie scheiße behandelst, dann wird es Mila erfahren, und dann kann ich mir den Brief in den Allerwertesten stecken. Checkst du es nicht?« Er klopfte mir auf die Schulter.

»Vertrau mir.«, sagte er und ging wieder zu Amalia.
Vertrauen? Ihm? In diesem Thema?

Ich schaute wieder auf mein Handy, keine weiteren Nachrichten. Vielleicht hatte ich ja eine überlesen? Vielleicht sogar eine von Mila? Ich konnte es nicht lassen und schrieb ihr.

Hey Mila,
ich wünschte, du wärst jetzt hier bei mir. Ich habe echt damit gerechnet, dass du mit Amalia kommst und wir eventuell noch mal reden könnten …

»Na, wem schreibst du da?« fragte Riley, die auf mich zukam.
Ich hielt mein Handy höher.
»Niemandem.« Ich grinste sie an. Sie schaute hoch.
»Mila? Dean. Hör auf. Schreib ihr nicht. Gib ihr noch Zeit und warte, ob sie auf deinen Brief reagiert, wenn du ihn ihr schickst.« Sie nahm mein Handy, löschte die Nachricht und gab es mir wieder. »Ich will dir nichts Böses. Das weißt du hoffentlich.«

Sie hatte recht.

Kapitel 22

Mila

Heute war Deans Geburtstag und ich dachte die ganze Zeit darüber nach, ob ich ihm gratulieren sollte oder nicht. Es war ein komisches Gefühl zu wissen, dass Amalia dort war. Sie hatte mich zwar vorher gefragt, ob es für mich in Ordnung wäre. Was es natürlich war. Ich vertraute meiner Freundin. Und so konnte sie gleich mal die Lage abchecken, was mit Dean und Sofia ging.

Als ich mich bettfertig machte, klingelte es an der Tür. Ich öffnete sie. Leroy.

»Störe ich?«, fragte er. Ich schüttelte den Kopf.

»Nein, ich wollte jetzt nur ins Bett gehen.«

Schon ging er an mir vorbei und stand in meinem Wohnzimmer. »Hast du morgen was vor?«
»Nein. Ich bin nur auf der Arbeit. Übrigens, wann wolltest du mir eigentlich erzählen, dass deine Mom meine Chefin ist?«, fragte ich und verschränkte die Arme.
»Hätte es was geändert?«, erkundigte er sich und kam auf mich zu. Ich schaute zu ihm hoch.
»Nein. Aber dann …« Ich brach ab.
»Aber dann?« Er kam mir noch näher. Ich spürte seinen Atem in meinem Gesicht.

»Jetzt weißt du es ja. Soll ich dich dann morgen von der Arbeit abholen?« Ich überlegte kurz.

»Was machen wir denn?«

»Magst du Überraschung?«, fragte er.

»Nein.«

»Na dann. Bis morgen.« Und schon war er wieder weg.

Am nächsten Tag wurde ich vor dem Wecker wach und drehte mich in meinem kuschligen Bett von rechts nach links. Ich stöpselte das Handy vom Ladegerät. Eine Nachricht von Amalia.

Hey Mausi,
wenn du das liest, stehst du gerade auf. Der Geburtstag ist bisher echt gut. Alle sind super lieb. Deans beste Freundin mag mich glaube ich nicht so. Aber Liam, sein bester Freund, den finde ich wahnsinnig toll. :-)

Und jetzt zu Dean. Ich glaube, er hat es sich so sehr gewünscht, dass du herkommst. Ach, und Sofia ist bis jetzt noch nicht hier. Ich glaube auch nicht, dass sie vorbeikommt.

Ich schaute auf die Uhr. Kurz vor sechs. Neun Stunden zurück. Dean hatte noch Geburtstag. Ich schrieb Amalia zurück, dass sie lieber die Finger von Liam lassen sollte, dass er noch schlimmer war, was Frauen anging, als Dean.

Ich sprang aus dem Bett und machte mich frisch. Zog mir die beige Jeans mit einem schwarzen Rollkragenpulli an und meine schwarzen Stiefel. Die Haare waren gelockt und meine Augen geschminkt. Ich steckte mir ein Apfel in die Tasche und machte mich auf den Weg zur Arbeit. Als ich im Uber saß, holte ich mein Handy heraus und schrieb Dean. Ich fing die Nachricht unzählige Male neu an.

Alles Liebe zum Geburtstag tippte ich ein und schickte es ab. Wow, Mila. *Ob er überhaupt antwortet*, fragte ich mich. Vielleicht war es auch ein Fehler ihm zu schreiben? Als ich mein Handy wieder in die Tasche stecken wollte, vibrierte es. Eine Nachricht von ihm.

Danke schön!

Nur ein Dankeschön? Auf irgendeine Weise war ich enttäuscht von seiner Antwort. *Was hast du erwartet, Mila?*, hörte ich meine innere Stimme. Ich packte mein Handy weg und dachte darüber nach, was Leroy wohl mit mir machen wollte.

Mein Arbeitstag ging recht schnell um und Elaine war wie ausgewechselt mir gegenüber.

»Guten Tag, schöne Frau.«, hörte ich Leroys unten am Eingang, als ich die Treppe runterkam. Ich grinste ihn an.

»Hi. Und, was unternehmen wir?«, fragte ich aufgeregt.

»Das siehst du dann. Hast du alles?«, wollte er wissen. Ich nickte und wir machten uns auf den Weg.

Im Taxi unterhielten wir uns die ganze Zeit.

»Wo arbeitest du eigentlich?«, wollte ich von ihm wissen.

Er schaute zu mir rüber. »Ich arbeite in einem Autohaus.«

»Ach? Also auch Anzüge und so?« Ich zwinkerte ihm zu.

»Ja genau, Anzüge und so. Magst du so was?«, wollte er wissen.

»Gelegentlich.« Ein Lächeln trat auf seine Lippen. Wieso zog ich immer solche Kerle an?

»Hätte nicht gedacht, dass du so cool bist.« Ich runzelte die Stirn.

»Was dachtest du denn, wie ich bin?«

Er kam mir näher und war direkt vor meinem Gesicht. »Anders.« Ich rollte mit den Augen. »Willst du mir jetzt die ganze Geschichte mit deinem Ex erzählen?«

Ich hatte keine Lust mehr, um den heißen Brei herumzureden. Er würde sowieso nicht aufhören, danach zu fragen. »Er wird Vater.« Überraschend riss er seine Augen auf.

»Hat er dich betrogen? Was für ein Arschloch.«

Ich schüttelte den Kopf. »Nein. Wir waren da nicht zusammen.«

»Okay. Aber wieso seid ihr dann nicht mehr zusammen?«, bohrte er weiter.

Ich zuckte mit den Schultern. »Ich kann es einfach nicht.«

»Aber das ändert doch nichts an den Gefühlen zu dem Menschen? Ihr Amis seid manchmal komisch.«

»Lass uns bitte über was anderes sprechen, okay?«

Er verstand es. Endlich. Es dauerte auch nicht mehr lange und wir waren da.

»Da ist ja das Schloss Versailles.«, sagte ich und bekam große Augen. »Gehen wir dahin?« Ich zeigte mit dem Finger darauf. Er nickte und grinste mich an.

Wir stiegen aus dem Taxi.

»Wie schön und riesig das aussieht. Ich habe es bisher nur auf Bildern gesehen.«, erklärte ich ihm und grinste über beide Ohren.

»Dann komm.«

Wir erkundeten erst mal alles im Schloss und gingen dann nach draußen, wo man einen Wahnsinnsblick auf den 715 Hektar großen Schlosspark hatte.

»Wow!«, bekam ich nur heraus. Ich merkte Leroys Arme an meinem Rücken.

»Freut mich, dass die Überraschung gelungen ist.« Ich drehte mich zu ihm um.

»Ich habe noch nie so ein schönes Schloss gesehen, in echt.«

Er nahm seine Hände, legte sie mir in den Nacken und zog mich zu sich. Er schaute mir tief in die Augen. Sein Duft stieg mir in die Nase und er roch so unglaublich gut.

»Ich kann einfach nicht anders.«, sagte er mit seiner tiefen Stimme.

»Leroy.« Sein Zeigefinger lag auf meinen Lippen und hinderte mich am Weitersprechen. Sanft zog er mich zu sich und hob mein Kinn an. Ich spürte ein Ziehen im Bauch, als ich zu ihm hochsah und seinen Blick erwiderte. Langsam kamen seine Lippen näher und wir küssten uns. Als ich es richtig genießen wollte, fiel mir wieder seine Freundin ein. Ich stoppte das Ganze.

»Deine Freundin?«, fragte ich geschockt.

»Mach dir darüber keine Gedanken.«

Ich nickte nur, ohne etwas zu sagen, und wir spazierten durch den Park. Es war eine merkwürdige Stimmung zwischen uns. Er griff nach meiner Hand.

»Mila? Habe ich dich überrumpelt?«, fragte er vorsichtig.

Ich verneinte. »Es ist nur komisch für mich zu wissen, dass du gerade mit mir fremdgegangen bist.« Er blieb stehen.

»Wo bin ich denn fremdgegangen? Ich bin mit ihr im Moment nicht zusammen. Sie wollte eine Pause. Sie hat eine bekommen. Fühl dich jetzt nicht schlecht. Außerdem habe ich gar kein Bock mehr auf sie.« Ich hob eine Augenbraue. »Und nein, das hat jetzt nichts mit dem Kuss zu tun.«, fügte er hinzu. Ob ich das so glauben konnte?

Nach zwei Stunden waren wir wieder auf dem Weg nach Hause.

»Wieso hast du mich geküsst?« fragte ich, als wir im Taxi saßen, und lehnte mich mit dem Kopf gegen die Fensterscheibe.

»Bereust du es denn?«, stellte er mir eine Gegenfrage.

Ich schaute zu ihm rüber »Nein. Du etwa?«

Er überlegte. Okay. Er überlegte immer noch?! Er fing an zu lächeln. »Natürlich nicht.«

Ich lächelte zurück.

Das Taxi fuhr in unsere Straße und ich sah eine blonde Frau an unserer Tür stehen. Sie wartete wohl auf jemanden.

»Oh, nee. Gar kein Bock jetzt.«, hörte ich Leroy nuscheln.

»Kennst du die?«, fragte ich neugierig, als wir uns mit dem Auto näherten.

Er verdrehte die Augen. »Ja, das ist meine Freundin.« Meine Augen weiteten sich und mein Herz raste. Ich kannte diese Frau.

»Das? Ist deine Freundin?«, fragte ich geschockt.

Er runzelte die Stirn. »Ja. Wieso bist du so schockiert? Hast du sie dir anders vorgestellt? Dachtest du, sie sei hübscher?«

»Das ist meine Arbeitskollegin Elaine Moreau.« Das war doch jetzt ein schlechter Traum. »Ich kann jetzt nicht mit dir hier aussteigen, Leroy.«

»Wir sind da.«, hörten wir den Taxi-Fahrer. Meine Augen wurden immer größer.

»Leroy. Was soll ich denn jetzt machen?«

»Lass mich das machen. Komm jetzt.«, sagte er. Mein Gott, mein Herz.

»Leroy. Wo warst du? Ich habe dich tausendmal angerufen und du bist nicht rangegangen.«, fuhr Elaine ihn als, als wir gerade ausgestiegen waren. »Miss Cooper? Was machen Sie denn hier?« Sie warf mir einen Blick zu, der mich auf der Stelle töten sollte. Verständlich. Wenn ich morgen einen heißen Kaffee gegen den Kopf geschmissen bekäme, würde ich es sogar verstehen.

»Ich wohne hier.«, sagte ich kalt und zeigte auf das Namensschild an dem Briefkasten.

»Und wieso steigt ihr beiden bitte aus dem Taxi? Wart ihr zusammen weg?«

Ich schloss die Tür auf und ging nach oben. *Das sollen die beiden mal schön allein klären*, dachte ich mir. Mich würde das Paradis morgen im Büro erwarten, je nachdem was Leroy ihr jetzt erzählte.

Wieso hatte der Idiot mir auch nie erzählt, dass seine Freundin in meiner Bank arbeitete? Und warum wusste seine Mutter nicht Bescheid? Ich verstand nur Bahnhof.

Ich sprang unter die Dusche, putzte mir die Zähne und zog mir meinen kurzen dunklen Pyjama an. Plötzlich klingelte es an der Tür. Okay, entweder war es Leroy oder Elaine. Oder beide.

Ich öffnete sie langsam und steckte mein Kopf hindurch.

»Tut mir leid, Mila, dass sie einfach vor der Tür stand.«, erklärte mir Leroy zerknirscht.

»Du hättest mir sagen sollen, dass sie meine Arbeitskollegin ist.«, machte ich ihn an.

»Darf ich kurz reinkommen?« Ich winkte ihn zu mir rein.

»Weiß deine Mutter nichts von eurer Beziehung?« Er schüttelte den Kopf. »Ihr seid schon drei Jahre zusammen? Wieso weiß sie das nicht?«

»Mila, ich habe zu meiner Mutter nicht das beste Verhältnis. Ich helfe ihr mit der Schlüsselübergabe, aber das war's auch. Sie weiß nicht wirklich, was bei mir abgeht.« Ich setzte mich auf den Stuhl und atmete einmal tief durch.

»Was hast du ihr jetzt gesagt? Hast du ihr von dem Kuss erzählt?«, fragte ich ihn. Er wollte gerade anfangen zu erzählen. »Weißt du, wie beschissen das jetzt für mich ist?«, unterbrach ich ihn direkt. Er setzte sich mir gegenüber. »Sie ist nach meiner Ansage kackfreundlich, und ich hänge hinter ihrem Rücken mit ihrem Freund ab.«

»Ich habe die Beziehung beendet.«

Ich bekam große Augen und hielt mir die Hand an die Stirn. »Okay. Am besten kündige ich sofort.« Er lächelte amüsiert. »Ich finde das überhaupt nicht witzig.«, sagte ich sauer.

»Mensch, sie weiß nichts von dem Kuss. Entspann dich.« Okay, jetzt fiel mir wenigstens ein kleiner Stein vom Herzen.

Er zog den Stuhl, auf dem ich saß, näher zu sich heran und streichelte mir vorsichtig über meinen Oberschenkel. »Ich fand den Ausflug heute schön mit dir.«

»Ging mir genauso. Ich muss jetzt aber langsam schlafen gehen«, erklärte ich ihm und stand auf.

»Okay. Dann lass ich dich jetzt mal.«, sagte er und erhob sich vom Stuhl. Er schaute zu mir runter, seine dunkelgrünen Augen bohrten sich in meine. Er nahm mein Gesicht in seine Hände, zog mich zu sich und küsste mich wieder. Ich zog mich zu ihm hoch und erwiderte den Kuss. Dieser Kerl hatte irgendetwas. Leroy hob mich hoch und setzte mich auf der Arbeitsplatte ab. Ich tastete über seinen Pullover und wollte, dass er ihn auszog. Wenige Sekunden konnte ich seine nackte Haut berühren.

»Du riechst so wahnsinnig gut.«, sagte er mit rauer Stimme. Er verteilte Küsse an meinem Hals entlang und wieder waren seine Lippen auf meinen. Es war wie als würde ein Feuerwerk in mir explodieren.

Ich merkte, wie seine rechte Hand an meinem Oberschenkel entlangging und er langsam mein Höschen beiseiteschob und seinen Finger meine pulsierende Mitte fand. Er stoppte kurz und wartete auf mein Go. Ich stöhnte leicht auf, er verstand es und machte weiter.

Er glitt langsam mit zwei Fingern in mich, während er mich weiterhin küsste. Ich krallte mich mit beiden Händen in seine Haare. Er bewegte seine Finger immer schneller, was mich langsam aber sicher in den Wahnsinn trieb. Plötzlich hörte er auf und streichelte mir wieder über den Oberschenkel.

»Was machst du? Warum hörst du auf?«, fragte ich ihn verwundert. Ich konnte kaum noch klar denken.

»Na, du wolltest doch schlafen gehen.«, flüsterte er mir ins Ohr. »Schlaf schön.« Er gab mir einen Kuss auf die Stirn und ließ mich wie ein heißer Sack einfach sitzen.

Kapitel 23

Dean

Sie hatte mir echt gratuliert, ich konnte es immer noch nicht glauben und grinste wie ein Honigkuchenpferd.

Unerwartet klingelte mein Handy. Sofia.

»Hey.«, ging ich ran.

»Können wir uns heute sehen? Ich muss dir was sagen.«

O Mann, womöglich hatte sie es immer noch nicht verstanden. »Sofia? Ich habe es dir doch schon erklärt.«, versuchte ich ruhig zu bleiben.

»Mann, es ist nicht das, was du denkst.«, fing sie an und ich hörte sie schluchzen.

»Was ist denn dann? Ist was mit dem Kleinen?«, fragte ich schockiert.

»Ich war heute Morgen beim Arzt.« Nein, nein, bitte nicht! »Das Herzchen hat nicht mehr geschlagen.« Bitte was? Wie kann das sein? Es war doch die ganze Zeit alles in Ordnung mit dem Baby. Ich stand unter Schock und wusste nicht wie ich mit der Situation umgehen sollte.

»Wie? Hat er auch richtig geguckt? Sollen wir noch mal zu einem anderen Arzt fahren?«, fragte ich vorsichtig. Sie weinte und weinte und mir tat es unglaublich leid.

»Er hatte lange geschallt. Es schlägt nicht mehr.«, sagte sie.

»Und was passiert jetzt?« Ich war so ahnungslos.

»Ich habe morgen ein Termin zur Ausschabung.«

»Soll ich mitkommen?«, fragte ich vorsichtig.

»Nein, meine Mutter kommt mit.« Ich verstand, dass sie mich nicht dabeihaben wollte, trotzdem fand ich es schade.

»Okay.«, sagte ich »Hast du Schmerzen?«

»Nein, ich merke gar nichts.«

»Okay. Ich ruf dich morgen an.«

»Das musst du nicht. Meine Mutter ist bei mir und ist für mich da. Was du leider nicht warst.«

Wieso musste sie jetzt sowas in so einer traurigen Situation sagen?

»Ich wünsche dir viel Glück mit Mila, jetzt muss ich dich ja nicht mehr nerven.«

»Sofia? Ich wäre mein Leben lang für mein Kind dagewesen, genau wie ich dir geholfen hätte. Aber das ist jetzt egal. Ich wünsche dir, dass morgen alles gut geht, und wenn etwas ist, kannst du dich immer bei mir melden. Meine Handynummer hast du ja.«

Kaum hatte ich es ausgesprochen, hörte ich nur noch ein Tuten. Ich strich mir durch die Haare. Ich war so schockiert darüber, was in den letzten drei Minuten passiert war. Auch wenn ich mit Sofia keine richtige Familie gegründet hätte. Es war mein Kind. Mein Fleisch und Blut. Mir kamen die Tränen, als ich realisiere, was geschehen war. Wie schlimm musste es für Sofia sein? Generell für eine Frau, die ihr Baby verliert?

Ich steckte mein Handy in die Hosentasche und stiefelte nach oben zu Liam. Als ich klingeln wollte, ging die Tür auf und Amalia stand vor mir. Wir guckten uns geschockt an. Wir beide hatten uns offensichtlich nicht erwartet. Mein Grinsen konnte ich nicht verbergen.

»Hallo, dich habe ich hier nicht erwartet.«, neckte ich sie und schon kam Liam um die Ecke und grinste mich an.

»Hallo, Dean.«, begrüßte mich Amalia sehr verlegen. »Ich melde mich bei dir.«, sagte sie zu Liam und ging an mir vorbei.

»Ach, Amalia?« Ich hielt sie am Arm fest. »Du musst mir noch einen Gefallen tun?« Sie hob ihre Augenbrauen.

»Ich muss Milas Adresse wissen.«

Sie fing an zu lachen. »Keine Chance, Dean.«, und verschränkte die Arme. »Willst du sie besuchen?«

»Er will ihr einen Brief schicken.«, mischte sich Liam ein.

»Idiot, kannst du nicht einfach die Klappe halten?«, sagte ich genervt. »Ist schon peinlich genug, dass ich so was überhaupt mache.«

Amalia musste sich das Lachen verkneifen. »Sie hätte es mir doch sowieso erzählt.«, nahm sie Liam in Schutz.

»Also? Kannst du sie mir geben?«, fragte ich.

»Ich schreib sie Liam. Aber wenn du einfach dahinfliegst, kriegst du es mit mir zu tun.«

Ich hob meine Hände. »Ich schick ihr nur einen Brief.«, versicherte ich ihr.

»Gut.« Und schon war sie weg.

Ich ging an Liam vorbei und setzte mich an auf den Barhocker. »Sofia hat mich angerufen.«

Liam ging zum Kühlschrank. »Du auch?«, fragte er mich und hielt eine Bierdose hoch. Ich schüttelte den Kopf. »Okay, sie hat angerufen? Was wollte sie?«, fragte er voller Neugier und nahm einen Schluck.

»Das Herzchen schlägt nicht mehr.« Er bekam große Augen.

»Wie? Hat sie es verloren?« Ich nickte nur, ohne etwas zu sagen. »Ey Bruder, das tut mir unfassbar leid. Wie geht es dir?«

Ich zuckte mit den Schultern. »Ich kann es gar nicht beschreiben. Ich konnte es erst nicht begreifen, dass ich Vater werde, und jetzt das.« Ja, natürlich war ich traurig über die Nachricht, aber ich glaube, eine Frau empfand da noch mal anders.

»Es ist einfach alles doof gelaufen, vielleicht ist es auch besser so, wie es jetzt gekommen ist. Für alles gibt es einen bestimmten Grund.«, bemerkte er.

»Und jetzt zu dir?« Ich wollte nicht mehr über dieses Thema reden. Ich wollte es irgendwie verdrängen. Liam schaute auf sein Handy.

»Hier die Adresse.«, sagte er und hielt mir das Handy hin.

»Amalia mit Herzchen? So hast du sie eingespeichert?«, fragte ich und fing an zu lachen.

»Idiot. Du sollst dir die scheiß Adresse abtippen.«, antwortete er genervt.

»Mit Herzchen?«, nervte ich ihn erneut.

»Jetzt hast du Pech.«, sagte er und legte sein Handy weg. Ich schaute ihn an und grinste wie blöd.

»Hast du jemals eine Frau mit einem fucking Herz eingespeichert?«

Er runzelte die Stirn. »Nein.«

Ich musste wieder grinsen. »Hast du sie geknallt?«, wollte ich wissen.

»Nein.«

Ich lehnte mich zurück. »Wow. Eine Frau, die durch deine Haustür geht, ohne dass du ihr den kleinen Liam gezeigt hast.«

»Halt's Maul. Ich habe dir doch gesagt, dass sie anders ist.«

Ich schüttele den Kopf, weil ich es einfach nicht glauben konnte. Ich klopfte ihm auf die Schulter. »Endlich wirst du erwachsen.«

»Ich finde sie echt toll.«, erklärte er mir. »Ich bin noch nie so einer Frau begegnet. Wie weit bist du eigentlich mit deinem Brief?«

»Ich schicke ihn heute ab. Sie hatte mir übrigens gestern Abend noch gratuliert.«

Er klatschte in die Hände. »Wup, wup.«, jubelte er.

»Na gut, ich gehe wieder runter. Wir hören uns und verletz sie nicht.«

»Ich bin der Letzte, der das will.« O Gott, sie hatte es ihm wohl echt angetan. Wenn Mila das wüsste, dachte sie doch, dass ich das Ganze eingefädelt hätte. »Und schick mir die Adresse.«, erinnerte ich ihn , bevor ich ging.

Während ich weiter an dem Brief schrieb, informierte ich Riley und meine Eltern über die Nachricht. Riley war ziemlich traurig, sie hatte mich schon in sieben Monaten als Papa durch die Gegend laufen sehen. Meine Eltern hatten nicht wirklich was dazu gesagt.

Ich schrieb den letzten Satz, faltete ihn zusammen und steckte ihn in einen Briefumschlag. Wahrscheinlich würde Mila ihn gar nicht lesen und meine ganze Mühe war umsonst. *Oder er kommt erst gar nicht an*, ging mir durch den Kopf.

Nachdem ich ihre Adresse draufgeschrieben hatte, machte ich mich schnell auf den Weg zum Briefkasten.

Kapitel 24

Mila

Die Woche passierte nicht viel. Auf der Arbeit redeten Elaine und ich nur das Nötigste. Auch wenn Leroy ihr nichts von dem Kuss erzählt hatte, war sie nicht auf dem Kopf gefallen. Sie hatte uns zusammen gesehen, sie hatte bestimmt eins und eins zusammengezählt. Mich wunderte nur, dass sie mich nicht darauf ansprach. Gut, sie wusste ja nicht, was zwischen Leroy und mir passiert war. Ein schlechtes Gewissen hatte ich trotzdem.

Leroy war mittlerweile jeden Tag bei mir in der Wohnung oder ich bei ihm. Wir fühlten uns einfach angezogen voneinander.

»Schön guten Tag, junge Dame.«, begrüßte er mich, als ich gerade aus dem Uber stieg und er am Briefkasten stand. »Ich glaube, der sollte an dich gehen.« Er hielt mir ein Brief hin.

Ich runzelte die Stirn. »Da steht auf jeden Fall mein Name drauf. Kein Absender.«

Er schaute mich an. »Schlaue Frau bist du.«

Ich grinste ihn an und steckte den Brief weg. Ich zog mich erst mal um und schob mir eine Tiefkühlpizza in den Ofen. Dann kramte ich den Brief aus meiner Tasche und öffnete ihn.

Hallo Mila,

ich hoffe du wirst diesen Brief lesen und schmeißt ihn nicht sofort wieder in den Müll. Es tut mir es unfassbar leid, wie das alles gelaufen ist. Als ich dich das erste Mal auf dem Seminar gesehen habe, war mein einziger Gedanke - diese Frau muss ich haben!

Ich weiß, ich habe sehr viele Fehler gemacht. Ich weiß auch, dass ich dich sehr oft verletzt habe. Ich kann es leider nicht mehr rückgängig machen, aber ich kann es in Zukunft besser machen, wenn du mir die Change dazu gibst.

Die letzten Wochen waren für mich die absolute Hölle, weil ich nicht wusste, wie es dir geht und was du machst. Nichts. Ich habe keine Ahnung, ob du in deiner neuen Stadt schon einen anderen, tollen Mann kennengelernt hast. Wenn es so sein sollte, dann lass es mich wissen, und ich lasse dich für immer in Ruhe.

Als ich von Amalia erfahren habe, dass du gekündigt hast und Jason mir erzählt hat (ja, ich bin ein bisschen lauter geworden und habe ihm eventuell auch Geld angeboten, dass er es mir verrät), dass du nach Paris gezogen bist, bin ich ausgerastet. Weil ich da gemerkt habe, dass du einfach weg bist. Schlimmster Moment für mich.

Und jetzt zu Sofia. Ich hatte es mit ihr immer mal wieder probiert, weil ich dachte, es wäre besser fürs Kind. Nach kurzer Zeit habe ich es aber wieder beendet, weil ich mit dem Kopf jede Sekunde bei dir bin. Vor ein paar Tagen hat sie mich angerufen und gesagt, dass sie das Baby verloren hat und danach habe ich nie mehr was von ihr gehört.

Du weißt, dass Briefe schreiben nicht so mein Ding ist, und ich es extrem kitschig finde, aber du siehst … jetzt mache ich sogar schon so was. ;-) Mila, ich würde alles für dich tun. Selbst ans andere Ende der Welt ziehen, Hauptsache ich bin bei dir. Ich liebe dich so sehr, ich habe noch nie für einen Menschen so viel empfunden, wie für dich.

Als du mir an meinem Geburtstag gratuliert hast, hättest du eigentlich meinen Freudeschrei bis nach Paris hören müssen. :-) Ach, ich soll dich ganz lieb von Emma grüßen. Sie hat dich vermisst.

Ich bin das Wochenende mit ihr im Disneyland, sie möchte unbedingt Rapunzel und Schneewittchen sehen. Vielleicht hast du ja Zeit?

Und du brauchst keine Angst haben, dass ich einfach vor deiner Haustür stehe, wenn du Nein sagst, das mach ich nicht. Versprochen.

Ich habe keinen blassen Schimmer, wie man so einen Brief beendet. Ich würde mich über eine Antwort freuen, damit ich zumindest weiß, dass er überhaupt bei dir angekommen ist.

Ich liebe dich, Mila!

Dean

Und schon zum dritten Mal hatte ich ihn mir durchgelesen. Wow. Was für ein Brief und das von Dean? Ein wenig stolperte mein Herz vor Freude. Dass Sofia das Kind verloren hatte, tat mir sehr leid. Das hatte keine Frau verdient und musste das Schlimmste überhaupt sein. Ich überlegte hin und her, was ich ihm antworte sollte. Ich schaute in meinen Terminkalender, ob ich eventuell schon was eingetragen hatte. *Wen willst du eigentlich gerade verarschen? Selbst wenn du einen Termin hättest, würdest du ihn für Dean absagen*, hörte ich meine innere Stimme. Ich nahm den Brief wieder in die Hände. … *und habe ihm eventuell auch Geld angeboten* laß ich noch mal laut vor.

»Typisch.«, nuschelte ich und musste schmunzeln. Ich öffnete mein Handy und schrieb ihm zurück.

Hey,
dein Brief ist heute angekommen, habe ihn eben gelesen.
Um wieviel Uhr seid ihr denn im Disneyland?

Es dauerte keine fünf Minuten und schon kam eine Antwort.

Hey Mila, wir wollten gegen elf Uhr dort sein. Sollen wir dich von zu Hause abholen? Emma würd sich freuen, wenn du mitkommst.

Heute war der Tag der Tage. Ich sah Dean nach mehreren Wochen wieder. Ich war extrem nervös. Wie sollte ich ihn denn begrüßen? Ich hüpfte unter die Dusche, schminkte mich dezent und lockte mir nach längerer Zeit mal wieder die Haare. Ich sprang in meine schwarze Leggings und den grauen Rollkragenpullover und zog meine grauen Stiefel an. Plötzlich vibrierte mein Handy.

Eine Nachricht.

Wir sind in ca. 10 min bei dir.

O Gott. Ich merkte schon, wie mein Magen sich umdrehen wollte. Gott sei Dank war Emma dabei. *Emma ist der Mittelpunkt des ganzen Treffens. Jap genau, rede dir das mal schön ein.*

Dass meine innere Stimme nicht einmal leise sein konnte. Ich schaute mich noch mal im Spiegel an. Wie begrüßte man bitte nach längerer Zeit seinen Ex-Freund? Ich zog mir meinen schwarzen Mantel an und band mir den Schal um.

Als ich unten an der Tür wartete, kam Leroy auf mich zu.

»Oh, für wen hast du dich denn so schick gemacht? Hatten wir heute ein Treffen, was ich vergessen habe?«, scherzte er.

Ich boxte ihn in die Seite. »Nein, alles gut. Hast nichts verpasst.«

Er grinste mich an. »Na dann ist ja gut.«

Plötzlich sah ich Dean und Emma auf mich zukommen.

»Milaaaaaa.«, hörte ich Emma schon von weitem schreien.

Leroy drehte sich um. »Kennst du die beiden?«, fragte er neugierig. Ich nickte nur. »Ist das dein Bruder?« Ich musste lachen.

»Nein. Ich gehe jetzt.«, verabschiedete ich mich von ihm, drückte ihn und ging auf die beiden zu. Emma lief mir schon entgegen und fiel mir in die Arme. »Hallo, du kleine Maus.«, begrüßte ich sie und drückte sie. »Ich hab dich vermisst.«

»Ich dich auch.« Ich gab ihr einen Kuss auf die Wange.

»Hey, Mila.«, hörte ich Deans Stimme. Ich drehte mich zu ihm und schon stand er vor mir. Ich schaute ihm in seine rehbraunen Augen und er sah so perfekt aus wie immer.

»Hi.«, sagte ich schüchtern. Ich konnte dieses Gefühl nicht beschreiben, was ich gerade fühlte. Eine Mischung aus Aufregung und Angst. Ich hatte keine Ahnung, wie dieses Treffen für uns ausgehen würde.

»Können wir jetzt ins Disneyland?«, jubelte Emma vor sich hin. Dean wuschelte ihr durch die Haare.

»Ja, du kleine Nervensäge. Wir fahren da jetzt hin. Hast du alles?«, fragte er mich und betrachtete mich von oben bis unten. »Du siehst bezaubernd aus.«

Und du erst, ging mir durch den Kopf. Ich schenkte ihm ein Lächeln.

Als wir endlich im Zug waren, saßen die beiden mir gegenüber.

»Wieso warst du nicht auf Deans Geburtstag?«, fragte Emma und spielte mit ihren Zöpfen.

»Ich hatte viel zu tun und konnte leider nicht kommen.«, erklärte ich ihr. Dean schaute aus dem Fenster und war wohl am Nachdenken. Warum auch immer.

»Ach so. Aber Dean hat dich trotzdem noch lieb.«, sagte sie und grinste in die Runde.

»Emma. Ist gut jetzt. Hast du keine Barbies mit?«, fragte Dean mit ernster Stimme. Ich musste schmunzeln. Kinder konnten manchmal schon putzig sein.

»Und hast du ihn auch noch lieb?«, fragte sie hibbelig. Okay, sie können einen aber auch in unangenehme Situation bringen.

»Hast du denn deine Barbies mit? Zeig mal.«, versuchte ich abzulenken. Und ich merkte im Augenwinkel, wie Dean jetzt grinsen musste.

Emma spielte vor sich hin, während wir beide uns immer Blicke zuwarfen.

»Wer war der Mann vorhin?«, brach er das Schweigen. Ich schaute ihn fragend an. »Den du umarmt hast?« Er meinte Leroy. Ja, was sollte ich ihm denn jetzt bitte sagen?

»Mein Nachbar. Er wohnt über mir.«

»Mit dem ich am Telefon geredet habe?« Ich nickte. »Läuft da was?«, fragte er vorsichtig. Ich hob eine Augenbraue. »Tut mir leid, das geht mich nichts an.«

»Ich bin doch jetzt hier, oder?«, antwortete ich und lächelte ihn an. »Mir tut die Sache mit Sofia übrigens leid.« Er nickte, ließ es aber unkommentiert. Es war ein komisches Gefühl, ihm wieder gegenüberzusitzen. War es doch ein Fehler, ihn wiederzusehen?

»In welchem Hotel seid ihr untergebracht?«, fragte ich.

»Ich will bei dir schlafen Mila.«, sagte Emma, die immer noch mit ihren Barbies beschäftigt war.

»Das geht nicht.«, machte Dean ihr klar.

»Wieso nicht?«

»Na ja, wir wollen dich nicht nerven.« Ich lächelte ihn an. »Ihr nervt mich nicht. Ich habe nur nicht so viel Platz.«, erklärte ich.

Endlich kamen wir im Disneyland an.

»Zwei Erwachsene und ein Kind bitte.«, sagte Dean und kaufte die Tickets bei der Frau im Häuschen.

»Ohhhh, wie schön.«, rief Emma und wir gingen in den Park hinein.

Ich kramte mein Portmonee aus der Tasche.

»Was hast du vor?«, fragte er mich.

»Das Geld fürs …«, fing ich an.

»Mila, hör auf. Ich lade dich ein.« Ich grinste und bedankte mich. Es war wie früher. »Ich gehe schon mal zum Märchenschloss, okay?«, rief Emma und wir gaben ihr das Go. Wir setzten uns auf die Bank neben einem Souvenirshop. »Ich danke dir für den schönen Brief. Damit habe ich im Leben nicht gerechnet.« Er schaute mir tief in die Augen. »Ich habe damit auch nicht gerechnet, dass ich mal einen Brief verfasse.«, erklärte er mir und lachte. Ich lachte ebenfalls. »Darf ich dich mal was fragen?« Ich nickte. »Wieso hat der Kerl am Telefon dich gefragt, ob du ins Bett kommst?«

»Was denkst du denn?«, wollte ich von ihm wissen.

»Das möchtest du lieber nicht wissen.«

Ich verschränkte die Arme. »Da war ich nicht mal eine Woche hier, da hatte ich noch nichts mit ihm.«

Dean bekam große Augen.

Okay, jetzt hast du dich selbst verraten, Mila. Wow.

»Noch nicht? Also habt ihr jetzt was miteinander?«

»Wäre es denn schlimm?«

»Nein.«, kam die Antwort wie aus der Pistole geschossen.

»Nein?«, fragte ich verwundert.

»Du bist Single. Du kannst doch deinen Spaß haben. Habt ihr euch nur geküsst?«, bohrte er weiter nach. Ich schaute ihn an. Herrgott, was sollte ich denn bitte antworten? »Okay. Nein es war nicht nur küssen.«, nahm er mir die Antwort schon ab. »Dann wünsche ich dir mit ihm alles Glück der Welt.« Er stand auf und wollte Richtung Märchenschloss gehen. Ich hielt an der Hand fest.

»Dean. Ich bin nicht mit ihm zusammen!«, erklärte ich, stand auf und schaute zu ihm rauf.

»Empfindest du was für ihn?«, wollte er von mir wissen. Ja, empfand ich was für Leroy? Ich konnte darauf gar keine Antwort geben. Er tat mir gut.

»Kommt ihr? Ich will mit den Untertassen fahren.«, rief uns Emma zu.

»Jaaa.«, rief ich zurück und machte mich auf den Weg.

Während sie mit gefühlt jedem Fahrgeschäft fuhr, saßen wir auf der Bank und warteten.

»Wann kommen die ganzen Prinzessinnen?«, fragte sie neugierig.

»Die Parade kommt gegen Nachmittag. Das dauert noch ein bisschen. Wollt ihr ein Eis?«, erkundige sich Dean bei uns.

»O ja.«, sagten wir im Chor.

»Lecker, Schokolade.«, sagte Dean, leckte an seiner Eiskugel und schaute mich dabei ein. Ich musste lachen, weil ich genau wusste, wieso er das tat. Ja, die Zunge kannte ich noch zu gut.

»Können wir mit den Booten da drüben fahren?«, fragte uns Emma und zeigte mit dem Finger dorthin. Wir machten uns auf den Weg und stellten uns in der Schlange an.

»Du hast mir immer noch keine Antwort gegeben.«, flüsterte mir Dean ins Ohr.

»Das weiß ich.«, flüsterte ich zurück.

»Du machst mich schon wieder wahnsinnig, weißt du das?«

»Die Antwort lautet Nein.«, sagte ich leise. Und schon hatte er ein kleines Lächeln auf den Lippen.

»Aber hattet ihr …?«, fing er an und ich wusste schon, was er fragen wollte.

»Nein, er hat mich nicht gefickt Dean. Ich kenne nur seine Zunge ganz gut. Reicht das jetzt mit dem Ausgefrage?«

Er schaute mich schockiert an, damit hatte er wohl nicht gerechnet.

Endlich kam ein freies Boot und wir drei nahmen Platz. Emma saß vor uns und schon ging die Fahrt los. Wir fuhren durch eine Höhle, wo rechts und links viele Figuren aufgestellt waren, die eine Geschichte erzählten. Im Hintergrund lief Musik.

»Hast du in den letzten Wochen auch mal an mich gedacht?«, fragte er und ich merkte seine Hand an meinem Rücken. Ich bekam sofort ein Kribbeln überall.

»Ich habe es ehrlich gesagt verdrängt. Als ich hierhin gezogen bin, hat Leroy am zweiten Tag gleich mein Wohnungsschlüssel abgebrochen und deshalb hab ich bei ihm geschlafen. Als du dann angerufen hast, wollte er dich ärgern und hat den Satz mit Absicht gesagt.«

»Wichser!«, platzte es aus ihm heraus.

»O Dean.«, sagte Emma erschrocken und schaute uns an.

»Ja genau, o Dean.«, wiederholte ich ihren Satz und musste mir das Lachen verkneifen. »Ja, und dann habe ich mich mit einem anderen Kerl getroffen, der mich aber belästigt hat.«

Er schaute mich geschockt an. »Wie belästigt? Hat er dich angepackt gegen deinen Willen?«, fragte er aufgebracht.

»Hm. Ja, schon. Er ist mir an den Hintern gegangen. Aber dann kam Leroy.«

»Ach ja, was hättest du wohl ohne den lieben Leroy gemacht?«, zog er die Situation ins Lächerliche.

»Ohne ihn wäre es wahrscheinlich nicht so harmlos ausgegangen.«, ermahnte ich ihn.

Er hob die Hände. »Sorry, sorry, ich sage schon nichts mehr gegen ihn.«

Ich boxte ihn in die Seite. »Spinner. Er ist ein Netter und man kann gut mit ihm lachen.«

Er nickte. »Freut mich. Wollen wir ihn mit einladen?«, scherzte er.

Ich schaute zu ihm und war nur noch Millimeter von seinem Gesicht entfernt. Sein Parfüm, was ich so liebte, stieg mir in die Nase. Er kam mir immer näher und seine Lippen würden in wenigen Sekunden auf meine treffen.

»Mila?«, hörten wir Emma und nahmen wieder Abstand voneinander.

»Ja, was ist denn kleine Maus?« Ich holte einmal tief Luft und schaute zu Dean, der gerade wahrscheinlich dachte *Wieso Emma? Warum jetzt?*

»Guck mal da, Minnie Maus.« Sie zeigte auf die Kuschelmaus.

»Ja, oder da Pluto«, ergänzte ich.

Kapitel 25

Dean

Jetzt saß ich endlich wieder neben ihr, konnte mit ihr reden, sie anfassen, sie riechen. Dass sie sich gut mit Leroy verstand, schmeckte mir natürlich nicht, aber meinetwegen. Ich muss dem Lappen nur irgendwie klarmachen, dass er sie nicht mehr anzufassen hatte.

»Dean, das ist das Schönste, was ich bisher gesehen habe. Ich liebe es hier.«, schwärmte Emma.

»Ja, für mich ist es auch das Schönste, was ich je gesehen habe.«, sagte ich und blickte Mila dabei an, die verlegen wegschaute.

Den ganzen Tag verbrachten wir im Disneyland. Das Highlight des Abends war das Feuerwerk.

»Danke für den schönen Tag.«, bedanke sich Mila, als wir mit dem Taxi auf dem Weg zu ihrer Wohnung waren. Ich grinste sie an.

»Danke, dass du überhaupt mitgekommen bist.«

»Schlafen wir jetzt bei dir Mila?«, wollte Emma wissen.

»Von mir aus, ja. Dann kannst du bei mir im Bett schlafen und Dean schläft auf dem Sofa.«, schlug Mila vor. Okay, damit hatte ich jetzt nicht gerechnet. Aber vielleicht war es sogar besser für uns.

Als wir endlich an ihrer Wohnung waren, bezahlte ich die Fahrt und wir gingen nach oben.

»Mila? Hier ist noch dein Pullover. Den hast du gestern Abend wohl vergessen.«, hörte ich eine Stimme. Leroy hatte anscheinend auf sie gewartet.

»Oh, danke habe ihn heute Morgen schon gesucht.«, sagte Mila und nahm ihn entgegen. Ich wollte mir gar nicht erst ausmalen, warum er ihren Pullover hatte und warf ihm einen bösen Blick zu. Er schaute mich genauso an.

»Hast du ein Problem mit mir?«, erkundigte er sich.

Ich runzelte die Stirn. »Bitte?« Was wollte der Schwanz von mir?

»Ob du ein Problem mit mir hast, war meine Frage.«

»Noch nicht. Kann sich aber in Blitzgeschwindigkeit ändern.«

»Wir gehen jetzt mal rein. Wir sind nämlich alle sehr müde. Stimmt's?«, mischte sich Mila ein und zog mich leicht am Arm zu sich.

»Du kannst nur der Ex sein. Dich erkenne ich doch an der Stimme.«

»Das geht dich einen Scheißdreck an, wer ich bin.«

»Weiß eigentlich die Mutter deines Kindes, dass du dich jetzt wieder an deine Ex ranmachst?«, provozierte er weiter.

Warum musste Mila immer mit irgendwelchen Typen abhängen, die einfach nur bekloppt waren und mich mit Absicht bis zur Weißglut brachten? Dean, bleib einfach locker. Ich konnte ihn nicht mal wirklich beleidigen, weil Emma ein Meter von mir entfernt stand.

»Dean. Komm jetzt.«, sagte Mila erneut und wir gingen in ihre Wohnung.

»Das ist ja ein sympathischer Kerl.«, amüsierte ich mich.

»Was sollte das schon wieder?«, fragte sie und hängte ihre Jacke an den Haken. Ich runzelte die Stirn. »Wieso hast du wieder provoziert?« War das ihr Ernst? Hatte sie gerade woanders gestanden als ich?

»Echt jetzt, Mila? Er hat mich doch vollgelabert.«

»Oh, wie schön er leuchtet.«, quietschte Emma und lief ans Wohnzimmerfenster.

Mila schaute zu ihr. »Ja, oder? Komm, ich zeig dir mal das Schlafzimmer.« Sie ging mit ihr dorthin.

»Aber hier sehe ich den Turm ja gar nicht.«, sagte sie enttäuscht und ließ sich auf das Bett fallen.

»Willst du auf der Couch schlafen?«, fragte ich sie und lehnte mich gegen den Türrahmen. Emma schaute wieder zu Mila.

»Darf ich?« Diese zuckte die Schultern.

»Natürlich. Aber im Bett ist es doch bequemer?«, versuchte sie meine Cousine zu überreden.

»Egal. Ich möchte den Eiffelturm sehen. Dean kann hier doch schlafen.«, erklärte sie und klopfte auf die Bettdecke.

Ich schüttelte den Kopf. »Ich schlaf mit dir auf der Couch, Kleine.«

Mila kramte das zweite Bettzeug aus dem Schrank und schaute mich verunsichert an. »Du kannst auch bei mir schlafen.«, fing sie an und zeigte auf die andere Bettseite. Das hatte sie jetzt nicht wirklich gesagt. Sie wollte mich neben sich schlafen lassen? Gut, wahrscheinlich, weil sie wusste, ich würde mit Emma auf der Couch nicht wirklich schlafen können. Ich hob meine Augenbrauen. »Bist du dir sicher?«

»Du musst natürlich nicht.«, sagte sie und ging wieder ins Wohnzimmer.

»Ich springe mal schnell unter die Dusche.«, meinte ich und verschwand im Bad.

Dean du packst sie nicht an, wenn sie gleich neben dir liegt. Ganz egal, wie gut sie duftet und wie nah sie bei dir liegt. Du lässt deine verdammten Hände bei dir. Und wenn sie anfängt?, fragte mich meine innere Stimme. Ich schaute mich im Spiegel an. *Das wird sie nicht*, war die Antwort.

Ich stellte mich unter die Dusche und konnte es immer noch nicht glauben, dass ich endlich mit Mila reden und sie wieder in den Arm nehmen konnte. Ich bekam das Grinsen überhaupt nicht mehr aus meinem Gesicht. Leise klopfte es.

»Kann ich kurz reinkommen?«, fragte Mila.

»Klar.«

»Ich wollte mich nur kurz abschminken. Bin auch gleich wieder draußen.«

Ich schaltete das Wasser ab, legte mir ein Handtuch um die Hüften und stieg aus der Dusche. Da stand sie mit ihrer kurzen schwarzen Hotpants und ihrem engen Top. *Wieso musst du jetzt ausgerechnet so was anziehen? Hättest du nicht einen Kartoffelsack anziehen können*, dachte ich.

»Emma schläft schon.«, fing sie an, während sie sich das Gesicht abschminkte.

Ich grinste sie an. »Danke, dass wir herkommen durften.«

Sie drehte sich zu mir. »Kein Problem. Was sagst du zu meiner Wohnung?«, fragte sie und lehnte sich mit dem Rücken gegen das Waschbecken. Wie gern ich jetzt sonst was mit ihr machen würde.

»Sie ist nett.«

Sie machte ein Schritt auf mich zu und schaute zu mir hoch. »Nett?«

Hör auf mir so nahe zu kommen, sonst kann ich gleich für nichts mehr garantieren. »Deine Wohnung ist toll, Mila. Der Ort gefällt mir nur nicht.« Sie guckte mich fragend an. »Du bist zu weit von mir weg.«

»Mein Leben ist jetzt hier. In Paris.« Und schon war da wieder dieser verdammte Stich in der Magengrube.

»Und du bist mein Leben, Mila.«, versuchte ich ihr klarzumachen. Sie schüttelte den Kopf. Ich hob ihr Kinn, damit sie mich anschauen musste. »Ich würde für dich alles machen. Ich würde sogar hierherziehen.« Ich merkte ihre Hand auf meiner.

»Dean. Das musst du nicht. Du hast deine Arbeit in Seattle und …« Ich stoppte sie.

»Mehr aber auch nicht.«

»Liam? Riley?«, fing sie an. Ich verdrehte die Augen.

»Du möchtest es einfach nicht verstehen. Mila, du machst mich kaputt mit deiner Art. Merkst du das nicht?«, sagte ich enttäuscht und ging ins Schlafzimmer. Diese Frau machte mich einfach wahnsinnig.

»Magst du noch was trinken?« Ich schüttelte den Kopf.

»Soll ich doch besser im Wohnzimmer schlafen?«, fragte ich vorsichtig. Sie legte sich ins Bett.

»Nein. Du kannst ruhig neben mir schlafen.« Ich kuschelte mich unter die Decke, aber lag wie angewurzelt da.

Irgendwie fühlte es sich falsch an. Hatte sie doch schon mit uns abgeschlossen? Wieso hatte ich sie überhaupt gefragt, ob sie mit uns ins Disneyland möchte? Das war die größte Scheißidee gewesen. Ich hätte auf Liam hören und sie einfach aus meinem verdammten Kopf löschen sollen. Ich starrte an die Decke und hatte unzählige Gedanken. Überraschend drehte sie sich zu mir.

»Kannst du nicht schlafen?« Ich blickte zu ihr rüber.

»Nein. Du doch auch nicht.«

»Es ist einfach eine komische Situation. Findest du nicht auch?«

Ich schaute wieder an die Decke. »Ja schon. Ich hatte einfach die Hoffnung, dass wenn wir beide uns wiedersehen und miteinander reden, du mir noch eine Chance geben kannst. Aber wenn ich merke, dass es absolut nichts bringt, und du mit den Gedanken vielleicht bei dem Kerl, der über dir wohnt, bist, dann lass es mich wissen und ich lass dich für immer in Ruhe, Mila. Das habe ich dir auch schon in dem Brief geschrieben.« Plötzlich spürte ich ihre Hand an meinem Oberkörper. Mein Blick schweifte zu ihr. »Dann mach mir aber auch nicht immer Hoffnung.«, sagte ich leise und hielt ihre Hand fest.

»Dean, ich bin nicht mit den Gedanken bei einem anderen Mann. Ich wollte dich und will es immer noch.«, fing sie an. »Als ich deinen Brief gelesen habe, sind mir so viele Gedanken durch den Kopf gegangen.

Am liebsten hätte ich dich sofort angerufen. Aber ich habe auch wahnsinnige Angst, dass bald irgendein Hammer von dir kommt und du mich wieder verletzt.« Ich streichelte ihr über das Gesicht.

»Es wird nichts mehr kommen.«

»Könnte vielleicht noch eine andere Frau von dir schwanger sein?«, neckte sie mich und grinste in sich hinein.

Ich flüsterte ihr ins Ohr. »Wenn, dann nur du.«

Sie schaute mir tief in die Augen, ich ging vorsichtig mit meiner Hand unter ihre Decke zu ihrem Rücken und zog sie näher zu mir. Mein Herz pochte bis zum Hals. Sie kam dichter zu mir und ihre Lippen waren nur noch wenige Zentimeter von meinen entfernt.

»Darf ich bei euch schlafen?«, hörten wir Emmas Stimme.

Ich erschrak. »Klar. Komm her.«, antwortete ich und hob meine Bettdecke, sodass sie darunterhüpfen konnte.

Mila fasste sich an die Stirn.

»Wow.«, sagte sie und fing an zu lachen. Ich musste ebenfalls lachen.

»Und willst du noch Kinder?«, fragte ich und konnte nicht aufhören zu schmunzeln.

»Immer noch, ja.« Sie kamen einfach immer zu den ungünstigen Momenten. Vielleicht bekämen wir morgen noch mal Zeit füreinander. Na ja, wahrscheinlich nicht. Und schon verschwand wieder die Hoffnung.

Plötzlich leuchtete mein Handy auf. Ich drehte mich zum Nachttisch und schaute auf das Display. Liam.

Ey, Alter, bist du jetzt schon in Paris? Wie ist es? Erzäääääähl! Und Amalia, o mein Gott. Sie ist so toll. Ich glaube ich bin verliebt.

Ich legte mein Handy wieder weg und drehte mich zu den Mädels. Emma war schon eingeschlafen und Mila schaute mich an.

»Es war Liam.«

Sie runzelte die Stirn. »Ich habe gar nichts gesagt.«, meinte sie verwundert.

»Ich kenne aber diesen Blick.« Ich zwinkerte ihr zu.

»Lass uns jetzt schlafen.«, schlug sie vor.

»Wie denn?«, fragte ich ironisch und zeigte auf meine Cousine. Mila verdrehte die Augen.

»Spinner.«

»Schlaf schön.«, sagte ich leise.

Am nächsten Tag wurde ich von den Sonnenstrahlen geweckt. Und von Emmas Tritten. Ich schaute zu Mila, sie schlief noch. Ich schlich mich aus dem Bett, verschwand ins Bad. Während ich mich frisch machte, schaute ich im Internet nach einem Bäcker. Ich sprang in meine schwarze Stoffhose, zog mir meinen dunkelblauen Strickpullover an, schnappte meine Jacke und ging los. Im Treppenhaus hörte ich Leroys Stimme.

»Oh, machst du schon wieder einen Abflug?« Er saß unten auf der Treppenstufe.

»Wann siehst du es ein, dass Mila nichts von dir will?«, fragte ich ihn genervt. Er sprang auf.

»Das könnte ich dich genauso fragen? Jetzt hast du dir extra den Weg gemacht, während ich sie gestern und vorgestern noch gefickt habe.«

Ich rollte mit den Augen. Diese ganzen Typen langweilten mich mittlerweile. »Du hast niemanden gefickt.«

»Ist doch klar, dass sie es dir nicht erzählt.«

»Ach komm, halt dein dummes Maul.«, blaffte ich ihn an und ließ ihn stehen.

Ob sie mich angelogen hatte, fragte ich mich. Was würde es denn ändern Dean? Genau nichts. Ich besorgte das Frühstück und machte mich wieder auf den Weg zu Mila und Emma.

Die große Tür unten stand offen, somit musste ich nicht klingeln. Ich hoffte, sie waren schon wach. Ich stampfte die Stufen nach oben und wen sah ich mit Mila reden? Den Baguettefresser. Sie stand nur im Bademantel an der Tür. Wow. Mein Blutdruck war mittlerweile etwas erhöht.

»Was für ein Gentleman. Er holt sogar Brötchen.«, hörte ich Leroys ätzende Stimme.

Ich ging an den beiden vorbei und schmiss die Einkaufstüte auf den Tisch. Was Mila ihm antwortete, hörte ich schon gar nicht mehr.

»Guten Morgen, du kleine Schlafmütze. Gut geschlafen?«, fragte ich Emma, die wieder vor dem großen Wohnzimmerfenster saß und den Eiffelturm anschaute. Sie drehte sich zu mir um.

»Ja. Wo warst du?«

»Ich habe Brötchen für uns geholt. Hast du großen Hunger?«

»Bärenhunger.«, erwiderte sie und streichelte ihren Bauch.

»Wie lange redet Mila schon mit dem Mann?«, fragte ich Emma. Sie zuckte mit den Schultern.

»Als ich wach wurde, war Mila nicht mehr im Bett.« Ich nickte nur und holte mein Handy raus.

Hey Bruder,
ja, ich bin in Paris. Es ist ganz okay. Teilweise bereue ich es. Wir sprechen, wenn ich wieder zu Hause bin. Und sei bloß nicht verliebt, ist die größte Scheiße. Es kann dich einfach so ficken. Das schafft nicht mal eine Alte. ;-)

Nachdem ich Liam geschrieben hatte, steckte ich das Handy wieder in die Hosentasche.

»Guten Morgen.«, hörte ich Milas Stimme.

Ich hob mein Blick. »Guten Morgen. Ich hab Brötchen geholt. Wenn du Hunger hast. Liegen auf dem Tisch.«

Sie kam auf mich zu. »Bist du schlecht gelaunt?«

Ob ich schlecht gelaunt war? Ja, das war ich. Ich bemühte mich, holte verfickte Brötchen und kaum war ich zehn Minuten weg, stand sie mit dem Lappen da und unterhielt sich.

»Ja, ist er.«, hörte ich Emmas Stimme.

Ich schaute zu ihr und dann wieder zu Mila. »Quatsch. Alles bestens. Wir müssen uns auch bald auf den Weg machen.« *Dean reiß dich jetzt zusammen! Mila will nichts von dem Kerl, also schieb hier nicht unnötig eine Welle. Schluck deine Eifersucht runter.*

»Okay. Ich ziehe mich schnell an.«, erklärte sie.

Ich nickte nur.

Wenige Minuten später saßen wir an ihrem Tisch und frühstückten.

»Das schmeckt hier viel besser.«, sagte Emma und biss genüsslich in ihr Schokocroissant. Ich grinste sie an während ich mein Baguette mit Marmelade und Käse belegte.

»Ich fand es schön, dass ihr bei mir wart.«, bemerkte Mila.

»Ich auch. Und wie geht es jetzt weiter?« *Mein Gott wieso fragst du das?*, hörte ich meine innere Stimme. *Iss dein Brötchen und schweig, was dieses Thema angeht.*

Sie schaute mich an. »Ich weiß es nicht.« Sie wusste es nicht? Okay. Ich hätte mir das alles sparen sollen. Ich merkte, wie mir das Gegessene wieder hochkommen wollte.

»Wann kommen wir wieder hierher, Dean?«, wollte Emma wissen und schmatzte vor sich hin.

»Du hast doch erst gestern die Prinzessinnen gesehen.«, antwortete ich ihr und strich ihr eine Strähne hinters Ohr.

»Ich meine, wann wir Mila wieder besuchen?« Ich wusste nicht, was ich darauf sagen sollte. *Bitte, iss einfach nur dein Croissant und stell nicht solche unangenehmen Fragen, Emma.*

»In drei Wochen kommt erst mal der Weihnachtsmann.«, sagte Mila.

»O ja.«, jubelte Emma vor sich hin.

»Was machst du an Weihnachten? Feierst du mit dem Schneckenfr…?« Ich stoppte meinen Satz. Mila schaute mich fragend an und runzelte die Stirn.

»Feierst du mit deinem Nachbarn von oben?«

»Warum mit dem?«

Ich zuckte die Schultern. »Warum sagte er mir vorhin, dass er mit dir geschlafen hat?« Ich musste mich zusammenreißen, dass ich nicht richtig ausrastete, aber erstens ging es nicht wegen Emma und zweitens musste ich Mila zeigen, dass ich mich gebessert hatte.

»Glaubst du ihm mehr als mir?«, fragte sie genervt. »Ich habe dir gesagt, was lief und was nicht.« Ich nahm einen Schluck von dem Orangensaft und sagte zu diesem Thema am besten gar nichts mehr. »Aber nein, ich werde an Weihnachten zu meinen Eltern fliegen. Und du?«

»Ich werde zu meinen Eltern fliegen.«, antwortete ich knapp.

Kapitel 26

Mila

Ich bekam einen Kloß im Hals, wenn ich nur daran dachte, dass sie heute schon wieder abreisen würden. Ich hasste Abschiede schon immer. Aber der von Dean war am schlimmsten. Dass er aber Leroy mehr glaubte als mir, kränkte mich.

»Wann sehen wir uns wieder?«, fragte ich vorsichtig. Er drehte die Marmelade zu.

»Ich weiß es nicht, Mila.«

Er wusste es nicht? Okay. Vielleicht hätten wir uns einfach küssen sollen, egal wo. Aber hätte das irgendetwas geändert?

Ja, ich hatte viel Zeit mit Leroy verbracht, wir hatten uns mehrmals geküsst und sind intim geworden, aber das alles war niemals mit Dean und mir zu vergleichen.
»War das eigentlich dein Freund an der Tür?«, fragte mich Emma.
Ich fing an zu lachen und schaute zu Dean, der todernst guckte. »Nein, er ist nicht mein Freund, Emma. Er ist nur ein Nachbar.«

»Nur ein Nachbar, mit dem man ins Bett springt.«, nuschelte Dean vor sich hin. Langsam reichte es mir.

»Wenn du es so genau wissen willst, es war auf der Arbeitsplatte.« Er schaute mich geschockt an. »Soll ich dir später den ganzen Ablauf schicken? Jetzt kann ich ihn ja schlecht erzählen.«, sagte ich und warf ein Blick zu Emma.

»Nein. Ich will es nicht wissen.«

»Gut, dann sind wir wieder da angelangt, wo wir aufgehört haben. Weißt du, Dean? Du bist verdammt unfair. Wenn du mit anderen Frauen irgendwas hattest, musste ich es einfach schlucken und es so hinnehmen. Und wenn ich mal was mache, machst du so ein Drama.«

Er beugte sich zu mir. »Mila, du hast recht. Es tut mir leid, dass ich gerade so reagiert habe.

Wow. Er gab mir recht. » Emma? Pack schon mal deine Barbies zusammen.«, sagte Dean mit ernster Stimme.

Ich stand auf und verschwand ins Bad. Meine Augen füllten sich mit Tränen. *Mila, reiß dich jetzt zusammen. Du kannst deinen Gefühlen freien Lauf lassen, wenn er weg ist. Atme tief ein und aus.* Ich richtete noch mal meinen Dutt.

Plötzlich klopfte es an der Tür. Ich öffnete sie einen Spaltbreit. Dean.

»Du kannst gleich.« Ich zog sie wieder zu. Sekunden später ging sie wieder auf. Er setzte sich auf den Badewannenrand.

»Wir werden uns jetzt langsam auf den Weg machen.«

Ich drehte mich zu ihm und lehnte mich gegen das Waschbecken. »Okay.«, murmelte ich und versuchte die ganze Zeit zu schlucken. Der Kloß in meinem Hals war schon so groß wie meine Lieblingsbadekugel.

»Wenn Leroy der Richtige für dich ist, dann soll es so sein. Ich wünsche dir nur Beste und möchte dir niemals im Weg stehen.«, fing er an und ich merkte, wie ich die Tränen nicht mehr zurückhalten konnte. Ich wischte sie weg.

»Warum weinst du denn jetzt?«

»Ich hasse Abschiede.«, erklärte ich, obwohl ich viel mehr zu sagen hatte.

»Na ja, dann …«, fing er an. »Pass auf dich auf.« Er streichelte mir über die Schulter und ging wieder ins Wohnzimmer. Ich atmete einmal tief ein und aus.

»Tschüss, Milaaaa.«, verabschiedete sich Emma von mir und sprang mir in die Arme.

»Mach's gut, kleine Maus. Es war schön, dass du hier warst.« Sie nickte freudig und rannte zur Haustür. Und dann kam der Moment, vor dem ich am liebsten wegrennen wollte. Wie sollte man dem Menschen Tschüss sagen, den man liebte? Ich wusste, es würde mich gleich in tausend Teile zerreißen.

»Danke für die schönen Stunden, die ich nach langer Zeit wieder hatte.«, sagte Dean leise und nahm mich in den Arm.

Ich kniff meine Augen zusammen, sodass mir die Tränen nicht gleich wieder die Wangen runterliefen. »Ich will nicht, dass du gehst.«, platzte es aus mir heraus. Hatte ich das laut gesagt? Ich war selbst erschrocken. Er ließ mich los und schaute mich verwundert an. Und mir lief eine Träne nach der anderen über die Wange. Er wischte sie mir weg, nahm mein Gesicht in die Hände und kam mir näher.

»Ich hoffe, du hasst mich jetzt nicht, aber ich muss das jetzt machen.«, sagte er mit rauer Stimme und ich spürte seine Lippen auf meinen.

Wir küssten uns. Endlich. Ich schmeckte das Salz meiner Tränen. Ich legte meine Hand in seinen Nacken und zog ihn noch dichter zu mir.

»Iiieeehh.«, rief Emma. Wir grinsten in den Kuss hinein und hörten auf.

»Irgendwann machst du das auch.«, bemerkte Dean und wir lachten. Sie schüttelte nur den Kopf. »Ich melde mich, wenn wir angekommen sind.« Wir gingen gemeinsam zur Tür.

»Mach das.« Er kam mir noch mal näher und küsste mich erneut.

»Mein Gott, wie sehr ich das vermisst habe.« Ich erwiderte den Kuss.

»Nicht nur du.« Emma winkte mir zu und lief mit ihrem Rucksack die Treppe runter. Oben ging die Tür auf.

»Und wehe, er fasst dich noch mal an.«, scherzte Dean. Ich musste mir das Lachen verkneifen. »Dann bin ich sofort wieder hier.«

»Okay. Er wird mich bestimmt morgen wieder in den Arm nehmen.«, sagte ich und hob eine Augenbraue.

»Bis zum nächsten Mal.« Er hob den Arm zum Abschied.

Ich lief schnell zum Fenster, um zu winken, aber sie waren schon um die Ecke, sodass ich sie nicht mehr sehen konnte. Ich setzte mich auf die Couch und ich fühlte mich leer. Plötzlich vibrierte mein Handy. Dean.

Ich liebe dich.

Mein Mund verzog sich zu einem Lächeln. Ich schrieb ihm zurück. *Ich liebe dich, Dean.*

Ich suchte Amalia in meinen Kontakten und rief sie an.

»Hallo.«, hörte ich sie verschlafen am Telefon. Ich schaute auf die Uhr. Fuck! Es war in Seattle ja noch Nacht. Manchmal hatte ich die Zeitverschiebung noch nicht drauf.

»Soorryyy.«, entschuldigt ich mich und wollte schnell wieder auflegen.

»Jetzt bin ich eh wach. Was ist los?«, fragte sie.

»Wer ist denn da?«, hörte ich eine männliche Stimme im Hintergrund. Ich kannte diese Stimme.

»Psst. Es ist Mila.« Ich bekam große Augen.

»Ist das Liam?«, fragte ich und lachte los.

»Vielleicht.«, sagte sie schüchtern.

»Amaaliaaaa.«, ermahnte ich sie und fing erneut an zu lachen.

»Dazu später mehr. Warum hast du angerufen?«

»Sie haben geknutscht.«, hörte ich Liam.

»Ehrlich? Na endlich.«, jubelte meine Freundin.

»Woher weißt du das?«, fragte sie ihn.

»Dean hat mir gerade geschrieben.«

»Ach ja, wie schön, dass du jetzt mit dem nervigen Kerl zusammen bist.«, scherze ich.

»Aber der nervige Kerl hat ordentlich was drauf. Und nicht nur auf dem Konto.«, hörte ich ihn und wir alle brachen in Gelächter aus.

»Na dann noch viel Spaß und gute Nacht.«

»Ich ruf dich später an.«, erklärte Amalia mir.

Ich nickte und legte auf. O Mann. Wieso musste sie ausgerechnet den Mann nehmen? Ich fasste mir an die Stirn und konnte das alles nicht glauben.

Plötzlich klingelte es. Ich ging zur Tür und öffnete sie.

»Ich gehe in die Stadt. Magst du mit?«, fragte Leroy, während er lässig an meinem Türrahmen stand.

»Ich bin müde.«, log ich ihn an.

»Müde?«, fragte er und schaute mich fragend an. »Es ist gerade mal Mittag. Oder hat es dir dein Obermacker verboten?«

Ich verdrehte genervt die Augen, schnappte mir meinen Mantel, hüpfte in meine Stiefel und ging an ihm vorbei. »Komm, du Nervensäge.«

»Das ging aber schnell.«, bemerkte er und lief mir wie ein kleiner Hund hinterher. »Was wollte er eigentlich hier?« Ich blieb abrupt stehen.

»Willst du mich jetzt die ganze Zeit ausfragen?«

»Beruhige dich, Schwester. Nein, ich habe nur mal so gefragt.«

»Okay.«, antwortete ich knapp.

»Und? Sagst du es mir trotzdem?« Ich fing an zu lachen und boxte ihn gegen den Oberarm. Er zog mich plötzlich zu sich und wollte mich küssen. Ich stieß ihn weg.

»Nicht.«

Er schaute mich fragend an. »Sorry. Ich dachte nur …«

»Wieso hast du ihm eigentlich gesagt, dass wir Sex hatten?«, wollte ich von ihm wissen. Er fing an zu lachen.

»Hat er dir das erzählt?« Ich stemmte die Arme in die Hüften. »Es hat Spaß gemacht, ihn auf die Palme zu bringen.«

Überraschend vibrierte mein Handy. Eine Nachricht von Dean.

Ich muss die ganze Zeit an den Kuss denken. Am liebsten würde ich die Zeit zurückdrehen. Ich vermisse dich jetzt schon. :-(

Mein Herz machte Luftsprünge. Ich schrieb ihm sofort zurück, dass ich genauso empfand. Ich bemerkte Leroys Blicke im Augenwinkel, wie er mitlas.

»Aha, aha, an den Kuss denken. Wieso erzählst du es mir nicht?« Ich zuckte mit den Schultern. »Mila, wenn du noch Gefühle für ihn hast, dann musst du es doch nicht verheimlichen.« Ich nickte, ließ es aber unkommentiert. »Ich finde den Kerl zwar mehr als unfreundlich, aber ich muss mit ihm ja nicht auskommen.«

Ich fing an zu lachen. »Er mag dich auch nicht. « Er grinste mich an.

»War nicht zu übersehen. «

Wir verbrachten den Tag zusammen und ich hatte, warum auch immer, ein schlechtes Gewissen. Ich kaufte schon Weihnachtsgeschenke ein, für meine Mom ein Parfüm und für mein Dad ein personalisiertes Whiskeyglas. Es war Abend geworden und ich packte die gekauften Sachen schön in Geschenkpapier ein.

»Ich wünsche Ihnen wundervolle Weihnachtstage mit Ihren Liebsten. Passen Sie auf sich auf.«, sagte Mrs Petit, die in meinem Büro stand und sich von mir verabschiedete.

Ich nickte freudig. »Danke schön, dass wünsche ich Ihnen ebenfalls.« Sie bedankte sich, knöpfte ihren Mantel zu und verschwand aus der Bank.
Ich packte meine restlichen Sachen zusammen und machte mich zügig auf den Weg nach Hause. Heute Abend ging es zu meinen Eltern. Ich freute mich schon wahnsinnig auf sie. Ich hätte auch sehr gern mit Dean die Tage verbracht, aber er war ja selbst bei seinen Eltern. Wir schrieben uns jeden Tag, aber durch die Zeitverschiebung war es schwierig. Ich hasste Fernbeziehung, dass stand schon mal fest. *Ist es das überhaupt? Eine Fernbeziehung?*, hörte ich meine innere Stimme.

In meiner Wohnung angekommen, kramte ich meinen Koffer aus dem Schrank, schmiss ihn auf mein Bett und packte meine Sachen. Auf einmal klingelte es an der Tür. Ich eilte hin. Wer konnte es auch sonst sein außer Leroy?
»Schönen guten Tag.«, begrüßte ich ihn und winkte ihn zu mir rein.
»Na, du Schönheit.«, scherzte er. »Du packst deinen Koffer? Wo fährst du hin? Zu deinem Kerl?«
Ich schlug ihm vorsichtig gegen die Stirn. »So hörst du mir also zu? Ich fliege über Weihnachten zu meinen Eltern.«
Er verschränkte die Arme. »Ich dachte, wir verbringen Weihnachten zusammen.«, sagte er enttäuscht. Meinte er das ernst? Jetzt tat er mir irgendwie leid? Aber wieso feierte er nicht mit seiner Familie? Plötzlich fing er an zu lachen.

»War ein Joke, Mann. Ich weiß doch, dass du dahinfliegst.« Ich verdrehte die Augen und ging wieder ins Schlafzimmer um weiterzupacken. Er schmiss sich auf mein Bett.
»Schenkst du deinem Freund nichts?« Und er betonte *Freund* extra merkwürdig. Fuck, ich hatte wirklich nichts für Dean gekauft, was ich ihm zuschicken könnte.

»Er ist nicht mein Freund.« Leroy hob eine Augenbraue.

»Nicht?«

Ich ließ mich auf die Matratze fallen und starrte an die Decke. »Vielleicht auch doch?«, fragte ich mich selbst.

Er stützte sich mit den Ellbogen ab und schaute mich an. »Was denn nun? Habt ihr nicht miteinander geredet?« Er fuhr sich durch die Haare.

Ich schüttelte den Kopf. »Er hat mich nur zum Abschied geküsst.«, erklärte ich ihm und fing an zu grübeln.

»Na ja, dass man jemanden zum Abschied küsst, heißt ja nicht wirklich was. Ich habe dich ja auch vor paar Tagen zum Abschied …«

Ich stoppte ihn mit meiner Hand auf seinem Mund. »Psst.« Er hielt meine Hand fest.

»Du bist schon toll, Mila.«

Ich zog sie vorsichtig weg. »Ich muss jetzt weiterpacken.«, sagte ich und begab mich wieder zu meinem Koffer.

»Das kannst du an Heiligabend aufmachen.«, sagte Leroy und legte mir ein kleines rotes Päckchen mit einer goldenen Schleife auf meinen Koffer. Ich schaute ihn fragend an.

»Was ist das? Warum?«

Er fing an zu lachen. »Äh … weil Weihnachten ist?«, sagte er ironisch.

»Das geht nicht. Ich habe nichts für dich.« Ich drückte ihm das Geschenk wieder in die Hände. Er nahm es entgegen und legte es wieder in den Koffer.

»Ich hoffe, du freust dich. Wunderschöne Weihnachten wünsche ich dir bei deiner Familie.« Ich drückte ihn fest.

»Dankeschön, Leroy. Das wünsche ich dir auch.« Er gab mir einen Kuss auf die Stirn.

»Wäre es denn nicht mal Zeit, die Nummern auszutauschen?«, fragte er. »Nachdem wir so viel Zeit miteinander verbrachten haben.« Ich fing an zu grinsen, nahm mein Handy in die Hand und speicherte seine ein.

Kapitel 27

Dean

»Und was genau hast du jetzt vor?«, fragte mich Liam, während ich bei meinem besten Freund auf der Couch saß und Fifa zockten.
»Ich werde zu ihren Eltern fliegen und sie dort überraschen.«
»Seid ihr jetzt zusammen?«
Ich zuckte mit den Schultern. »Nein, ich glaube nicht so richtig.«
»Wie nicht so richtig?«
Ich wusste selbst nicht, was das jetzt war. Klar, wir beide hatten uns zum Abschied geküsst, wir schrieben auch sehr oft, aber es war schwieriger, als sie nur zehn Minuten von mir weggewohnt hatte.

»Ich weiß halt nicht, was sie jetzt macht. Vielleicht chillt sie ja mit dem Spacken ab und ich bin hier und kriege es nicht mal mit.« Schon wieder kam meine Eifersucht raus.
Liam drehte sich zu mir. »Bruder, das nennt man *Vertrauen*. Wenn du das nicht kannst, macht das keinen Sinn.« Was wollte er denn jetzt von mir?
»Ey, seitdem du mit Amalia zusammen bist, kommt nur noch so was von dir.«, sagte ich genervt und beendete das Spiel.
»Alter, ich hätte das Spiel gewonnen.« Ich zeigte auf den Fernseher.
»10:1 für mich, ja, wahrscheinlich.«, bemerkte ich.
»Wie sah denn der Kerl aus?«
»Natürlich gut. Alle fuck Typen in ihrer Gegenwart sind keine hässlichen.«, sagte ich verärgert.
Plötzlich klingelte es an der Tür. »Oh, wahrscheinlich meine Süße.«, sagte Liam und schon war er weg.
»Hey, meine süße Maus, habe dich schon vermisst.«, hörte ich ihn sagen und konnte mir das Lachen nicht verkneifen.
Wahnsinn, wie der Kerl geworden war. Vor ein paar Wochen lag gefühlt jeden Tag eine andere Frau in seinem Bett, seiner Couch, wo auch immer und jetzt gab es nur noch sie. Auch noch die beste Freundin von Mila.
»Oh, hey. Ich wusste gar nicht, dass du hier bist.«, begrüßte sie mich und zog sich ihren Schal aus. Ich lächelte sie an.
»Hi. Ich lass euch dann auch mal allein.«, erklärte ich und wollte gerade aufstehen.

»Ach Quatsch. Bleib doch noch.«

»Du fliegst bald nach New York? Ich möchte auch so gern an Weihnachten dorthin.«, erzählte Amalia mir. Ob ich ihr die Wahrheit erzählen konnte und sie dichthielt? Ich schüttelte den Kopf.

»Nicht ganz. Ich fliege nach Denver.« Sie schaute mich fragend an, aber dann fiel es ihr wie Schuppen von den Augen.

»Du fährst zu Mila?« Ich grinste sie an. »Wieso hat sie es mir nicht erzählt?«, fragte sie geschockt und strich sich eine Strähne hinters Ohr.

»Es soll eine Überraschung werden, Schatz.«, erklärte Liam. Sie klatschte in die Hände.

»Sie wird ausflippen vor Freude.«

»Darf ich dich was fragen?«

Sie lehnte sich zurück und schlug die Beine übereinander.

»Schieß los.«

»Hat sie bei dir mal von einem Leroy geschwärmt?« Ich könnte mich selbst dafür ohrfeigen, dass ich das überhaupt fragte. Amalia schmunzelte vor sich hin.

»Klar sie hat von ihm einiges erzählt, aber glaub mir, sie will dich und keinen anderen.«

»Bruder, am besten lässt du dir diesen Satz tätowieren.«, scherzte Liam und ich schmiss ihm ein Kissen direkt ins Gesicht.

»Okay, okay. Hat sie auch von mir geredet, nachdem ich wieder geflogen bin?«

»Gelegentlich.«, war ihre Antwort. Ich fing an zu grübeln. »Dean, sie redet ständig von dir. Egal, wo sie ist. Ob sie jetzt in Paris wohnt oder als sie noch hier war. Selbst als du Vater werden solltest, hat sie öfter deinen Namen in Mund genommen. Wovor hast du denn bitte immer diese Angst? Dass du sie verlierst? Bau keine Scheiße, dann wirst du es nicht. Und Mila würde sich nicht mit einem anderen Kerl auf irgendwas einlassen.« Ich hob eine Augenbraue. »Mann, der Kuss mit Jason ging doch von ihm aus. Und Matt? Ja, da weiß ich auch nicht, was sie geritten hat, er war aber auch echt hot.«

»Hey!«, mischte sich Liam ein und Amalia lachte.

»Und mit Leroy, da ist nichts. Am Anfang war er sogar total unfreundlich zu ihr.«

»Davon war leider nichts mehr zu sehen.«, erklärte ich ihr.

»Dann freu dich doch für sie, dass sie einen netten Nachbarn hat.« Ich hob meine Arme, als hätte ich irgendetwas verbrochen.

»Okay, okay. Ich habe es verstanden. Ich muss ihr einfach vertrauen.« Sie nickte und damit war das Thema gegessen.

Am Abend packte ich die Geschenke ein, die ich für sie gekauft hatte. Ein weißgoldenes Armband mit kleinen Diamanten daran. Ihre Kette, die sie mir damals zurückgegeben hatte, lag immer noch auf meinem Nachtschränkchen. Für ihre Mom habe ich Pralinen gekauft. Valrhona Schokolade mit hochwertigem Trüffelöl und Sahne. Und für ihren Dad hatte ich eine Flasche Ron Zacapa besorgt.

Ich hoffte, sie würde es mögen. Unerwartet vibrierte mein Handy. Eine Nachricht von Mila. Mittlerweile spürte ich immer eine leichte Angst, wenn sie mir schrieb, dass sie sich das mit mir wegen der Entfernung doch nicht mehr vorstellen könnte. Wie sollte es denn in der Zukunft werden? Ich wollte auf keinen Fall eine Fernbeziehung, da würde ich durchdrehen. Meine zukünftige Freundin, und das sollte Mila sein, sollte jeden gottverdammten Abend neben mir einschlafen.

Hey du,
ich bin gerade aufgestanden und du gehst wahrscheinlich schlafen oder bist schon am Schlafen?! Ich werde gleich zum Flughafen fahren und dann zu meinen Eltern fliegen. Ich wünschte, wir beide würden zusammen Weihnachten verbringen. Nächstes Jahr vielleicht?

Ich hoffe, wir sehen uns bald wieder. Ich vermisse dich.

Deine Mila

Ach ja, wenn du nur wüsstest, dass wir uns in wenigen Stunden sehen. Und diesmal ohne eine kleine Emma, die immer in den ungünstigen Zeitpunkten dazwischenfunkt, ging es mir durch den Kopf. Ich schrieb ihr zurück, dass ich sie auch vermisste und ich ihr wundervolle Festtage mit ihren Eltern wünschte. O Gott, wahrscheinlich wussten ihre Eltern auch von Sofia Bescheid. *Okay, dieses Mal wird ihr Dad mich dann höchstwahrscheinlich umlegen*, dachte ich und machte mich bettfertig.

Ich buchte mir noch schnell ein Zimmer und kuschelte mich in mein Bett. Morgen sah ich sie endlich wieder.

Am nächsten Morgen war ich schon vor dem Wecker wach. Ich wälzte mich in meinem Bett von rechts nach links, bevor ich aufstand. Als ich unter der Dusche stand und mich einseifte, machte ich mir Gedanken darüber, dass sie sich vielleicht doch nicht freuen würde, mich bei ihren Eltern zu sehen. Vielleicht traf sie sich auch wieder mit ihrem Ex?

Eine Stunde später war ich auf dem Weg zum Flughafen. Ich war noch nie so nervös vor einem Flug gewesen. Plötzlich klingelte mein Handy. Riley.

»Hey.«, begrüßte ich sie.

»Na du. Was machst du? Können wir uns treffen?«, fragte sie. Ich runzelte die Stirn.

»Ich bin auf dem Weg zum Flughafen, ich fliege gleich nach Denver. Zu Mila. Was ist denn los?«, fragte ich besorgt. Sie fragte sonst nie so direkt, ob wir uns treffen könnten.

»Oh, okay. Das wusste ich gar nicht. Es geht um John.«

»Was ist mit dem?«, wollte ich wissen.

»Ach, er will sich wieder mit mir treffen und ich weiß nicht, was ich machen soll.«

»Hör auf dein Bauchgefühl.«, riet ich ihr. Was sollte ich ihr denn sagen? Der Typ war der größte Lappen und sie hatte einen anderen verdient, aber ich wusste, dass sie ihn toll fand.

»Hm, ja. Ich wünsche dir auf jeden Fall viel Spaß bei Mila, grüß sie ganz lieb und schöne Weihnachten, mein Lieber.«

Ein Grinsen trat auf meine Lippen. »Danke schön Maus, das wünsche ich dir ebenfalls.«

Nachdem ich endlich in Denver gelandet war, fuhr ich mit dem Taxi zu ihren Eltern. Gefühlt jedes Haus der Straße war von oben bis unten geschmückt, von bunt bis einfarbig. Es war mittlerweile dunkel und alles leuchtete. Man hätte sich die Straßenlaternen sparen können. Von weitem sah ich schon Milas Elternhaus, mein Herz flog mir fast raus. Beim ersten Mal war ich ja schon nervös gewesen, aber das war nichts im Gegensatz zu jetzt.

»Sie können mich hier rauslassen.«, sagte ich dem Taxifahrer und hielt ihn an der Schulter fest.

»Sicher? Es sind aber noch vierhundert Meter.« Er zeigte auf seinen Monitor. Ich grinste ihn an.

»Ja. Alles gut. Ich gehe das letzte Stück.« Er fuhr rechts an.

»Hier. Passt. Schöne Weihnachten.«, sagte ich und drückte ihm ein großzügiges Trinkgeld in die Hand. Er bedankte sich und ich stieg aus.

Es lag reichlich Schnee auf den Gehwegen, sodass ich es jetzt schon bereute, hier ausgestiegen zu sein. Außerdem war es ziemlich glatt, sodass ich aufpassen musste, dass ich nicht gleich auf meinem Arsch lag.

Sollte ich sie anrufen? Als ich immer noch tausend Gedanken in meinem Kopf hatte, stand ich schon vor dem Haus. Wow! Es sah traumhaft aus. Überall waren Lichterketten zu sehen, ein großes Schild über der Garage mit dem Schriftzug *Merry Christmas*. Ich war immer noch so beeindruckt von dem Anblick, dass ich nicht bemerkte, wie jemand neben mich trat. »Sieht schön aus, oder?« Ich zuckte zusammen und schaute nach rechts. Es war Matthew. Milas Dad. Wo kam er her? Okay, er hatte eine kleine Tüte in der Hand. Ich nickte und schaute wieder Richtung Haus in der Hoffnung, er würde mich nicht erkennen.
»Dean?«, fragte er und fing an zu grinsen.

Ich lächelte zurück. »Hey, sieht wirklich klasse aus euer Haus.«, betonte ich, als ob ich nur wegen des Hauses hier wäre. Er bedankte sich.

»Mila hat gar nicht erzählt, dass du auch kommst.«

Ich schüttelte den Kopf. »Es soll eine Überraschung sein.«

Er klopfte mir auf die Schulter. »Dann wird sie sich aber gleich freuen. Sie hat schon von dir geschwärmt.«

Ich konnte meine Erleichterung nicht verbergen. »Es tut mir leid, was ich deiner Tochter alles angetan habe.«

»Dean. Ich war damals nicht anders. Und ich glaube, dass du schon ein Netter bist, sonst würde meine Tochter nicht immer noch an dir hängen.« Ich nickte nur, ohne etwas zu sagen. »Lass uns reingehen. Es ist arschkalt.«

Als wir durch das Tor gingen, drehte er sich zu mir um. »Willst du dich unter dem Weihnachtsbaum verstecken?«, scherzte er. Ich fing an zu lachen.

»Sag ihr einfach, vor der Tür wartet jemand auf sie. Okay?«

Er schloss die Tür auf. »Okay. Machen wir so.«, sagte er und verschwand im Haus. Ich war erleichtert, dass ihr Vater mich noch mochte, und dass sie sogar bei ihren Eltern von mir schwärmte. Ich wartete und wartete.

Kapitel 28

Mila

»Mila? Da möchte dich jemand sprechen vor der Tür.«, meinte mein Dad, der mit der Einkaufstüte in die Küche kam. Ich runzelte die Stirn.

»Wer ist denn da?«, wollte ich von ihm wissen.

Er zuckte die Schultern und packte das Eis für den Nachtisch ins Gefrierfach.

»Ich habe niemandem Bescheid gesagt, dass du herkommst.«, mischte sich meine Mom gleich ein.

Ich ging zur Haustür. Ich öffnete sie und ich traute meinen Augen nicht. Er stand vor mir. Dean. Er war in Denver.

Ich sprang voller Freude in seine Arme und kreischte los, wie ein kleines Kind, das gerade Süßigkeiten bekam. Er schaute mich an.

»Die Überraschung ist, wie es aussieht, gelungen.«, bemerkte er leise und ein Lächeln trat auf seine Lippen. Ich umfasste seinen Kopf und küsste ihn.

»Oh, ja. Und wie!«, flüsterte ich. Er setzte mich wieder auf den Boden und zog mich erneut zu sich, um mich zu küssen. Ach Gott, wie sehr ich ihn vermisst hatte.

»Komm rein.«, sagte ich und drückte die Haustür auf, die ich wegen der Kälte zugezogen hatte.

»Aber ich bleibe nur kurz. Ich wollte dich nicht mit deinen Eltern stören. Wollte dir nur mitteilen, dass ich in deiner Stadt bin.«

Ich schaute ihn fragend an. »Quatsch. Feier mit uns Weihnachten.«

Am Abend gab es Truthahn mit einer köstlichen Apfel-Maronen-Zwiebel-Füllung und saftigen Cranberries, dazu noch einen leckeren Kartoffelbrei mit gerösteten Zwiebeln und Knoblauch. Und was nicht fehlen durfte, war das Ofengemüse. Wir aßen alle und bewunderten den Weihnachtsbaum, den ich mit meinen Eltern am Morgen geschmückt hatte.

»Du musst nicht ins Hotel.«, erklärte meine Mom, während sie sich die Gabel mit dem Kartoffelbrei in den Mund schob. Mein Blick ging zu Dean. Er winkte ab.

»Es ist hier gleich um die Ecke.«, meinte er und grinste in die Runde. Er war hier. Ich konnte es immer noch nicht glauben.

»Wir werden nach dem Abendessen wieder unseren Spaziergang durch die Nachbarschaft machen. Ich nehme mal an …«, fing mein Dad an.

»Ihr könnt dieses Mal gern allein gehen.«, sagte ich und fing an zu schmunzeln. Dean musste sich auch das Lachen verkneifen. Er dachte wahrscheinlich exakt das gleiche wie ich, dass wir uns endlich näherkommen würden.

»Willst du dann bei mir schlafen im Hotel?«, flüsterte er mir leise zu und streichelte mir über den Oberschenkel. Ich nickte ihm zu und lächelte ihn an.

Nachdem wir den Tisch abgeräumt hatten, lief ich schnell in mein Zimmer und packte ein paar Sachen ein.

»Aber wenn du lieber bei deinen Eltern sein möchtest, dann bin ich dir auch nicht böse.«, sagte er leise, während er meine Tür hinter sich schloss. Ich schaute zu ihm auf und öffnete meinen Koffer.

»Nein. Ich will nichts lieber, als bei dir zu sein.«

Er grinste mich an und warf ein Blick auf den aufgeklappten Koffer. »Oh, ein Geschenk. Für mich?«, fragte er und setzte sich auf mein Bett. Ich wusste genau, was er meinte. Das Geschenk von Leroy für mich. Fuck! Wieso hatte ich diese verdammte Schachtel nicht zu Hause gelassen?

»Oh, nein. Das ist für mich. Von Leroy.«, erklärte ich und merkte, wie mir die Röte ins Gesicht stieg.
»Oh. Magst du es nicht auspacken?«, fragte er mit ernster Stimme. »Wieso schenkt dir der Kerl überhaupt etwas?«
Ok. Er war genervt. Sehr sogar. Ich zuckte mit den Schultern und warf ihm die Schachtel zu.
»Mach es auf. Dann siehst du es.«, sagte ich genauso genervt und verschwand kurz ins Bad, um weiter zu packen. Als ich wieder ins Zimmer kam, lag die Schachtel ungeöffnet im Koffer. Ich runzelte die Stirn.
»Mila. Es ist dein Geschenk. Also öffne ich es nicht.«
Wow. Damit hätte ich im Leben nicht gerechnet. Ich kniete mich vor den Koffer und machte die Schachtel auf. Ein silberner Eiffelturm als Schlüsselanhänger. Ich musste lächeln, er wusste wie sehr ich den Eiffelturm liebte. Ich schaute zu Dean, der schon die Augen verdrehte.
»Klasse. Das ist ja ein super Weihnachtsgeschenk.«, sagte er und zog es ins Lächerliche.

Eine Stunde später waren wir im Hotelzimmer angekommen. Oder sollte ich besser Wohnung sagen? Es war unglaublich riesig. Diese Suite hatte einen separaten Wohnbereich mit einer Bar, einem Kamin und einem Billardtisch. Überall waren bodentiefe Fenster, was ich mochte.
»Es ist wunderschön.«, stellte ich fest.

»Das könntest du auch mal zu mir sagen.«, ertönt eine raue tiefe Stimme von hinten. Ich hörte aber nicht auf ihn, sondern ging zum Schrank, um meinen Mantel aufzuhängen und meine Stiefel abzustellen. Dean setzte sich auf das Sofa und ich folgte ihm. Da es in dem Zimmer viel zu warm war, zog ich mein Pullover aus. Kaum hatte ich ihn über den Kopf gezogen, blickte ich in Deans Augen. Sie waren voller Begierde und etwas dunkler geworden.

»Für einen kurzen Moment dachte ich, du ziehst dich jetzt nach und nach aus.«, sagte er hoffnungsvoll. Ich fing an zu lachen. Und er zwang mich dazu, mich auf die Couch zu lehnen und platzierte seine beiden Arme rechts und links neben meinem Kopf. Ich konnte seinen Atem deutlich auf meinem Hals spüren.

»Dass du mich so verrückt machst.«, flüsterte ich mit geschlossenen Augen, während er meinen Hals erkundete.

»Tu ich das?«, fragte er.

»Ja.«, hauche ich leise und kurz darauf spürte ich sein raues Lachen auf meinem Hals. Er umfasste mit beiden Händen meinen Hintern und hob mich auf seine Hüften, weshalb ich meine Beine um sein Becken schlang. Er trug mich in den Schlafbereich. Ich löste mich von seinen Lippen, packte den Saum meines Shirts und streifte es mir über den Kopf. Nachdem ich es auf den Boden geworfen hatte, küsste ich wieder gierig Deans Lippen. Er legte mich auf das Bett und löste sich kurz von mir.

Dann streifte auch er sich sein Shirt ab und warf es auf den Boden. Ich betrachtete seinen Oberkörper, während er mir meine Jeans von den Beinen zog.

»Warte einen Moment.«, bat Dean mit rauer Stimme, küsste mich noch einmal auf den Mund und verließ das Bett. Seufzend ließ ich mich ins kühle Laken sinken und spürte mein Herz rasen. Ich lag einfach nur da und wartete auf meinen Freund. War er jetzt mein Freund? Ich hatte keine Ahnung.

Wenig später kam er nur in Boxershorts und mit seinem Handy in der Hand zurück. Fragend zog ich beide Augenbrauen hoch. Er grinste über meinen Gesichtsausdruck.

»Weißt du, was mal richtig schön wäre?« Er zwinkerte mir zu.

Ich überlegte. »Mit zwei Frauen in einem Bett?«

Er lachte.

»Kein Plan. Sag's mir.«, forderte ich neugierig. Ich trug bis auf meinen Slip kein Stückchen Stoff am Körper, was mir klar wurde, als ich Deans Erregung deutlich durch den Stoff seiner Hose sehen konnte. Ich musste schmunzeln.

»Musik. Gute Musik.« Ich holte aus und warf ihm ein Kissen gegen den Kopf.

»Bin ich dir nicht gut genug?«

»Ach, sei leise.«, erwiderte er und verband sein Handy mit der Musikanlage der Suite. »Ich werde dich immer noch gut hören, Baby.«

Mir wurde heiß. Wie ich es liebte. Diese Verlegenheit. Wenige Sekunden später ertönte der erste Ton des Liedes.

»Lehn dich zurück. Wir probieren was Neues aus.«

Ich schaute ihn fragend an. »Ich will nicht geschlagen, gefesselt oder sonst was werden.«, sagte ich geschockt.

»Nicht ein Mal?«

»Äh, nein?«

»Okay. Hatte ich auch nicht vor.« Er lächelte mich an. »Und jetzt lehn dich zurück.«

Vorsichtig und immer noch misstrauisch ließ ich mich auf das Bett zurücksinken und lehnte mich gegen die Wand. »Mach deine Augen zu.«

»Bitte?«

»Vertrau mir, Mila.«

Tja, Vertrauen war so eine Sache, aber ich tat es und schloss meine Augen. Dean band mir eine Augenbinde um. Wo hatte er die denn her?

Und dann begann der Song. Ich sah nichts, ich hörte und spürte nur. Ich hatte vor, die Augenbinde wieder abzunehmen, weil ich mir doof vorkam, doch Dean hielt mich zurück. Na gut, was Schlimmes würde er schon nicht anrichten. Zuerst waren da seine Hände. Ich wusste nicht, wie mir geschah, als er sie auf meine Brüste legte und meine Brustwarzen mit seinen sanften Fingern umkreisten, sodass sie sich innerhalb weniger Sekunden aufrichteten. Seine Zunge spielte mal mit der einen, mal mit der anderen Knospe und dann biss er leicht zu.

Nichts zu sehen, erregte mich. Ich wusste nicht, was als Nächstes passierte. Ich merkte nur, wie heiß mir wurde.

»O Gott.«, nuschelte ich und streckte den Rücken durch. Seine Finger fuhren von meinen Brüsten über die Hüfte, bis zu meinen zusammengepressten Oberschenkeln. Er schob sie mit einer Bewegung auseinander, ich stöhnte kurz auf, als ich seine Finger in meinem Slip bemerkte.

»O Baby.«, hörte ich ihn leise sagen, während er sanft über meinen empfindlichsten Punkt streichelte. »So feucht warst du ja noch nie.«

»Das sagst du immer.«, zischte ich und warf den Kopf in den Nacken, als er mit zwei Fingern in mich eindrang. Ich konnte nicht mehr klar denken.

»Ich will dich endlich spüren.«, wisperte er an meinem Ohr. Die Bewegung seiner Finger wurden schneller und ich konnte mich nicht länger zurückhalten und kam mit einem lauten Aufschrei.

»Das ging aber dieses Mal schnell.«, murmelte er und gab mir einen Kuss auf meinen Hals.

»Hör auf damit. Schlaf endlich mit mir.«

Er beugte sich zu mir. »Ich dachte immer, ein gutes Vorspiel ist das, was ihr Frauen wollt?«

»Ich finde.«, hauchte ich in sein Ohr, »dass das Vorspiel gut genug war.«

»Ach, ist das so?«, sagte er und ließ mich ein zweites Mal kommen.

Meine Mitte pulsierte und zog sich um seine Finger herum zusammen. Ich warf den Kopf zurück und schnappte gierig nach Luft. Mein Herz schlug so schnell, dass ich das Gefühl hatte, es würde jeden Moment aus der Brust springen. Ein paar Sekunden später spürte ich Deans warme, große Hände auf meinen Hüften. Vorsichtig dreht er mich um, sodass ich bäuchlings lag und er meinen Hintern direkt vor sich hatte. Ich sah weiterhin nichts, stattdessen konzentrierte ich mich darauf, mir sein Gesicht, seinen Körper, seine Lust in meinen Gedanken vorzustellen. Und das war sehr erregend.

Ich hörte das Reißen einer Kondomverpackung und biss mir auf die Lippe. Und dann drang er von hinten in mich ein und stöhnte erfüllt auf. Ich tat es ihm nach und seufzte zufrieden. Das war so gut. Er war so gut. Wie sehr ich das vermisste hatte.

Wenige Minuten später lagen wir nebeneinander im Bett und er kraulte meine Haare.

»Willst du jetzt dein Geschenk haben?«

Ich schaute auf die Uhr, es war nach zwölf Uhr, also der 25. Dezember. »Ich habe aber nichts für dich.«, sagte ich verlegen. Er beugte sich zu mir herunter. »Ich will nicht viel. Nur dich, Mila.« Ich lächelte ihn an und gab ihm einen Kuss. Er sprang aus dem Bett, kramte in seinem Rucksack herum und holte eine kleine Box heraus. »Frohe Weihnachten Baby!« Er übergab mir ein Geschenk. Ich setzte mich auf und öffnete es.

Ich holte ein weißgoldenes Armband heraus und betrachtete es.

»O Gott. Wie schön ist das denn bitte?« Ich hielt es hoch ins Licht. »Wie es funkelt. Danke schön!«

Er grinste zufrieden. »Bitte schön.« Er legte mir das Armband ums Handgelenk.

Kapitel 29

(6 Monate später)

Ich ließ mich auf meinen Stuhl fallen und grinste aus meinem Bürofenster in Seattle. Ja, ich hatte Paris wieder den Rücken gekehrt. Ich war zwar zufrieden mit der Arbeit und hatte auch einen lieben Menschen kennengelernt, Leroy. Aber ich wollte keine Fernbeziehung haben. Leroy war sehr traurig gewesen, als ich es ihm gesagt hatte, aber er konnte es verstehen und er würde mich gern in Seattle besuchen kommen. Gut, das sollte er vielleicht besser sein lassen, schoss es mir durch den Kopf. Seit ein paar Tagen wohnte ich mit Dean zusammen in unserer ersten gemeinsamen Wohnung.
Plötzlich klopfte es an der Tür. Amalia. Ach wie sehr hatte ich das vermisst. Ich winkte sie zu mir rein.

»Guten Morgen. Na, wie fühlt es sich an, wieder in deinem alten Büro zu sein?«

Ich grinste über beide Ohren. »So schön.«

Sie nahm Platz und kreuzte ihre Beine übereinander. »Mila, schau mal.«, sagte sie und hielt ihre Hand nach oben. Einen Ring an ihrem Finger. Ich bekam große Augen und sprang sofort auf.

»Liam hat dir einen Antrag gemacht?«, quiekte ich los und klatschte in die Hände. Sie lächelte mich an, schüttelte aber den Kopf.

»Nein. Es ist ein Freundschaftsring.« Ich runzelte die Stirn.

»Ähm, okay.« *Gratuliert man da auch?*, fragte ich mich.

»Außerdem ist ja wohl erst mal jemand anderes dran, oder?« Sie hob ihre Augenbrauen.

Ich lehnte mich zurück und zuckte die Schultern. »Mal sehen wann einer von Dean kommt. Er meinte ja, er wird ihn nicht romantisch machen.«

»Wärst du dann enttäuscht?«

Ich schüttelte den Kopf. »Nein.« Sie durchbohrte mich mit ihrem Blick. »Okay. Vielleicht ein bisschen. Bisschen dolle. Okay, ja, ich wäre es.« Wir fingen beide an zu lachen. »Er wollte mich heute von der Arbeit abholen. Wir machen einen Ausflug, um mal etwas Abstand von dem ganzen Umzugsstress zu haben.«

»Oh, wie schön. Was macht ihr?« Ich warf ihr einen Blick zu, der so viel sagte wie, ich hatte wie immer keinen Plan, wo er mit mir hinwollte.

Endlich war Feierabend und ich sah meinen Freund schon am Eingang der Bank warten.
»Hi, Baby.«, begrüßte er mich und gab mir einen Kuss. Ich schmunzelte in den Kuss hinein.
»Wo geht es jetzt hin?«, fragte ich ungeduldig, als wir im Auto saßen. Er streichelte mir über mein Bein.
»Siehst du gleich.«, sagte er und schaute auf die Fahrbahn, und ich sah, wie er grinsen musste.
»Geht es wieder nach oben?« Er zeigte keine Reaktion. »Dean. Mir ist heute schon den ganzen Tag schlecht. Ich kann nirgends hoch.«
Er blickte zu mir rüber. »Hast du was Falsches gegessen?«, fragte er besorgt.
Ich schüttelte den Kopf. »Geht es denn nach oben?«, fragte ich erneut.
Er nahm meine Hand und drückte sie fest. »Möglich.«
Ich verdrehte die Augen. »Wieso bist du eigentlich kein Pilot geworden, wenn du so die Höhe magst?«, scherzte ich.
Er lachte. »Na dann hättest du nicht viel von mir, weil ich nur unterwegs wäre.« Stimmt. Ich ließ mich einfach überraschen. Er würde es mir sowieso nicht verraten, also lehnte ich mich zurück und genoss die Autofahrt.

Nach gefühlt fünf Stunden Fahrt waren wir endlich da. Wir waren im Küstengebiet. Und jetzt machte es auch bei mir Klick. Er wollte mit mir auf das größte Riesenrad der USA.

»Na weißt du es jetzt?«, fragte er vorsichtig und kam mir näher.

»Ich denke schon.« Ich zeigte mit meinem Zeigefinger in Richtung des Riesenrades. Er nickte.

»Oder wollen wir es lieber lassen, wenn es dir jetzt schon nicht so gutgeht?« Ich überlegte und mein Magen grummelte. Er strich mir eine Strähne hinters Ohr. »Wir müssen wirklich nicht Baby.«

»Hast du denn schon Tickets gekauft?«

»Mach dir darüber keine Gedanken. Lass uns erst mal hingehen.«, schlug er vor und wir gingen los.

Je näher ich dem Ganzen kam, umso mehr flippte mein Herz förmlich aus. Herrgott, war das wieder hoch.

»Dreiundfünfzig Meter.«, hörte ich ihn sagen. Ich schaute ihn mit großen Augen an. »Baby, du warst schon auf höheren Attraktionen. Space Needle, Eiffelturm.« Er hatte recht.

Keine fünfzehn Minuten später saßen wir in einer Gondel. Und weil es nicht schon wunderbar genug war, waren die Gondeln auch noch mit einem gläsernen Fußboden ausgestattet. *Genau das Richtige für mich*, ging es mir durch den Kopf. Dean saß mir gegenüber und bemerkte die Angst in meinen Augen.

»Ist alles okay?«, fragte er besorgt.

Ja klar, es ist alles super. Außer dass ich mir gleich in die Hose mache, mein Mittagessen hochkommt oder mein Herz stehen bleibt, ist alles in bester Ordnung. Ich nickte nur und versuchte zu lächeln. Gott sei Dank, waren wir beide allein in der Gondel. Er nahm meine Hand und streichelte sie.

»Schau mal, wie schön das aussieht.«, versuchte er mich abzulenken. Dieser Sonnenuntergang war aber auch atemberaubend. Als wir ganz oben waren, machte es einen Ruck und wir blieben kurze Zeit stehen. Ich drückte seine Hand fester, er bemerkte es und schaute mich an.

»Mila? Wir kennen uns jetzt schon ein bisschen über ein Jahr und es war nicht immer einfach mit uns beiden. Ich …« Er redete und redete und ich merkte, wie mir immer schlechter wurde. Ich konnte ihn gar nicht mehr richtig hören, es wurde immer leiser.

»Mila. Nicht umkippen.«

Ich bemerkte, wie er mir irgendetwas Kaltes an die Stirn hielt und mich versuchte hinzulegen, und meine Beine hochhielt. Ich wedelte mir mit der Hand Luft zu.

»Geht es wieder?« Ich musste plötzlich lachen bei dem Gedanken, wie wir gleich unten ankommen würden.

»Was wolltest du mir eigentlich eben noch sagen?«, fragte ich ihn. Er schaute zu mir runter, während er immer noch meine Beine hochhielt.

»Nicht so wichtig jetzt.«

»Es tut mir leid.«, nuschelte ich. Er guckte mich fragend an. »Dass ich den Augenblick kaputt gemacht habe.«

Er schüttelte den Kopf. »Ach, quatsch. Ich bin auch selbst Schuld, was will ich mit dir immer in die Höhe.«

»Stimmt!«, gab ihm recht und zwinkerte ihm zu.

Nach zwanzig Minuten waren wir endlich aus diesem Riesenrad draußen. Er nahm meine Hand und wir spazierten durch den Waterfront Park, der sich in unmittelbarer Nähe befand. Wir hörten das Wasser rauschen und sahen die vielen Lichter der Stadt. Plötzlich blieb Dean stehen.
»Dann fang ich jetzt noch mal an.« Ich schaute ihn fragend an. »Baby? Wir kennen uns jetzt schon ein bisschen über ein Jahr und es war nicht immer einfach mit uns. Ich habe sehr viele Fehler gemacht und dich oft unnötig verletzt, was mir immer noch unendlich leid tut. Wenn ich es rückgängig machen könnte, würde ich es sofort tun. Aber umso glücklicher bin ich, dass du mir immer und immer wieder verziehen hast und wir jetzt hier zusammen stehen. Mila, du bist für mich die beste Frau der Welt, ich habe noch keinen Menschen so sehr geliebt, wie ich dich liebe.« Er griff in die Jackentasche, holte eine kleine Schachtel raus und kniete sich vor mich. »Und deshalb möchte ich dich hier und jetzt fragen, ob du, Mila Cooper, meine Frau werden möchtest?«

Mir liefen die Tränen. O mein Gott. Das hatte er jetzt nicht getan. In meinem Körper explodierte gefühlt das größte Feuerwerk.

Ich sprang in seine Arme. »O Dean.«, schluchzte ich. Er drückte mich fest.

»Du hast mir noch keine Antwort gegeben?!«, forderte er.

»Ja, klar.«, kam es wie aus der Pistole geschossen. »Jaaaaaaaaa.«, schrie ich es aus mir heraus. Unerwartet klatschten um uns vereinzelt Menschen. Ich schaute mich um und konnte gar nicht mehr aufhören zu grinsen.

»Hier, dein Ring.« Er öffnete die braune Schatulle. Ein Ring mit einem Diamanten in der Mitte.

»Wie schön er ist.« Ich nahm ihn heraus, steckte ihn mir auf den Finger und hielte die Hand nach oben. »Ich bin jetzt verlobt.«, schrie ich in die Menge. Erneut klatschten alle. Ich fiel Dean in die Arme und küsste ihn.

»Ich liebe dich.« Er grinste über beide Ohren.

Wir genossen diesen Moment und schauten Arm in Arm auf das Wasser.

»Du wolltest mir den Antrag im Riesenrad machen, stimmt's?«, fragte ich ihn.

»Ja, kann man so sagen«, antwortete er und fing an zu lachen. »Aber dann hast du ja wieder schlapp gemacht.«

»Ey!« Ich boxte ihn in die Seite. »Wer wusste davon?«, wollte ich wissen.

»Das ich dir einen Antrag mache?« Ich nickte. »Alle.«

Ich drehte mich zu ihm um. »Okay, Leroy hatte ich es jetzt nicht erzählt.« Ich rollte mit den die Augen.

»Amalia auch?«

Er grinste. »Ja. Ich sagte doch alle.« Er gab mir einen Kuss auf die Stirn. Wahnsinn und alle hatten dichtgehalten!

»Seit wann wusstest du, dass du mir einen Antrag machen möchtest?«

»Seit ich dich das erste Mal gesehen habe, wusste ich, dass du die Mutter meiner Kinder wirst.« Ich legte meine Hand in seinen Nacken, zog ihn zu mir und küsste ihn.

Am nächsten Tag konnte ich etwas länger schlafen, weil ich noch einen Kontrolltermin beim Gynäkologen hatte und somit erst später bei der Arbeit sein musste.

»Soll ich dich hinbringen?«, fragte mich Dean, während er sich sein Jackett anzog. Ich hatte mir noch kein neues Auto gekauft, deshalb war ich immer auf irgendwen angewiesen.

Ich schüttelte den Kopf. »Nein. Amalia fährt mich.«

Amalia und ich waren mittlerweile bei der gleichen Ärztin, und da sie noch ihr Rezept für die Pille abholen musste, passte es.

»Alles klar. Schreib mir, wie es war.« Ich sprang in meine dunkle Jeans.

»Ja, Schatz. Ich schreibe dir dann. Fahr jetzt los, sonst kommst du zu spät.«

Er streckte sein Kopf durch die Badezimmertür. »Wen soll es interessieren, ob ich zu spät komme oder nicht?« Er lachte. »Aber wenn ich das hier so sehe.«, er kam auf mich zu, während ich obenrum nur im BH vor dem Spiegel stand. Er stellte sich hinter mich und betrachtete mich. Seine Hände wanderten an meinen Hintern immer höher. Ich hielt seine Hände fest.

»Schatz. Ich muss los.« Er verdrehte die Augen.

»Okay, okay. Dann später.«, bemerkte er, gab mir einen Kuss und verschwand.

»O Gott, es war einfach wunderschön. Ich hätte damit niemals gerechnet.«, prahlte ich bei Amalia im Auto von dem gestrigen Abend. »Dass du mir auch nichts gesagt hast.«, zischte ich. »Ist doch klar, dass ich dichthalte.« Sie griff nach meiner Hand. »Das ist aber auch der Hammer, dieser Ring.«, bemerkte sie und grinste. Ich nickte stolz. Ich erzählte ihr alles haargenau, obwohl sie es wahrscheinlich sowieso schon wusste.

Wenige Minuten später waren wir beim Arzt. Amalia holte schnell ihr Rezept bei der Anmeldung ab und ich gab meinen Urinbecher ab. Und dann warteten wir im Wartezimmer. Diese Kontrolltermine waren immer so was von nervig. Sie blätterte in der Zeitschrift und ich bewunderte meinen Ring. Ich konnte es einfach nicht glauben, dass ich jetzt verlobt war. Dass der Mann, der anfangs auf gar keinen Fall eine Beziehung wollte, mir gestern einen Antrag gemacht hatte.

»Miss Cooper bitte ins Zimmer drei.« Ich schnappte mir meine Tasche und ging ins Behandlungszimmer. Die Sprechstundenhilfe platzierte mein Handtuch auf dem Stuhl.

»Mrs Lopez kommt gleich.« Ich nickte und wartete. Ich schaute auf die Bilderwand. Diese süßen Würmer. Ich liebte Babys.

Plötzlich ging die Tür auf.

»Miss Cooper, guten Morgen. Alles gut bei Ihnen?«

»Alles bestens. Und bei Ihnen? Könnten Sie mir heute gleich ein neues Rezept für die Pille fertig machen?«

»Wir schauen erst mal. Machen Sie sich bitte untenrum frei.«, sagte die Ärztin und lächelte mich an. *Wir schauen erst mal? Was will sie denn da schauen?*

Und schon saß ich auf dem Stuhl und sie untersuchte mich. Es war still im Raum. Sonst unterhielten wir uns immer über Gott und die Welt, aber heute komischerweise nicht. Ich mochte meine Ärztin, sie war sehr lieb und vorsichtig. Sie knipste den kleinen Bildschirm an und drehte ihn zu mir.

»Miss Cooper?« Ich schaute sie ahnungslos an. »Sehen Sie das?« Ich schaute auf den Monitor und nickte.

»Ja, der Bildschirm ist an.«

»Sie sind schwanger. Herzlichen Glückwunsch.«, sagte sie und grinste mich an.

Was? Schwanger? Ich? Nein, das konnte nicht sein. Ich fing an zu lachen. »Haha. Sie sind aber witzig heute. Das kann nicht sein.«

»Schauen Sie doch. Sehen sie, wie es flackert? Das Herzchen schlägt sogar schon.«

»Das kann nicht sein.«, wiederholte ich. »Ich habe meine Periode weiterhin bekommen. Die muss doch ausbleiben, wenn man schwanger ist?«, fragte ich. Sie tippte irgendetwas in den Bildschirm und schaltete ihn dann wieder aus und fuhr den Stuhl herunter. Ich setzte mich richtig hin. Das konnte nicht sein.

»Wie soll das denn passiert sein?«, fragte ich. Sie fing an zu lachen.

»Na, wie das passiert ist, brauch ich Ihnen nicht erklären.« Ich hatte unzählige Gedanken in meinem Kopf.

»Wie weit bin ich denn?«, wollte ich wissen.

»In der neunten Woche.« Meine Augen wurden immer größer. »Wieso habe ich das nicht gemerkt?«

Sie zuckte mit den Schultern. »Es gibt Frauen, die bekommen weiterhin ihre Periode, das ist aber nicht schlimm. Manchen Frauen geht es super in der kompletten Schwangerschaft und manchen eben nicht. Das ist unterschiedlich.« Sie faselte noch irgendetwas, aber ich war schon längst mit den Gedanken bei Dean. Sie stellte mir einen Mutterpass aus, legte mir ein Ultraschallbild hinein, machte mit mir einen weiteren Termin aus und verabschiedete sich von mir. Wow.

Was für ein *Kontrolltermin.*

»Hat sie dir dieses Mal kein neues Rezept mitgegeben, oder wollt ihr jetzt das Verhüten seinlassen?«, fragte Amalia mich, als wir auf dem Weg zur Arbeit waren. Ich starte nur auf die Fahrbahn und schüttelte den Kopf. »Alles gut bei dir? Du wirkst seit dem Termin so anders?«
Ich schaute zu ihr rüber. »Ich bin schwanger.« Ich hielt ihr den Mutterpass hin. Plötzlich machte sie eine Vollbremsung. »Waaasss?«

»Ich bin genauso geschockt wie du. Keine Ahnung, wie Dean reagieren wird.«

»Mila, das ist doch schön. Ich werde Tante. Ich freu mich.«, jubelte sie vor sich hin und trommelte aufs Lenkrad. »Dean wird sich sehr darüber freuen, glaub mir.«

»Na ja, seit der Sache mit Sofia, bin ich mir nicht mehr so sicher.« Sie streichelte mir über das Bein.

»Glaub mir. Und du bist nicht Sofia. Wie willst du es ihm sagen?« Ich überlegte und überlegte. »Mach ihm eine Box und kauf Babyschuhe.«, schlug sie mir vor. Die Idee war gar nicht schlecht.

Der Arbeitstag zog sich heute wie Kaugummi, wie immer, wenn man etwas vorhatte. Nach Feierabend fuhren Amalia und ich noch kurz in die Stadt, um die nötigen Sachen zu besorgen. Ich überlegte immer noch, es für mich zu behalten, weil ich einfach Angst vor Deans Reaktion hatte.

»Ich denke an dich, Maus, und schreib mir, wie er reagiert hat.«

»Mach ich und danke.«, verabschiedete ich mich von Amalia und ging in die Wohnung. Er war noch nicht da. Mein Herz flog mir jetzt schon raus. Gestern bekam ich einen Antrag und heute erfuhr ich, dass ich Mutter werden würde? Obwohl ich immer diese fucking Pille genommen hatte. Ich nahm die blaue Box aus der Schachtel, legte die Babyschuhe und das Ultraschallbild rein und schrieb ein Zettel mit der Aufschrift *Huhu Papa. Das ist das erste Foto von mir für dich.* Plötzlich hörte ich, wie die Haustür aufging. So nervös wie jetzt, war ich schon lange nicht mehr gewesen.

»Na, Baby.«, begrüßte mich Dean und gab mir einen Kuss.

»Hey.«, sagte ich und versuchte, mir die Aufregung nicht anmerken zu lassen.

»Du hast dich nach dem Arzt gar nicht mehr gemeldet. War alles gut?«, erkundigt er sich bei mir. Ich nickte nur, ohne irgendetwas zu sagen. »Sicher? Du wirkst so komisch.«

Ich schüttelte den Kopf. »Nein, nein. Alles gut. Bist du gut gelaunt?«, fragte ich. Ich checkte am besten erst mal die Lage ab. Er runzelte die Stirn.

»Äh, Mila? Ja, klar. Ist bei dir alles okay?«, fragte er, schmunzelte und schaute zu der Box, die links neben mir auf dem Tisch stand. »Was hast du denn da Schönes gekauft?«

Ich schob ihm die Box hin. »Mach auf.« In seinem Blick sah ich reine Verwirrung.

»Haben wir Jahrestag oder Kennenlerntag?« Ich konnte mir das Lachen nicht verkneifen.

»Kennlerntag?«, wiederholte ich.

»Na, ihr Frauen habt doch für alles einen Tag.«, scherzte er.

Ich schüttelte nur den Kopf und warf ein Blick auf die Box. Er öffnete sie und mein Herz blieb fast stehen. Er schaute hinein und gefühlt blieb die Zeit stehen. Er blickte auf den Zettel und schaute zu mir.

»Wirklich?«, fragte er schockiert. Er nahm die Babyschuhe raus. »Du bist schwanger?«

»So wie es aussieht … ja.«, sagte ich leise.

»O mein Gott.«, jubelte er, sprang vom Stuhl, nahm mich in den Arm und küsste mich. »Mila, wir werden Eltern. Ich kann es gar nicht glauben.« Er beugte sich runter zu meinem Bauch und streichelte ihn. »Hallo, du kleiner Schatz. Wir lieben dich jetzt schon.«

Ende

Triggerwarnung:

Folgende Themen werden mehr oder weniger explizit im Buch erwähnt:

- Schwangerschaften
- Schwangerschaftskomplikationen
- Fehlgeburten
- Sexszene und sexuelle Anspielungen

Printed in Poland
by Amazon Fulfillment
Poland Sp. z o.o., Wrocław

19871803R00188